GRöLS Verlage

„BÜCHER SIND WIE FALLSCHIRME. SIE NÜTZEN UNS NICHTS, WENN WIR SIE NICHT ÖFFNEN."

Gröls Verlag

Redaktionelle Hinweise und Impressum

Das vorliegende Werk wurde zugunsten der Authentizität sehr zurückhaltend bearbeitet. So wurden etwa ursprüngliche Rechtschreibfehler *nicht* systematisch behoben, denn kleine Unvollkommenheiten machen das Buch – wie im Übrigen den Menschen – erst authentisch. Mitunter wurden jedoch zum Beispiel Absätze behutsam neu getrennt, um den Lesefluss zu erleichtern.

Um die Texte zu rekonstruieren, werden antiquarische Bücher von Lesegeräten gescannt und dann durch eine Software lesbar gemacht. Der so entstandene Text wird von Menschen gegengelesen und korrigiert – hierbei treten auch Fehler auf. Wenn Sie ebenfalls antiquarische Texte einreichen möchten, finden Sie weitere Informationen auf www.groels.de

Viel Freude bei der Lektüre wünscht Ihnen das Team des Gröls-Verlags.

Adressen

Verleger: Sophia Gröls, Im Borngrund 26, 61440 Oberursel

Externer Dienstleister für Distribution & Herstellung: BoD, In de Tarpen 42, 22848 Norderstedt

Unsere „Edition | Werke der Weltliteratur“ hat den Anspruch, eine der größten und vollständigsten Sammlungen klassischer Literatur in deutscher Sprache zu sein. Nach und nach versammeln wir hier nicht nur die „üblichen Verdächtigen“ von Goethe bis Schiller, sondern auch Kleinode der vergangenen Jahrhunderte, die – zu Unrecht – drohen, in Vergessenheit zu geraten. Wir kultivieren und kuratieren damit einen der wertvollsten Bereiche der abendländischen Kultur. Kleine Auswahl:

Francis Bacon • Neues Organon • **Balzac** • Glanz und Elend der Kurtisanen • **Joachim H. Campe** • Robinson der Jüngere • **Dante Alighieri** • Die Göttliche Komödie • **Daniel Defoe** • Robinson Crusoe • **Charles Dickens** • Oliver Twist • **Denis Diderot** • Jacques der Fatalist • **Fjodor Dostojewski** • Schuld und Sühne • **Arthur Conan Doyle** • Der Hund von Baskerville • **Marie von Ebner-Eschenbach** • Das Gemeindekind • **Elisabeth von Österreich** • Das Poetische Tagebuch • **Friedrich Engels** • Die Lage der arbeitenden Klasse • **Ludwig Feuerbach** • Das Wesen des Christentums • **Johann G. Fichte** • Reden an die deutsche Nation • **Fitzgerald** • Zärtlich ist die Nacht • **Flaubert** • Madame Bovary • **Gorch Fock** • Seefahrt ist not! • **Theodor Fontane** • Effi Briest • **Robert Musil** • Über die Dummheit • **Edgar Wallace** • Der Frosch mit der Maske • **Jakob Wassermann** • Der Fall Maurizius • **Oscar Wilde** • Das Bildnis des Dorian Grey • **Émile Zola** • Germinal • **Stefan Zweig** • Schachnovelle • **Hugo von Hofmannsthal** • Der Tor und der Tod • **Anton Tschechow** • Ein Heiratsantrag • **Arthur Schnitzler** • Reigen • **Friedrich Schiller** • Kabale und Liebe • **Nicolo Machiavelli** • Der Fürst • **Gotthold E. Lessing** • Nathan der Weise • **Augustinus** • Die Bekenntnisse des heiligen Augustinus • **Marcus Aurelius** • Selbstbetrachtungen • **Charles Baudelaire** • Die Blumen des Bösen • **Harriett Stowe** • Onkel Toms Hütte • **Walter Benjamin** • Deutsche Menschen • **Hugo Bettauer** • Die Stadt ohne Juden • **Lewis Caroll** • *und viele mehr….*

Heinrich Mann

Eugénie

oder

Die Bürgerzeit

Inhalt

Erstes Kapitel

1873 eines Nachmittags im Sommer erhob die Luft sich leicht und so hell wie Perlen über den Gärten vor der Stadt. Die Fahrstraße stand leer. Sie war eine Lindenallee und zog dahin, bis der Blick sich unter den Baumkronen verlor. Wer anhielt vor dem Landhause des Konsuls West, sah seitwärts bis in die Tiefe seines Gartens. Man sah darin klar und schleierlos hingezeichnet die Gestalten, ihre Bewegungen beim Krocketspiel, sah Falbeln und Spitzen flüchtig aufwehen. Das glückliche junge Lachen der Konsulin war einmal genau zu hören.

Sie gewann. Denn Leutnant von Kühn schob seinen Ball absichtlich derart, daß er der Konsulin zum Fortbringen des ihren diente. Sowohl ihre Kusine als auch Leutnant von Kessel widersprachen entschieden. Kessel tat es aus Eifersucht, Emmy Nissen nur, um zu zeigen, daß sie alles durchschaute. Nicht älter als Gabriele West, hatte sie mit zweiundzwanzig Jahren doch schon Schärfe in Ton und Gesicht. Eine mißglückte Heirat lag hinter ihr. Sie hätte, wäre nicht Gabriele dazwischengekommen, Konsul West geheiratet.

Emmy hielt Gabriele für leichtsinnig. Die junge Frau war halb fremd hier. Als noch Unerwachsene, wenigstens Emmy erinnerte sich, verwechselte sie beim Sprechen eine Menge Worte. Seither hatte sie, wie ein kleines Kind, wieder von ihrer ersten Sprache das meiste verlernt. Sie war gefallsüchtig, wohl nicht anders, als alle dort unten; aber keine wendete nun einmal hierzulande den Kopf nach einem Herrn, wie sie nach Kühn gerade jetzt.

Wäre sie nicht auch so liebenswürdig gewesen! Emmy warf es sich vor, wieviel sie selbst an Nachsicht gewährte – dem eigensüchtigen Kind, das niemanden liebte. Für ihren Vetter Jürgen fürchtete Emmy, daß Gabriele ihn vor allem geheiratet habe, um aus dem Mädchenpensionat herauszukommen. Mit den Offizieren spielte sie nur. Hätte sie wenigstens Herz für ihr Söhnchen gehabt! Auch das nicht. Die gleichaltrige Emmy seufzte, als trüge sie Verantwortung.

Neben ihr seufzte Leutnant von Kessel. „Beherrschen Sie sich, mein Lieber!“ riet Emmy ihm. Er sagte mit Schwermut – und sie war echt, mußte ihn freilich auch entschuldigen, wenn er Unerlaubtes dachte:

„Wie Ihre Kusine bewundernswürdig das Kleid trägt! Es wäre leicht für die Gestalten, schön zu sein, wenn der Stoff sie nur abformen, sie einfach zeigen dürfte! Hier dagegen: fünf Lagen Rüschen, gebauschte Tunika, dennoch aber siegen die jungen Glieder. Die größte Robe wird lebend, wird durchsichtig und spielt um sie wie ein Quell.“

Emmy war errötet; sogleich rief sie: „Gabriele!“

Die Konsulin wollte laufend dort hinten im Gebüsch verschwinden, Leutnant von Kühn ihr nach. Beide hielten an.

„Gabriele, Herr von Kessel wünschte sehr, eure Sonate mit dir zu spielen.“

„Ich will aber schaukeln“, rief Gabriele zurück.

Da war, schneller als jemand es denken konnte, der schwermütige Kessel ins Gebüsch gesprungen. Kaum, daß die langen Schöße seines Interim-Uniformrockes noch einmal hervorflatterten, fort war er. Die anderen fanden seine flache Infanteristenmütze im Grase liegen, wie nach einem Gefecht. Sie folgten ihm durch die bitter duftende Hecke, schon hatte er sich der Schaukel bemächtigt, schon der Dame die Kissen geordnet. Auch hielt er die Hände unter ihren Fuß, damit sie aufsteige. Zwei ihrer gespreizten Finger zupften am Kleid ein wenig, ihr Fuß erschien. Emmy errötete, Leutnant von Kühn verneigte sich.

Er verneigte sich, sooft die Schaukelnde aus den schwankenden Wipfeln herab und auf ihn zu fuhr. Der Wind von ihren aufrauschenden Röcken bewegte seinen Schnurrbart. In seinem roten Gesicht blinzelten die hellen Wimpern. Er fragte:

„Was hat davon nun Kessel, daß er sie schaukeln darf?“

„Er hat die Ehre, mir Vergnügen zu machen“, sagte aus den Wipfeln die Konsulin.

Ihre Kusine drunten sagte zu Leutnant von Kühn: „Wollen Sie mir, bitte, mein Album holen?“

Er ging ohne Zögern. Er behauptete: „Es ist mir eine Auszeichnung“, – obwohl er schwer den Platz räumte. Inzwischen fragte Emmy:

„Gabriele, würdest du Herrn von Kessel erlauben, daß er mir den Tisch aufstellt?“

Die Konsulin lachte droben wie ein Kind, das begreift. „Wenn du mir nun alle meine Kavaliere weggenommen hast, was wirst du dann anfangen?“

„Dich zeichnen, weil du hübsch aussiehst“, sagte die Kusine, schon kam Kühn mit dem Album. Sie machte einige Striche. „Ist es so?“ fragte sie ihn. Es waren aber Buchstaben. Er las: „Sie werden sich zu mir setzen und uns von den Manövern unterhalten.“

„Es ist so“, bestätigte er. Dann rief er aber Kessel, auch der Kamerad mußte den Befehl lesen.

Die Manöver standen für den nächsten Monat bevor. Sie sollten weit fort in der Heimatprovinz der beiden Offiziere sein. „Warum nicht hier?“ fragte Gabriele, gab ihrer Schaukel noch mehr Schwung, und dazu jauchzte sie. Ihre Stimme war melodisch und klein.

„Das fehlte noch“, murmelte die zeichnende Kusine.

Die Konsulin verlangte:

„Daß die Herren mir nur pünktlich zum Herbst wieder da sind! An die Kostüme für unseren Maskenball können wir nicht früh genug denken.“

Hierauf schwiegen beide Leutnants so lange, bis Gabriele erstaunte.

„Warum auf einmal so still, und niemand schaukelt mich mehr?“

Diesmal war Kühn der Schnellere. Um sie in Bewegung zu setzen, umspannte er von hinten ihre ganze Taille. „Der oder jener kann versetzt werden nach den Manövern“, sagte er, als sie aus der Luft in seine Hände zurückkehrte.

„Ohne daß ich gefragt werde?“ bemerkte die Konsulin, wieder auffliegend.

Leutnant von Kessel betrachtete, was die Kusine zeichnete. Er lobte es, indes er aber dachte, es sei vergebens. „Wer gab die Leichtbeschwingtheit wieder, dem Unglück fremd und abgeneigt. Wem gelang unter dem hohen, weichglänzenden Haar, das der Zopf krönte, dies ovale Gesicht, seine noch unbeschattete Helligkeit und freundlich ungeprüfte Lust“ – dachte Kessel. „Goldene Augen, leise gelöst der Mund mit Perlenreihe“, dachte Kessel, „wer sagt eure ganze zutrauliche Freundschaft zum Leben. Euren heiteren Himmel!“

Ihn hielt es nicht länger, er stürzte dorthin, wo sie durch die Luft schwang, wo sie lebte! Einige Worte an den Kameraden, er war mit der Herrlichen allein, er wollte sprechen. Sie sagte aber im Davonfliegen: „Bei euch drunten ist keine Sonne!“ Denn bei jedem Aufflug, zugewendet den durchsonnten Wipfeln, glaubte sie dahinter den Himmel ihrer ersten Heimat zu erblicken. Das Blau ward so dunkel zwischen den Zweigen.

Als sie zurückkehrte, schwärmte Kessel: „Die Sonne geht von Ihrem Antlitz aus“, – worüber sie lachte.

Schnell brachte er noch vor:

„Sie fragen nicht einmal, wer so unglücklich ist, versetzt zu werden?“

Sie antwortete hoch oben, auch die Kusine und der Kamerad konnten es hören:

„Vom Unglück spricht man nicht.“

Kusine Emmy rief plötzlich: „Das Kind weint!“ Sofort wollte Gabriele angehalten sein, Kühn breitete schon seine Hände hin, sie sprang ab, sie lief. „Jürgen! Mein kleiner Jürgen!“ rief ihre zarte Stimme.

Gabriele, der alle folgten, wehte über den Rasen dem Haus zu. Es hatte hinten die offene, breite Galerie aus Holz. Sie eilte hinan, durch das große Schlafzimmer fort in den Wohnraum, hinaus vorn auf die Steinterrasse. Kein Jürgen. Sie lief zurück um das Haus, sie war schnell. Schon langte sie wieder beim hinteren Eingang an. Als sie ihn wieder betrat, verschwanden die drei anderen grade erst vorn.

Gabriele drückte sich im Schlafzimmer neben der hohen Kommode an die Wand, sie sollten vorbeilaufen und sie nicht sehen, ihr klopfte das Herz. Sie nahten denn auch, nach ihr rufend, sie machten die ganze Runde nochmals.

Nur Leutnant von Kessel nicht, er blieb zurück, er hatte sie entdeckt. „Gabriele!“ stammelte er in der Überraschung. Aber vor ihrem tief erschrockenen Gesicht sagte er sofort: „Frau Konsul.“

Er sagte:

„Frau Konsul, ich darf nach dem Manöver nicht mehr wiederkehren, weil ich heiraten soll. Ich kann mich nicht wehren, meine Eltern wollen es. Aber ich liebe jenes Mädchen nicht.“ Viel leiser: „Wie könnte ich!“ Schnell schnitt sie ab.

„Das glauben Sie nur“, erwiderte sie.

Ihr Herz klopfte noch von der Überraschung. Ihre Stimme versuchte vielmehr, gnädig zu sein angesichts des romantischen Vorganges, blieb aber nicht ganz fest. Dies war nun das Erlebnis der verheirateten Frau. Sie hatte es herausgefordert, ohne an seinen Eintritt zu glauben. Jetzt war es da, war schmeichelhaft, erregte die Neugier und konnte doch immer, wer weiß wie, ausgehn.

„Haben Sie aber erst Ihre eigene Frau, ist alles andere vergessen“, sagte sie, ängstlich gespannt, ob mehr geschähe. Nun geschah aber, daß er schluchzte. Hier faßte sie sich völlig, sie ward die Überlegene, bereit, den romantischen Vorgang zu ihrem Vorteil zu lenken.

„So weit fort“, schluchzte er, „werde ich leben müssen von hier, wo ich ewig sein möchte.“

„Sie tun es für mich“, bestimmte sie. Da verklärte sich sein Schmerz.

Sie fragte:

„Möchte ich selbst denn hier sein? Ich war einstmals zu Hause noch viel weiter fort“, erklärte sie, stolz auf ihr fremdes Stück Leben, das Stück, das ihr allein gehörte. Als er wieder unruhig werden wollte, bemerkte sie strafend:

„Und Sie sind im Krieg gewesen!“

Mütterlich fragte sie weiter: „Wie alt waren Sie eigentlich im Krieg? ... Zweiundzwanzig, so alt wie ich heute. Auch jetzt sind Sie erst fünfundzwanzig, Herr von Kessel. Mein Mann fünfunddreißig, so ist alles in Ordnung. Machen Sie ein freundliches Gesicht!“ Sie öffnete das Schränkchen auf der hohen Kommode.

Sie nahm aus einem Behälter den Fächer. Der Leutnant inzwischen strich mit der Hand über das schöne, glatte Möbelstück, statt über die Gestalt, die ewig unberührbar blieb. Sie fächelte ihn, denn er schien erhitzt. Dankbar und hingegeben schloß er die Augen. Da hörten sie näher als vorher die Stimme Emmys, die „Jürgen“ rief.

„O Gott! Das Kind!“ flüsterte Gabriele, die Faust an der Wange, aber der Unterbrechung im Grunde froh. Sie war ein unheimliches Gefühl während des ganzen Vorganges nicht losgeworden, als wäre es nicht sicher, wie sie im nächsten Augenblick sich verhalten werde ... Gottlob, der Leutnant verschwand eilends nach hinten.

Vorn auf der Steinterrasse erschien die Kusine, hatte sie ihn noch gesehen? Gabriele lief ihr entgegen. Jürgen? Der ganze Garten schon abgesucht. War denn das Kind hinausgelaufen? Gleichwohl brachte Leutnant von Kessel es fast augenblicklich zurück. Es hatte sich versteckt – wie vorhin die Mutter, sagte ihr ein Blick, der nur noch neckend war.

Schon hatte Kessel jene Trauer ganz vergessen. In seiner Art haftete sie am Ende so wenig wie bei dem kleinen Jürgen. Auch der war wegen eines Schmerzes in den Busch gekrochen. Jetzt jagten die beiden einander. Daraus wurde ein Spiel für alle. Sie erfüllten den Vorgarten mit ihren Sprüngen, ihrem Gelächter.

Plötzlich fühlten sie, jemand sehe zu.

Zweites Kapitel

Gabriele, die anhielt, weil die anderen schon still waren, unterdrückte einen Schrei. Dort stand der Schwarze über seinem Stock – die Kleidung schwarz, das Haar von schwarzer Glätte und zwischen schwarzen Backenbärten dies gelbgefärbte, teuflische Gesicht! Gleich darauf sah sie, daß es nur der Nachbar war.

„Herr Pidohn!" rief sie. „Wen stellen Sie vor?"

Der Mann nahm dies als Einladung, er öffnete die Pforte und trat ein. „Da bin ich", verkündete er dumpf, noch in der Rolle der Schreckensgestalt.

„Komödiant!" sagte Gabriele, – worauf er lachte. Seine schwarzen Brauen trennten sich, sie schnellten an den Rändern der Stirn spitz hinauf.

„Ich fuhr spazieren ... Pidohn ist mein Name", sagte er zu den Offizieren, denn Emmy Nissen kannte er.

„Immer fahren Sie spazieren", hielt Gabriele ihm vor. „Hu! was Sie für einen Wagen haben."

Eine zu große Karosse, über hohen Rädern schwankend, zog mit Ächzen auf der Straße vorüber im Trauerschritt der Pferde, die schwarz wie der Kutscher waren.

„Obwohl er nur einfach vom Lohnkutscher Pagels ist", ergänzte Gabriele.

Emmy Nissen bemerkte:

„Natürlich sind alle Herren der Stadt um diese Tageszeit in den Kontoren. Darum ist es ausnahmsweise", dies betont, „doch herrlich durch die Wälder zu fahren, vielleicht bis ans Meer."

„Ich bin die Ausnahme", verkündete Herr Pidohn. Er konnte schalkhaft die weißen Zähne zeigen. Nur der kühne Blick mußte düster weiter glänzen. Da er grade auf Leutnant von Kühn traf, fühlte Leutnant von

Kühn sich verpflichtet, zu sagen, daß Spazierenfahren das Ideal sei: so unwiderstehlich wirkte der Blick.

Leutnant von Kessel, den kein Blick getroffen hatte, meinte spöttisch, unter Bäumen sei gut träumen.

„Denken!" berichtigte jener. „Spekulieren!" sagte er, schon hatte Kessel bescheiden den Atem angehalten. Der Mann aber stand nicht mehr über dem Stock, er hatte Körper und Kopf zurückgeworfen, er sprach von oben.

„Konsul West inzwischen sitzt auf seinem Schemel an der Spitze eines langen Pultes, wo noch sechs andere sitzen, und schreibt. Auf dem Exerzierplatz hingegen üben sich Leute wie Sie", sagte er zu den beiden Offizieren, die einander ansahen, warum in aller Welt sie dies nur ruhig hinnähmen.

„Sie alle haben keine Zeit, ihr Feld ist der Augenblick. Meines –" er wuchs noch, „die Ferne." Er wuchs. „Das Grenzenlose."

„Weil Sie an der Börse spielen?" fragte Emmy Nissen nur wenig eingeschüchtert.

Seine Brauen verschränkten sich. „Der Spekulant kann stürzen", entschied er. „Der Spekulant kennt die Gefahr, ihn bedrohen die Zukunft und der, dem die Zukunft gehört."

„Wer ist das?" fragte Gabriele unschuldig.

„Sind Sie nicht Christin?" fragte Pidohn selbst ... Er wartete ihr Erstaunen ab. „Denken Sie an die heiligen Frauen, – die alle Sünderinnen waren", sagte er anzüglich, sah aber fort. „Sie wurden groß durch das Unglück."

Mit ungewöhnlich schöner, ernster Stimme fragte er:

„Riefen Sie das Unglück noch nie herbei?"

Da Gabriele heftig den Kopf schüttelte:

„Verleugnen Sie es nicht! Das Unglück ist mitten im strahlendsten Glück unsere heimliche Lockung. Wir wissen von ihm nicht, schon ist es unser merkwürdigster Besitz."

Da alle ihn nur betrachteten, ward ihm wohl bewußt, daß er abweiche, ja, sich dadurch wieder einmal schade. Denn unvermittelt ward er ein Mensch wie andere, ein Börsenbesucher voll Leutseligkeit und mit gefärbtem Haar.

„Womit nicht gesagt sein soll, daß wir es schon satt hätten, zu gewinnen. Nie im Leben!“

Er lachte geräuschvoll. Zu den Offizieren besonders sagte er:

„Sieger wie wir! Wann könnte es uns fehlen!“

Sie wußten auch diesmal nicht, wie sich verhalten. Ermunternd rief Pidohn noch:

„Stürzen wir uns in neue Schlachten!“

Grade hier erblickte er Konsul West, den noch niemand kommen sah.

Er nahte mit wiegenden, schnellen Schritten, in hellen Beinkleidern, dunklem Rock, und über einem Arm lag sein Mäntelchen, mit dem seidenen Futter nach außen. Er hielt den steifen, grauen Hut in der Hand. Aus dem Hause lief ein Dienstmädchen und nahm ihm beides ab. Er begrüßte die Gesellschaft mit Würde und Leichtigkeit. Seine Frau küßte er auf die Wange, dann hob er seinen Jungen zu sich auf. Der Fünfjährige mußte berichten, womit er den Tag verbracht habe. Er wurde gefragt, wer in der Stadt drinnen, rechts und links von ihrem Stadthause und die ganze Straße entlang ihre Nachbarn seien.

„Und hier draußen, junger Freund, im Sommer?“ fragte seinerseits Herr Pidohn.

Es fiel auf, daß er sich vordrängte. Der Konsul begegnete ihm gemessen, mit schwer erkennbarem Spott. Nur Gabriele verstand den Ausdruck ihres Mannes genau. Pidohn war eine Persönlichkeit, die noch geschont werden mußte, im Grunde achtbar war er nicht.

Beiseite sagte sie dem Mädchen: „Decken Sie den Tisch für fünf Personen. Unser Nachbar kann nicht bleiben.“

Inzwischen gelang es diesem, den Konsul von den übrigen abzutrennen. Sogleich teilten die beiden jungen Offiziere einander ihre Zweifel mit. War es von der Ehre geboten, jenen Herrn wegen seiner auffallenden Äußerungen zur Rede zu stellen? Fräulein Nissen, die es hören konnte, deutete eifrig und stumm auf ihre Stirn, aber sie wollten ihr nicht glauben. Erst Frau Konsul West, die zurückkehrte, brachte durch ihre lustige Nachahmung des Sonderlings die Herren zum Lachen. Sie rückte wichtig den Kopf umher; bei ihr freilich war es mehr ein Vögelchen, das getrunken hat, als der großartige Mann. Gleichviel, sie lachten gern und blickten von ihr zu ihm. Dort drüben entfaltete Pidohn sich vor dem Konsul.

Er fing klein an, befangen sogar – versuchte, sein Gegenüber am Knopf zu fassen, was aber der Konsul geschickt vereitelte. Gabriele lachte lauter, ihr Gatte verständigte sich mit ihr von fern durch die Augen. Er hatte blaue, sehr klare Augen, sie blickten selbstbewußt und heiter. Das runde Gesicht zeigte noch Jugendblässe. Die dunkelblonden Haare schlugen über der Stirn eine Welle, an den Schläfen stießen sie in zwei dichten Büscheln nach vorn. Sein Schnurrbart endete in lang ausgezogene Spitzen.

Er konnte auf seinem niedrigen, umgelegten Kragen den Kopf ein wenig schräg tragen, so wirkte er vollends romantisch. Das hatte, als sie ihn kennen lernte, auch Gabriele gewonnen, sie selbst nach vielen anderen. Seine Erfolge hatten ihm bei ihr nur genützt, besonders aber, wie er sie trug, seine Selbstverständlichkeit, sein Takt. Sie sah in ihm den schönsten Mann, ohne je zu vergleichen, und das Unangemessene Glück, obwohl sie kein schlechteres in Betracht zog. Auch der liebliche Tag um sie her war da, und sie atmete ihn einfach.

Wie liebenswürdig und in der Form wie sicher blieb Konsul West bis jetzt gegenüber den Zumutungen des Spekulanten. Er schien mehr oder weniger besorgt um ihn, vielleicht auch um die von jenem verletzten Konventionen. So verhielt sich ein wohlgeratener, vom sicheren Geschick getragener Mann zu einer verdächtigen Existenz, die gegen das hergebrachte Wahrscheinliche ging.

Es trat deutlich hervor, sogar für die beiden Leutnants. Emmy Nissen erinnerte unter dem Eindruck an dunkle Hintergründe, die Herrn Pidohn nachgesagt wurden. Er sollte in abgelegenen Teilen der Stadt unter falschem Namen bekannt sein, ja, nicht einmal mehr die äußere Maske des ehrbaren Kaufmanns wahrte er dort. Die Echtheit seiner dicken, schwarzen Backenbärte ward aus solchen Gründen angefochten.

Die Gruppe der Beobachter versenkte sich in ihr spannendes Gespräch. Wie aber, als sie wieder hinsahen? Das Bild der beiden war verändert, es veränderte sich noch vor aller Augen. Der eine wuchs jetzt, er wollte wieder so hoch wachsen, wie in seinen anmaßendsten Augenblicken. Der andere ward im Gegenteil kleiner. „Nein!“ fühlte Gabriele, „nicht kleiner. Aber er sieht nicht mehr her, er hält die Hand am Schnurrbart, senkt den Kopf, und Pidohn hat ihn, wo er will. Jürgen ist in Versuchung.“

Sie fühlte dies ohne Worte. Ihr kam Angst, sie wußte nicht woher. Was jener dort redete, verstand sie nicht; statt dessen hörte sie, deutlich wie vorhin, seine verschönte, ernste Stimme sagen:

„Denken Sie an die heiligen Frauen, die alle Sünderinnen waren! Sie wurden groß durch das Unglück.“

Es klang ihr abscheulich. Sie empörte sich, weil sie es noch einmal ertragen sollte. Daher ging sie hin und stellte sich an die Seite ihres Mannes.

„Herr Pidohn!“ befahl Gabriele. „Mein Mann spricht mit mir niemals von Geschäften. Was aber Sie ihm jetzt sagen, will ich wissen.“

Vergebens versuchte Konsul West, sie zu besänftigen.

„Sie sagen ihm sicher abscheuliche Dinge!“ rief sie zornig und melodisch. „Auch zu mir haben Sie etwas gesprochen, das ich noch jetzt höre und will es doch nicht. Sie sind ein Mann, der nicht hierher gehört. Ich hasse Sie!“

Dies waren nun Worte, die niemand mehr begriff. Man stand betreten. „Aber Gabriele!“ murmelte der Konsul. Der Angegriffene selbst schrumpfte sofort zu seinen gewöhnlichen Maßen zusammen, ward eine Person wie jede andere und sagte:

„Das tut mir leid, Frau Konsul. Das tut mir innig leid. Gehaßt werden, das will ich nicht ..."

Er verbeugte sich, ging, wiederholte aber noch den ganzen Gartenweg entlang:

„Das war nicht meine Absicht, gehaßt zu werden. Bei Gott, das nicht."

Alle sahen ihm nach, – wobei sie zum erstenmal bemerkten, daß es dunkel ward. Schon lange dämmerte es, die lange nordische Dämmerung. Aber selbst der Schatten blieb durchsichtig.

Der Abgehende hatte die Pforte erreicht, da mußte er in seinem Schmerz an noch jemand vorbei. Jemand stand dahinter.

Man erkannte ihn an seinem hohen Schlapphut und dem gefalteten Plaid über der Schulter. Jeder hätte ihn erkannt.

„Professor von Heines", raunte Konsul West seiner Frau zu.

„O Gott!" rief sie gedämpft. „Will er denn zu uns?"

Sie grüßten ihn wohl auf der Straße; die ganze Stadt grüßte in dem alten Dichter ihren eigenen Ruhm. Aber er verkehrte bei ihnen nicht. Auf einmal stand er draußen, ja, wartete, daß sie ihn hereinholten. Hier half Emmy, dank ihren Beziehungen zur Kunstwelt.

„Herr Professor", begann sie mit tiefem Knicks. Schon war auch der Konsul angelangt und erbat weltmännisch die große Ehre. Heines trat ein.

„Ich war auf einem Abendgang begriffen", erklärte er, „als gewisse Beschwerden des Alters mich nötigten, zu rasten. Eine glückliche Fügung erlaubt, daß es geschehen darf im Licht der schönsten Jugend."

„Ah!" machte der Konsul aus wahrer Bewunderung. Die Konsulin sah mit groß geöffneten Augen, ob ehrfürchtig oder befremdet, in die des Dichters, – bis er sich über ihre Hände beugte.

Er kam aus Ländern, wo man Damen die Hände küßte! Dort hatte er sein Leben verbracht, nur sein Alter gehörte der entlegenen Heimatstadt. Sie blieb im Grunde mit ihm unvertraut, sie hätte vergebens erraten wollen, welche Abenteuer, welcher Glanz oder unbekannte Schmerz fern hinter ihm verdämmerten. Seine Haltung drückte aus, daß er viel erfahren habe, aber stolz und keusch davon schweige. Sie drückte Abstand aus. Sein Gedicht und Geschick, das alle in Liedern lasen oder sangen, samt seiner Rolle als Herold der sich einenden Nation, alles erlebte er öffentlich und für ein Volk, nur war es keins in Atemnähe, es war ein innen angeschautes. Vor dem Leben hielt er zurück.

In den schönen Augen dieser Dame aber hatte er die Spur von Tränen erblickt, vergossen um jenen abgehenden Mann, der gleichfalls weinte. Der Mann war vom Unglück gezeichnet, die Dame schön und jung. Nur der Dichter sah und verband, was anderen ohne Sinn blieb.

Er dachte sich diesen Garten voll besonnten Jugendglückes, erst mit der Dämmerung schlich das Unglück sich ein, griff an und fand Entgegenkommen. Der alte Dichter wußte: Unglück wie Laster zogen an, sie lockten ungesund. Man ward wohl heftig, wie vorhin die junge Konsulin, im Grunde aber war man versucht. Das hatte gute Weile, noch gehst du, schöne Dame, und trägst den Kopf hoch. Für den Wissenden bist du dennoch gefährdet.

Alle erstiegen die Terrasse, wo Windlichter brannten. Der Dichter ergriff das eine, er näherte es dem schönen Gesicht.

„Ich schrieb noch kürzlich in ein südliches Land“, sprach er sorgfältig, „auch unter unserem Himmel wüchsen Helden und göttliche Frauen, er sei gefährlich wie irgendeiner.“

„Danke, Herr Professor, danke“, erwiderten einstimmig die Leutnants, denn mit Recht bezogen sie dies auch auf sich. Sie nahmen die Absätze zusammen. In allem lag, daß sie ihre Pflichten gegen den Dichter kannten, wie er gegen sie die seinen. Unterdrückt lag auch noch Spott darin – zugleich mit Unsicherheit. Der Dichter warf den Kopf, sein weißer Knebelbart ward stolz gehoben, der Blick bekam Pathos.

Der Konsul wünschte dem berühmten Gast seinen Sohn zu zeigen. Der Mutter fiel das Kind erst jetzt wieder ein. „Wo ist er? Jürgen!“ Wieder begann das große Suchen. Der Junge war noch immer nicht zu Bett, keins der Mädchen kannte sein Versteck. Im Garten? Er fürchtete das Dunkel. Dennoch ward er dort zuletzt entdeckt, auch diesmal fand Leutnant von Kessel das Kind. Es lag auf dem Rasen, mit dem Gesicht im Hyazinthenbeet. Die Pflanzen dufteten nächtlich stark. Reglos lag es und atmete nur.

„Sofort hierher!“ rief der Konsul drohend. Als Jürgen aber kam, ward ihm vom Vater die Backe nur gestrichen, wie im Spiel. Der Vater lachte dabei wohlwollend. Ungeduldig war nachgerade die Mutter.

„Ich kenne dich, du willst, daß ich mich ängstige!“

Sie übergab das Kind dem Mädchen, damit es nur wegkomme.

Einzig der alte Dichter hielt es an der Hand noch zurück. Er sah ihm streng in die Augen, dies Kind gefiel ihm nicht.

„So lagest du und berauschtest dich?“ fragte er – ließ das Kind aber los, bevor es antworten konnte; es verschwand gedemütigt.

Konsul West und seine Gattin luden eindringlich zum Abendessen, dennoch überlegte der Dichter, ob hier seines Bleibens sei. Das Kind war sinnlichem Überschwang zugeneigt, der Verderbnis vielleicht bestimmt. Ihm drohte für die Zukunft ein Weg: ach! seine schöne Mutter betrat ihn schon. Verdächtige Gäste klopften hier an. Warum näherten frische junge Krieger sich den wankenden Mauern dieses Hauses? Tragisch war das Los des tätigen Mannes, der es errichtet hatte mit eigener Kraft, und dies Ende eines ganzen tüchtigen Bürgerstammes! Der Dichter war voll Eifer und Reinheit für die Dauer des Bürgertums, aller seiner Stämme. Er tat auch hier seine Pflicht. „Dies Haus sei von den Göttern preisgegeben. Gleichviel, ich bleibe.“

Außerdem drängte sein altes Leiden ihn, noch zu verweilen. Er nannte es nicht, erklärte nur: „Ich holte es mir auf meinen Sängerfahrten“, und bat, sich für kurze Zeit zurückziehen zu dürfen.

„Heines ist sonderbar“, sagte alsbald die Konsulin.

Der Konsul lächelte. „Ihn wandeln menschliche Gefühle an.“

Hierüber verzogen beide Damen das Gesicht, es war gewagt. Der Konsul konnte gewagt sein. Die Offiziere erlaubten sich nicht, zu lachen.

Gabriele hatte nur sagen wollen, daß Heines trotz allem sich wichtiger nehme, als sie je geglaubt hätte. Freilich versicherte grade ihre unüberwindliche Befangenheit sie, daß er recht habe. Er wäre, für sich allein genommen, lächerlich gewesen, mit Glatze, Kopfrücken, erhabenem Blick. Aber hinter ihm gab es Welten,– er hatte sie gekannt, und sie verlor man nicht. Gabriele wußte es. Vor ihrem Innern erschienen zwei mit Standbildern gekrönte alte Säulen an einem besonnten, breiten Fluß.

„Ich würde dich bitten, jetzt nicht zu träumen“, – der Konsul zog nur die eine seiner blonden Brauen hinan.

Der Tisch war vorzubereiten. Während auch sie selbst dabei half, unterrichtete Fräulein Emmy Nissen doch die drei Herren über Eigenheiten des Ehrengastes. Sie war ihm in anderen Häusern begegnet; so weit entfernt die Ehrenplätze dort von dem ihren lagen, sie hatte sich umgesehen. Professor von Heines aß dies und jenes nicht, er trank vor allem keinen weißen Wein. „Sehr vernünftig“, bemerkte der Konsul.

„So nennst du ihn nicht mehr lange“, verhieß seine Kusine ihm. Hierauf erwähnte sie noch auffallendere Eigenheiten Heines'.

Der alte Dichter war empfindlich über jedes gewohnte Maß. Sie bat ihren Vetter dringend, seine Neigung für Gewagtes ganz zu unterdrücken.

„Vor allem aber darfst du nie bezweifeln, daß alles, was er aus seinem Leben erzählt, auch wahr ist.“

„Du glaubst doch nicht, daß er lügt?“ fragte Gabriele, die geschlossene Hand an ihrer schmalen Wange.

Emmy zuckte die Achseln.

„Er dichtet, – und versteht mich alle wohl! Nichts anderes steht in der Welt für ihn obenan, einzig das Dichten.“

Die Konsulin verzog den Mund. Aber der Konsul sagte:

„Der Ansicht kann man sein.“

Drittes Kapitel

Die Tür ging auf, eins der Mädchen hielt eine Lampe hoch, damit der Professor von Heines die Schwelle sehe. Seine Miene zeigte gefaßten Schmerz, sie sollten es für die Spur vergangener Seelenkämpfe halten, statt für alltägliches Leiden seines Leibes. Ihre Gesichter wurden denn auch achtungsvoll.

Der gedeckte Tisch stand nahe der weit offenen Gartentür. Der Alte sah es mit Besorgnis. Da erblickte er den Kamin, das leichte Holzfeuer, – er machte einen schnelleren Schritt, er hob seinen langen grauen Rock auf und ließ sich von rückwärts die Beine wärmen.

„Sie kennen den Süden“, sagte die Konsulin und legte hin, was sie in der Hand hielt.

Sie gab ihm den Platz beim Kamin, eigenhändig wickelte sie ihm sein Plaid um die Knie. Er hatte die Hausfrau rechts, zu seiner Linken die andere Dame. Die drei Herren saßen der Tür zu, der Tisch war rund. Er trug zwei silberne Kandelaber mit Kerzen, der Kamin die beiden chinesischen Lampen aus Porzellan. Es war hell, warm, ins Zimmer duftete der Garten. Alle betrachteten einander erwartungsvoll und mit Wohlwollen.

Die Mädchen in weißen Häubchen reichten Krebse, Spargel und russische Rebhühner, eine Seltenheit, mitgebracht von einem Kapitän der Firma. Die Gesellschaft sprach aber, sie aß nicht, obwohl die Speisen verschwanden. Es geschah nebenher, sie schienen nicht darauf zu achten. Professor von Heines unterbrach die Reden einzig, um den Wein zu loben. Konsul West hatte beide Weine zugleich anbieten lassen. Der alte

Dichter ward warm von seinem Léoville und dem Kaminfeuer, er sagte aber: von Erinnerungen an Griechenland, die er ablese aus den wundervollen Augen der Hausfrau.

Sogleich war er versetzt in Ölwälder, wo Hirten die Schalmei bliesen, ihm träumte dabei vom Flötenspiel des großen Pan. Er war versetzt unter Bogentore, um die ein wilder Rosenbusch rankte. Zwischen Säulen stieg und fiel der Brunnen, gefaßt von Porphyr. Er rundete den Namen Porphyr, die Namen Kephissia, Lorbeer, Opal. Wenige Worte: drei Palmen, Geklüfte und blaues Meer weiteten durch seinen Mund sich zur Landschaft, dorthinaus starrten alle geblendet, indes sie um diesen Tisch doch nur in das Kerzenlicht blinzelten.

Gabriele fragte zuerst. Sie fragte nach den Frauen Griechenlands, sie hatte bisher fast nur von den Knaben gehört.

Noch einmal erweckte er eine Stadt aus Marmor, die Treppe, das Portal. Darunter stand das Mädchen, Abendröte umspielte ihr Haar.

„Wie war sie gekleidet?“ fragte die Konsulin.

Emmy Nissen begriff, daß sie an ein Maskenkostüm für den Winter dachte. Sie sollten es nicht erfahren.

„Da sah ich dich zum ersten Male“, sagte statt dessen der Greis – verriet auch, daß er ein Weib von jenes Landes gottähnlichem Geschlechte fast gefreit hätte. Ihn hinderte seine Sprache, sein Lied, bei dem dort drüben niemand aufhorchte. Ja, auch Kampf und Schicksal seines Volkes riefen ihn ab. Hier erhob er sein Glas gegen die beiden Leutnants.

Der Konsul nickte seiner Frau zu. „Ähnlich schwer ward es uns nicht gemacht“, sagte er.

So erfuhr der Dichter, daß auch sie eine Fremde sei. Er habe es gewußt, behauptete er. Ihr beglänzter Blick verrate es ihm, ihr leichter Schritt. Er erkenne die Tochter des Südens wie eine Verwandte.

Emmy Nissen dachte: „Jeder hat ihm gesagt, woher sie ist.“ Dennoch staunte auch sie ... Gabriele aber begann zu sprechen.

„Als Kind lebte ich in Bordeaux. Wir wohnten beim öffentlichen Garten, in einer kurzen Straße mit Bäumen, Cours de Gourgue, Sie kennen sie?“

„Auch dorthin trugen mich meine Sängerfahrten. Die alten Häuser werden von Bäumen beschattet“, wiederholte der Dichter. Er warf den Kopf, sein Blick sah Erhabenes.

„Den öffentlichen Garten säumen lange Terrassen mit stolzen Palästen. Ein stärkerer Himmel dunkelt über der Orangerie, den tiefen Alleen.“

So war es; sie mußte wohl sein Glas, das er hinhielt, mit dem ihren streifen. Sie war beglückt, wenngleich eifersüchtig auf sein Wissen. Seltsam, seine durchdringenden Worte entfernten sie auch von Haus und Mann, die ihr gehörten. War ihre arme Mutter dort unten gestorben, der Vater hatte sie doch aus einer anderen Heimat in diese gebracht, und die war wieder ihr. Sie entgegnete:

„Am Hafen dort roch es genau wie hier am Hafen.“

Es hieß: „Ich habe die Heimat nie verloren. Hier ist sie wieder.“

Ihr Gatte sagte: „Natürlich. Dieselben Schiffe fahren hin und her.“

Da lächelte sie ihn dankbar an.

Hier kehrte das Gespräch, niemand sah klar warum, aus der Welt in die Nähe zurück. Der Konsul erwähnte Pidohn.

„Ich weiß, wer er ist“, sagte der Konsul. „Ich kenne seine Existenz, ich kann sogar berechnen, wie lange er sich beiläufig noch hält. Dennoch hatte er mich von seinen sinnlosen Hirngespinsten einen Augenblick lang beinahe überzeugt. Haben Sie dafür eine Erklärung, Herr Professor?“

„Er ist ein Spekulant, müssen Sie wissen“, bemerkte die Konsulin wichtig. „Ich habe sogar gehört, daß er alles Getreide der Welt kauft, damit das Brot ganz billig wird ... Oder ganz teuer?“ fragte sie, unsicher geworden.

Der Konsul lachte leise, aber so heftig, daß es ihn schüttelte. Ohne Übergang ward er völlig ernst. „Er weiß es selbst nicht. Er sieht nur, daß durch Spekulation jetzt häufiger Vermögen entstehen, als mit gediegener Arbeit. Merkt er nicht auch, daß die Rückschläge schon häufiger werden – und uns näherkommen?" fragte der Konsul sichtlich nur sich selbst. Dann fielen ihm seine Zuhörer wieder ein. „Solchen Leuten fehlt die klare Vorstellung ihrer Grenzen. Auch ihrer Pflichten", ergänzte er streng.

Kusine Emmy bestätigte es, nicht weniger streng. „Seine Frau lebt meistens bei ihren uralten Eltern, so sehr leidet sie unter ihm. Die Söhne meiden ihn tunlichst, die Villa gehört der Frau."

„Jedenfalls führte der Herr unzulässige Reden", behauptete Leutnant von Kühn. Sein Kamerad Kessel schloß:

„Eigentlich hätten wir ihn zur Verantwortung ziehen müssen."

„Verantwortung!" rief der Konsul. „Daran liegt es grade. Er ist ihrer unfähig, sonst hätte er sich längst darauf besonnen, daß wir Kaufleute nicht nur da sind, unbegrenzt Geld zu verdienen. Wir sind Teile eines Ganzen, das in noch höherem Maße unsere Sorge sein muß als das eigene Wohl. Um so sicherer gedeihen auch wir."

Er sagte dies mit noch helleren Augen, weil es nicht mehr ganz so wie früher die reine Wahrheit war – für andere nicht und bald auch für ihn.

Er versicherte sich, daß der verehrungswürdige Gast ihm zuhörte. Ein solcher Tischgenosse regte ihn an, seine Grundgedanken zu äußern, zu vertreten, was ihn bisher noch sicher und stolz machte. Ein letzter Nachdruck war seiner Rede noch zu geben.

„Der große Schlag, den Pidohn vor hat, kann ihn selbst zum Bettler machen. Es ist das Wahrscheinliche und es wäre verdient. Mit ihm gehen Ungezählte zugrunde, gut, ihre Sache. Und wenn er gewinnt? Auch dann. Er aber ist dann reicher, als man sein darf. Zu großer Reichtum ist selten achtbar", endigte Konsul West.

Der Dichter nickte um so verständnisvoller, je weniger er alles dies jemals bedacht hatte. Er bekundete aber, was er wirklich wußte:

„Jener Mensch ist ein Unglücklicher. Noch sehe ich ihn, schattendunkler als natürlich schien, in der Dämmerung den Gartenweg entlang kommen", sagte er im Ton seiner griechischen Gesichte. Jetzt erhob er Stimme und Blick. „Das war die Miene des Unglücks schon. Das war schon der Morgen von Sedan."

Die Offiziere nickten. Das Wort war eindrucksvoll, den Konsul überlief ein Schauder. Einen Augenblick vor einer Stunde oder mehr war er trotz allem in Versuchung gewesen!

Gabriele fühlte es traurig werden, ja, sie selbst hätte fast schon wieder jene drohenden Laute gehört, von den heiligen Frauen, die das Unglück suchen. Schnell übertönte sie alles, lachte hoch auf und fragte, warum man durchaus ernst sein wolle. „Dieser Tag war so heiter gewesen", sagte sie bittend, damit ihre jungen Spielgefährten sich darauf besännen.

„Auch morgen ist wieder schönes Wetter und Frau Konsul lassen sich schaukeln", verhieß der arme Kessel, schwermütiger als er selbst wußte. Nur der Dichter verstand ihn. Er ahnte einen demütigen und reinen Frauendienst, ihm ging von eigenen Erinnerungen das Herz auf. Kaum bedacht, schlug er an sein Glas, stand auf und sprach.

Er habe fremde Menschenart erfahren, viel Buntes, Wildes auf seinen Sängerfahrten. Blicke seien ihm eröffnet worden in die Abgründe violetter Meere und auch in Herzen, nicht weniger finster und stürmisch. Am Ende von allem aber wolle er allein noch seine Heimat kennen. Hier wirke Rechtlichkeit, heller Sinn, hier werde Maß gehalten, Gesundheit des Leibes und der Seele verbürge hier so Dauer wie Glück. Sie betrachteten ihn, sie wunderten sich, daß er es nicht in Versen sagte. Denn seine Augen leuchteten weihevoll, der Ton schwang sich hinan oder grollte. Freilich warf er den Kopf auch wie ein Schwan, sein blütenweißer Knebelbart stieg in die Luft, um seine Glatze tanzten vom Luftzug weiße Büschel. Im Grunde belächelten die Zuschauer ihn milde, nur wußten sie es selbst kaum bei ihrer Befangenheit. Sie blieben vor ihm befangen: sie dachten, weil er berühmt sei. Aber was ihre Geister ihm gefügig machte, saß tief, wie ein Glaube, der Glaube mehrerer Geschlechter an ihre Dichter.

Seine Rede inzwischen näherte sich ihnen, sie betrat dies Bürgerhaus selbst, atmete seinen Frieden, seine Zuversicht, sie ruhte in der Anmut grade dieser Frauen, und der Mut dieser Männer belebte sie. Dem Dichter ward das Auge feucht. Er verschmolz mit den Seinen, und sein waren alle, hier angefangen das Land auf und ab. Ihnen hatte er lange gesungen, ihnen schon vorzeiten ihr gemeinsames Schicksal gedeutet, vorhergesagt am Leibe Deutschlands die blutigen Einschnitte und den endlichen Sieg.

Der Sieg errungen, die deutsche Einheit heimgebracht, was blieb dem Alten übrig, als in die Hände der Jungen sein Amt zu legen. „Ich führte das Schwert wie ihr", sagte er zu den jungen Kriegern ihm gegenüber. „Ich erhielt es so lange rein und stark, bis ihr den letzten Streich tatet." Auch hierzu nickten die Offiziere.

Im stillen zweifelten sie, ob er nicht ein Wort zu viel sagte. Die Schlachten hatten sie allein geschlagen, beim Ernstfall hatte der Dichter immerhin gefehlt!

Er widerlegte ihre Gedanken auf der Stelle. Was war der Sieg – wenn nicht die Frucht und der Segen des Glaubens an unser Volk! Den Glauben hatte auch er selbst verbreitet. Ohne, daß für uns der Gedanke stritt, wo wären wir!

Jenes Schreckensbeispiel hatten wir vor Augen. Ein Krieg, den kein Geist und Dichter mitgekämpft hatte, nahm unserem geschlagenen Gegner sein Reich, er mußte den Weg des Elends ziehn.

„Ja, als Verbannter, verzweifelt schied er dahin am Anfang dieses Jahres!"

Hier horchten alle neu auf. Die Rede endete, bevor sie eine solche Höhe verlassen hätte. Der Trinkspruch umfaßte dies Haus, seine Herrin, die Freunde, die es hatte, besonders aber sein Land, das Land, das dem Hause Frieden und Wohlstand verbürgte. Er beschwor das Glück. Bleibe ihnen treu, o Glück, denn sie selbst, Haus und Land, sind treu.

Konsul West antwortete leicht, sogar witzig. Als er den Dichter stutzen sah, entschuldigte er sich. Wie hätte er nach einem solchen Redner noch aufstehen dürfen, außer um nichts zu sagen! Denn er war zum Sprechen vom Stuhl aufgestanden, damit nicht der Alte allein feierlich gewesen sei.

Der Konsul trank auf den Ruhm. Er sagte, vollkommen ernst geworden, daß in der Welt, wie er sie kenne, das zugleich Geheimnisvollste und Glänzendste der Ruhm sei. Hier streckte er sein Glas dem Gast entgegen.

Blieb im reizbaren Gemüt des Dichters noch ein Schatten? Die Konsulin hielt ihm sein Bild entgegen, Kusine Emmy hatte es während seiner Rede entworfen. Er erkannte seinen Knebelbart, sonst nichts. Nachsicht mit der Armen stimmte ihn um. Er war schon halb im Aufbruch gewesen. Jetzt blieb er noch, und Leutnant von Kühn stellte die Frage, die vorhin in ihrem Innern alle erhoben hatten.

„Ist Napoleon wirklich tot?"

Professor von Heines setzte sich wieder. „Der Kaiser starb diesen 9. Januar 1873 zu Chislehurst in England. Schon auf der Höhe seiner Macht hatte ein Unbekannter ihm das Haus eingerichtet, wenn er stürzte. Wirklich ist er dort gestorben. Aber Sie haben es vergessen. So wird auch der Ruhm vergessen", sagte er nicht ohne Vorwurf zu dem Konsul, der aber die Achseln zuckte.

„Man erinnerte sich wirklich des Mannes kaum noch", meinte der Konsul.

„Nur er selbst erinnerte sich an alles", sagte Heines. „Zuletzt hielt er die Hand seines Arztes und stöhnte: „Sie waren mit bei Sedan.""

Der Dichter beschattete die Stirn, als sähe er zuviel. „Der Sterbende", sagte er, „gedachte nicht der Tuilerien, nicht der Feste, auch seiner Siege nicht. Wir sterben, und als letztes haftet in unserem Geist das Unglück."

Dies überraschte. Man hörte nachträglich noch immer den Dichter seine unbegrenzte Verehrung des Glückes bekunden. Jetzt nannte er das Unglück mächtiger.

„Seine Frau war nicht im Zimmer", sagte Gabriele. Es schien ihr die natürliche Erklärung.

„Doch. Sie war zugegen."

Da wußte auch Gabriele keine Erklärung mehr. Professor von Heines berichtete, getragen, wie er von seinem Leben sprach:

„Einst trat ich als Gast vor das kaiserliche Paar in seiner Größe –“

„War es ein Maskenball?“ rief Gabriele sogleich. „Was trug Eugénie? Nun? Wie schade. Ich hätte mir gewünscht, daß Sie uns neue Maskenkostüme beschrieben. Wir kennen nur immer dieselben.“ Sie verzog den Mund. „Zigeunerin, Odaliske, was noch?“

Die anderen waren belustigt, gewiß durch Gabriele, aber auch über Heines. Nicht einmal die Griechinnen, die er doch geliebt hatte, konnte er in seinen Gesichten von Kopf bis Fuß beschreiben, – sie aber verlangte von ihm die Trachten des Pariser Hofes!

Er entschuldigte sich übrigens für seine Unwissenheit, denn er lobte die Fragende.

„Ihr eigener länglicher Gesichtsschnitt, Madame, ja, das Blond Ihrer Haare ist das Ihrer früheren Kaiserin, – die aber nicht Ihre großen Augen hat“, schloß er mit Verbeugung.

Der Konsul dagegen fragte, als sei ein großer Arzt zugegen:

„Ist sie so kindlich nur geblieben, weil sie von dort unten kommt? Hat es denselben Grund, daß ich ihr immer nur gute Nachrichten bringen darf?“ fragte er über den Tisch gebeugt, hinter der Hand.

Der Dichter aber antwortete öffentlich. Er wandte sich geradezu an die Dame selbst.

„Ihre schöne Kaiserin, der Sie ähnlich sehen, war keine schlechte Natur. Sie war von Grund aus unschuldig, war nicht ohne Freundlichkeit. Selbst ihre Gefallsucht glich dem Wunsch, zu erfreuen. Freilich verwandelte die mächtige Stellung, die sie einnahm, all dies nur zu bald in Herrschsucht. Das Spiel mit wechselnden Masken begünstigte ihre Launenhaftigkeit. Um sie her verfielen die Sitten.“

„Hu!“ machte Gabriele.

„Auch die Angelegenheiten des Staates hielt sie bald nur noch für ihr Kostüm und ihre Laune, ja, sogar bei höchster Gefahr. So wurde sie der böse Geist ihres Gatten."

Alle stimmten zu, denn es war bekannt, Eugénie habe den Krieg gewollt.

Die Konsulin bewegte die Schultern wegwerfend. „Laßt doch den Krieg! Sie hat ihn verloren, eure Eugénie, wir haben ihn gewonnen. Jetzt stellt sie keine lebenden Bilder mehr, wir aber könnten sie stellen!" rief sie hocherfreut.

Man mußte lachen über so viel Unbelehrbarkeit, – auch Professor von Heines lachte. Zu ihrem Gatten sagte er, wie vor einer Person, die ihn nicht verstände:

„Hätten sie drüben den Krieg gewonnen, wäre sie jetzt Französin. So ist Ihre Frau. Sich selbst rechnet sie immer dorthin, wo das Glück ist."

So kannte der Konsul sie, es machte ihm manchmal Bedenken. Um so leichter klang seine Antwort.

„Versuchen Sie mit ihr fertig zu werden, Herr Professor!"

„Wollen Sie es?" fragte Heines. „Verlangen Sie es geradezu? Dann passen Sie auf!"

Viertes Kapitel

„Ich sehe jemanden kommen", sagte Professor von Heines, er spähte angelegentlich in den dunklen Garten. Man erschrak, wenn man ihm zusah.

„Schon wieder Herrn Pidohn?" fragte die junge Hausfrau.

„Nein, den toten Kaiser Napoleon", sagte er, – und als sie aufschreien wollte, befahl er:

„Still! Sie selbst sind seine Gemahlin."

„Ach so, Sie dichten", bemerkte Gabriele mit Erleichterung.

„Sie treffen ihn nach der Niederlage bei Sedan.“

„Dann war es doch vielleicht unser Pidohn?“ schlug der Konsul vor. „Denn das kaiserliche Paar ist sich nach Sedan nicht begegnet.“

Heines war aufgestanden. Er ging zuerst nur durch den Hintergrund des Zimmers. Allmählich drang er bis zur halboffenen Gartentür vor. Er schien die Nachtluft nicht mehr zu fühlen. Übrigens war sie warm und duftete. Der Dichter beschloß:

„Das tragische Paar wäre einzig und allein auf Schloß Wilhelmshöhe zusammenzuführen.“

Er rang es sich ab, selbst schon gespannt durch sein Wagnis.

„Eugénie gelangt bis zu dem Gefangenen nach Deutschland. Wie? Verkleidet? Mit falschen Pässen? Vielmehr, weil ein Mächtigerer sie begünstigt – sie benutzt für seine eigenen Pläne?“

Er hielt an und sann. Dies währte so lange, daß jemand, ohne es selbst zu merken, fragte:

„Wer mag das sein?“

Der Dichter beschloß:

„Es kann nur Kaiser Wilhelm sein.“

Den Namen hörten die beiden Offiziere und rückten sich gerade.

„Oder glauben Sie“, fragte der Dichter sie besonders, „daß Kaiser Wilhelm, was auch vorhergegangen sei, den andern gern stürzen sah? Auch dort hatte ein Thron gestanden.“

Er unterbrach sich. „Herr Leutnant von Kühn, Sie spielen Kaiser Wilhelm.“

„Zu Befehl“, rief Kühn, sprang auf und setzte sich wieder. Die Augen des alten Dichters blitzten, er schien eine Schlacht zu lenken. Man mußte gehorchen.

Die Konsulin sah alle nacheinander an. „Das wird ein Stück! Wir wollen ein Stück spielen!“

Sie klatschte in die Hände. Der Dichter hielt auf ihr seinen leuchtenden Blick an, sie nahm es für Tadel. Er fand aber grade bei ihrem Anblick, was er brauchte.

„Sie ist trotz allem Erlebten nicht bis in ihren Seelengrund ernst. Noch immer könnte die Unglückliche lachen. Sie fühlt sich in ihrem Herzen nach wie vor erhaben über das Unglück. In ihrem ersten Auftritt mit Napoleon behandelt sie nur ihn, nicht aber sich selbst wie das Opfer."

„Sie hätte sogar gewollt", bemerkte jemand, „daß er bei Sedan fiel."

„Jetzt", rief der Dichter, „weiß sie etwas Besseres. Ihn zurückzuführen nach Paris! Mit Hilfe des bisherigen Feindes die Revolution besiegen! ... Furchtbares, liebe Freunde –" der Dichter kam dem Tisch näher mit Schritten, deren jeder eine große Nachricht brachte, „Furchtbares bereitet sich vor. Eugénie tritt vor Wilhelm."

„Geben Sie mir den Kaiser heraus!" rief Gabriele und sprang schon auf.

„Die Ehre des deutschen Namens verbietet es mir!" antwortete er begeistert.

„Ich will es. Einst fanden Sie mich liebenswürdig."

„Sie sind es mehr als je. Hörte ich auf meine Wünsche, ich behielte auch Sie gleich hier."

„Führen Sie mich doch lieber mit Ihrer Armee nach Paris! Es wird zugleich Ihrem Vergnügen und Ihrer Größe dienen", behauptete sie sowohl girrend als stolz. Sie umkreiste ihn fieberhaft.

„Bravo", riefen die Zuschauer. Der Dichter gebot Ruhe.

„Jetzt müssen Sie mir drohen", raunte er seiner Partnerin zu. „Sie haben einen Begleiter. Er war bei der kaiserlichen Polizei."

„Sie weigern sich?" rief Gabriele schon. „Sie wagen, mich herauszufordern. Sie halten mich für schutzlos. Aber hier habe ich jemand, auf den ich rechnen kann."

Sie zog Leutnant von Kessel hervor.

„Er liebt mich heimlich“, versicherte sie mit flammendem Blick, „für mich ist er alles imstande. Wissen Sie, daß er eine Frau, die meinem Gatten gefährlich wurde, kurzweg getötet hat?“

Der arme Kessel war blutrot. „Verlegenheit“, dachten die anderen, „so plötzlich in die Sache hineingezogen zu sein.“

„Beobachten Sie mich gut“, sagte Professor Heines zu Leutnant von Kühn. „So sollen Sie König Wilhelm spielen.“

Alle aber hatten Augen nur für Gabriele gehabt. Ihr so unerwartet entdecktes Talent stieg ihr selbst zu Kopf.

„Jetzt brauche ich Pidohn“, rief sie. „Für meine große Szene mit Napoleon ... Herr Pidohn!“ rief sie durch die hohlen Hände in den Garten hinaus. „Herr Pidohn!“

„Wenn er nun wirklich erschiene?“ fragte Kusine Emmy, als dächten beide an eine wahre Teufelsgestalt, grausig, wenn auch nur erfunden.

„Er ist nur unglücklich“, sagte hier der Dichter. „Er leidet furchtbare Schmerzen, hat alles verloren, seine Kraft ist allein die Ergebung in das Unvermeidliche.“

„Davon habe ich nichts bemerkt bei Pidohn“, versicherte der Konsul.

„Ich spreche von Napoleon“, berichtigte der Dichter. „Die Gatten sind allein.“

Jetzt stand er vor seiner Partnerin als Tiefgebeugter, mit Leidenszügen, sichtlich gealtert, seitdem er nicht mehr der siegreiche Wilhelm war.

„Ihre Wandlung!“ raunte er ihr zu. „Sie sehen einen Kranken. Dies haben Sie aus ihm gemacht. Es ist Ihre Schuld.“

„Ach! Schuld?“ warf Gabriele hin. Er streckte den Finger aus:

„So ist der Ton. Noch zweifeln Sie. Aber endlich wandeln Sie sich.“

„Das langweilt mich“, sagte sie kalt.

„Wie denn? Was ich erfinde, langweilt Sie?“

„Es liegt mir nicht.“

„Hören Sie! Begreifen Sie!“

Der alte Mann beschwor dies leichte Wesen, das sich ihm widersetzte. Er kämpfte, man verstand nicht ganz, um was.

„Die Sache ist, daß Sie endlich doch vom Unglück überzeugt sind. Verstehen Sie? Überzeugt, daß auch das Unglück kostbar, sogar liebenswert ist. Verwandelt, ihm hingegeben, erlöst durch das Unglück.“

„Ich liebe Napoleon?“ fragte sie ungläubig. „Auch noch, wenn er im Unglück ist?“

„So wie mich, wenn ich geschäftliche Schwierigkeiten hätte“, sagte der Konsul aufgeräumt.

„Nein. Die hat Pidohn“, sagte Gabriele.

Den Dichter verdrossen die Vergleiche. „Meine tragischen Personen“, murmelte er gekränkt und weggewendet.

In der eingetretenen Stille fragte die Kusine:

„Wer soll den Napoleon spielen?“

Es war die einfachste Frage, aber sie fiel in die Stille. Niemand wollte den Vorschlag kennen, an den alle dachten.

Der Konsul begann:

„Darf ich bemerken, Herr Professor, daß Sie noch vor kurzem das Unglück als eine Art Schande anzusehen schienen, oder es doch verkörperten in einer düsteren und fragwürdigen Abenteurergestalt, die in kein gutes Haus sollte eindringen dürfen?“

Dies war der allgemeine Eindruck. Man schwieg, denn man fühlte wie der Konsul. Dieselbe Gestalt stand vor allen.

Auch der alte Dichter war betroffen von seinen eigenen Widersprüchen. Jene junge Dame dort sollte vom Übermut und der Unwissenheit geheilt werden durch seine Erfindung. Es war eine Art Verabredung gewesen. So tragisch war es denn doch nicht gemeint. Er war unzufrieden. Hinzu kam, daß er seine Kräfte plötzlich erschöpft fand, daß es spät war und der für ihn bestellte Wagen ausblieb. Dies stieß ihm zu, eine halbe Stunde vor der Stadt, dreiviertel von seinem Haus!

Die Luft war noch milder geworden, ein Regen schien nahe. Alle standen auf der dunklen Steinterrasse. Die Straße blieb leer, sie horchten. Weit entferntes Knarren und Kreischen – „es kommt von der andern Seite. Bauernwagen mit Gemüse, die Fischerkarren aus Suturp, sie fahren schon in der Nacht zur Stadt, denn morgen ist Markttag."

„Sie werden sich nicht zu den Kohlköpfen setzen wollen, Herr Professor", äußerte der Konsul. „Dann bleibt nur übrig, daß Sie hier schlafen."

„Ihr Zimmer ist bereit", versicherte seine Frau.

Der Dichter antwortete ihnen nicht, oder sie verstanden nicht, was er etwa murmelte. Seine Laune ward immer schlechter. Er begriff nicht mehr, warum er hier den Abend verbracht, wozu sich erhitzt, überanstrengt, den Leuten ein Schauspiel geboten hatte. Jetzt war er ausgeliefert ihren Übergriffen und unzarten Scherzen. Sie weiter ertragen oder die Fahrt unternehmen auf einem holprigen Karren, der sein Tod sein konnte! ... Hier fuhr plötzlich sein Wagen vor. Im Geräusch der vielen Räder hatte man diese überhört.

Alle verabschiedeten sich von ihm. Die Kusine bat ihn um eine Rolle in dem Stück, aber er antwortete nicht. Sie wohnte noch weiter draußen, die beiden Offiziere begleiteten sie. Er war erleichtert, es wäre noch gut gegangen. Da fiel aber vom Dach eine Katze. Sie hatte droben eine unliebsame Begegnung gehabt, soeben zischte sie noch drohend. Plötzlich rutschte sie hier auf dem Steinboden auseinander, als sei sie nur noch Fell. Schon aber tat das Tier einen Satz über das Geländer und verschwand im Dunkeln. Etwas verspätet, weil es zu schnell fort war, sagte der Konsul:

„So stürze jeder Feind des deutschen Namens."

Es war aus einem Drama seines Gastes oder es konnte daraus sein. Der Konsul sprach es nicht besonders gehoben, fast ohne ironische Absicht, nur froh, daß es ihm so pünktlich eingefallen war. Die Verstimmung des Dichters, unverständlich wie sie war, ließ sich vielleicht doch mildern, wenn man ihn zitierte?

Statt dessen zuckte Professor von Heines auf wie gestochen, er stieß einen Fluch aus und war von der Terrasse verschwunden, man dachte an den Sprung der Katze. Die Windlichter kamen ihm so schnell nicht nach, er gelangte im Dunkeln zu dem Wagen, er stolperte hinein.

„Meine Verse und eine Katze!" fühlte er, und mit Knirschen: „Auch noch falsch zitiert."

Damit fuhr er ab.

Fünftes Kapitel

Die andern folgten bis an das Gartengitter, sie verharrten dort eine Weile schweigend. Was war geschehen?

„Siehst du, man darf nicht zitieren", erklärte die Konsulin, als wäre ihr dies von jeher bekannt gewesen.

„Das Stück wird er uns jetzt wohl nicht mehr schreiben", vermutete Emmy Nissen.

Leutnant von Kühn sagte zuversichtlich: „Dann machen wir es selbst."

„Schade doch." Gabriele senkte den Kopf. Wer ihre Traurigkeit am schwersten mit ansah, war Leutnant von Kessel.

„Ich gehe zu Herrn Professor von Heines", versprach er ohne Besinnen. „Ich erweiche ihn."

Er zögerte, entschloß sich aber:

„Befehlen Sie, Frau Konsul, daß ich auch Herrn Pidohn bitte?"

„Um was?" fragte Gabriele hart. Er verlor sofort die Fassung.

„Daß er den Napoleon spielt –?" sagte er zweifelnd.

„Davon war nie die Rede.“ Gabriele sah ihm in die Augen, wie weit er gehen werde. Ach, der Arme stammelte nur noch.

„Mir schien, es ward an ihn gedacht.“

Schon stockte Kessel. Gabriele ließ ihn stehn.

Die Kusine wies darauf hin, daß es wetterleuchte.

„Bei drohendem Gewitter sind alle Meinungsverschiedenheiten erklärt“, sagte sie zum Zweck der Versöhnung, worauf sie heimging im Schutz ihrer Herren. Das Ehepaar blieb allein.

Der Konsul gähnte. Seine Frau fühlte zu gut, daß die Müdigkeit Maske, Jürgen aber unzufrieden war. Gleich beim Betreten des Hauses fing er an. Er blieb plötzlich stehen und sagte:

„Das soll nun der Gipfel von allem sein?“

„Was?“ fragte die Frau, schon auf ihrer Hut.

„Ein alter Mann“, – der Konsul blies durch die Nase, „erzählt Intimitäten von Leuten, die er nicht näher gekannt hat, macht aus ihnen etwas, das sie selbst nicht mehr verstehen würden, – und führt sich dabei auf wie verrückt.“

„Du ärgerst dich, weil du ihn verstimmt hast“, antwortete die Frau, und sie betraten das Schlafzimmer.

„Darf er, dessen ganze Tätigkeit taktlos ist, selbst so reizbar sein? Nun gut, er ist, was er ist. Wir sind nicht undankbar. Mag sein, als Fünfzehnjähriger –“. Er lauschte in die Luft. Durch seinen Kopf ging, schon vor Zeiten empfangen, eine überaus süße Wortmelodie.

„Siehst du“, entschied Gabriele, nur damit er auch von allem übrigen, das noch kommen sollte, still sei, „Kessel kann aus seiner Elektra wenigstens zehn Seiten auswendig, es ist sogar langweilig.“

Dies hätte sie nicht sagen dürfen. Der Mann bekam auf einmal freie Bahn.

„Um die zweihundert Verse aufzusagen, muß er länger bei dir sitzen, als ich für richtig hielte." Er sprach sehr höflich, dennoch belehrend, sogar strafend, den Ton ertrug sie nie.

„Du kannst mir nichts vorwerfen. Du weißt, daß ich mich langweile, und du läßt mich allein. Mach mir wenigstens das Kleid auf!"

Er tat es, dabei war er in keiner Stellung mehr, die große Strenge erlaubte. Die Kerzen zu beiden Seiten des Ankleidespiegels brannten, ihr Licht floß weich wie je über den zarten Rücken Gabrieles. Es hätte ihn auch diesmal bezaubert. Sie sagte aber nicht ohne Härte:

„Mir immer meine Geselligkeit vorzuwerfen! Du hast gewußt, woher ich komme, was ich gewohnt bin."

„Gut, mein Kind" – schon ließ er sie los und trat fort. „Du bist es so gewöhnt, denn ihr lebtet auf einem großen Fuß. Daher hat dein Vater auch seine Geschäfte verkleinern müssen. Erlaube mir, dir zu sagen, daß ich es soweit nicht kommen lassen will."

Sie wußte keine Antwort, stampfte aber auf. Nur deshalb ward er noch schärfer, denn im Grunde bereute er, was er sagte, im voraus.

„Du läßt dich von mir nicht lenken und hältst es für ein Verdienst; aber bei uns fällst du auf. Man spricht über dich."

Hier erbleichte sie, lachte aber.

„Lache nicht!" befahl er. „Ich will nicht im Munde der Leute sein."

Jetzt erschrak sie ernstlich. Ihm schaden, das hatte sie nicht bedacht. Er war ehrgeizig, er wünschte seinen Mitbürgern zu gefallen. Es waren Züge, die sie begriff. Sie fürchtete, sich ihm verhaßt zu machen. Sie suchte seinen Blick, er aber bewegte sich schnell im ganzen Zimmer, er sah sie nicht. Um so stiller setzte sie sich in den Lehnstuhl neben dem Bett. Sie bedeckte sich sogar mit dem Kleide, das sie ausgezogen hatte, so sehr fühlte sie sich von ihm getrennt. Aber wohin er sich wendete, blickte sie ihm nach.

Er stieß hervor:

„Wenn es auch mich einmal träfe –. Eine geschäftliche Krise ist immer möglich. In diesen Zeiten, wo für so viele die Schwierigkeiten anfangen, – ich bin nicht gefeit. Willst du es wissen? Mir drohen Verluste, nur darum war ich beinahe versucht, auf Pidohn zu hören."

Er zitterte – doch nicht im Gedanken an Pidohn? Er fragte es sich.

Hatte sie geantwortet, sogar gelacht? Er sah sich nach ihrem aus Ängstlichkeit zart lächelnden Gesicht mit Empörung um.

„Wenn ich einmal allein stände, ich weiß niemand –"

Schon wieder brach er ab, schluckte, sagte noch:

„Vom Unglück darf hier nicht einmal die Rede sein." Jetzt wußte er es: Heines war es. Heines und seine Erfindungen zitterten in ihm nach.

Sie wäre jetzt aufgestanden und in das andere Zimmer gegangen, vielleicht sogar hinauf zum Kinde – nur fort. Sie war verstört, als werde eine neue, verhängnisvolle Hingabe von ihr verlangt. Sie fühlte: das geht nicht. Ich will es nicht. Das ist meine Sache nicht, dem bin ich nicht gewachsen.

Er sah sie an, wieviel sah er? – und sagte: „Du hast im Kopf nur deine Maskerade. Wenn du aber glaubst, daß du noch lange mit Geld umherwirfst und dir den Hof machen läßt –. Geh lieber gleich zu dem Tor hinaus, durch das du in die Stadt gekommen bist."

Sie sprang auf. „Schäme dich!"

Es klang hart, obwohl leise.

„Du kannst nur immer verhindern und mich abschließen. So seid ihr wohl hier. Das sollte bei uns ein Gatte wagen! Aber was willst du, im Grunde ärgerst du dich über dich selbst, denn jetzt wird aus unserer Aufführung nichts, du hast Heines beleidigt."

Er drehte sich heftig weg, stieß die Tür zu der hinteren Veranda auf und war schon verschwunden. Sie lachte höhnisch hinterher, sie schlug mit den Armen großartig durch die Luft. Darauf glitt sie im Gegenteil ganz still ins Bett. Sie löschte ihre Kerze, zündete sie aber wieder an. Ihr war das Herz schwer. Sie fand das Leben empörend. Dann kamen ihr jedesmal Bilder von früher, – als hätte es ihr damals noch nichts versagt, nichts in den Weg gelegt.

Sie sah den Salon im Hause ihrer Eltern am Cours de Gourgue zu Bordeaux. Die Möbel waren grüner Rips und mit Bronze beschlagen. Ihre Freundinnen ergingen sich dazwischen. Mehrere hatten Brüder mitgebracht, es ergab Paare, die sich mit den Augen suchten, indes alle, wohlerzogen und leicht, ihre Spiele miteinander trieben. Es war Sommer, in den Bildern Gabrieles war unverwandt Sommer. Die Läden blieben halb geschlossen, die Gesichtsfarbe der kaum erwachsenen Knaben war von edler gelber Blässe. Dem, der auch singen konnte, fiel eine glänzend schwarze Locke über das linke Auge.

Ja, er stand neben dem Flügel, den ihre Freundin anschlug, sang die Romanze vom Friedhof, dem Gespenst, und fand, während beiden süß schauderte, die Augen Gabrieles.

„Habe ich nicht doch ihn, nur ihn geliebt?"

Gleich darauf vergaß sie ihn, denn ihre Mutter trat ein, sie selbst mit dem Tablett. Gabriele lief hin, sie nahm es ihr ab. Gabriele allein hier in ihrem Bett hatte ihre Mutter zurück, wußte nicht mehr, daß sie tot war, nahm ihr einfach das Tablett mit den Erfrischungen ab.

Schon sah sie auch die Mutter nicht mehr. Sie stand als Kind neben der Magd bei einem Brunnen, aus dem sie beide Wasser holten. Es war ein Brunnen mit einer großen, steinernen Frau, die auf einem Knie ruhte, und mit Türen aus Schmiedeeisen. Man kam dorthin durch eine enge Gasse. Einst, als die Magd bei anderen schwatzte, ging Gabriele, das Kind, allein davon. Es war das erstemal, sie gelangte zuerst auf jene weite Terrasse, wo über dem Hafen die beiden Säulen ragen. Schiffsschnäbel stehen aus ihnen vor und die Plattform einer jeden behauptet ein stolzer Römer, – als führe er schwelgerisch droben durch den Himmel, der Meeresbläue hat. Es ist im Traum nicht schöner, als es damals war.

Wäre das Kind nur nicht weitergelaufen bis auf die große Garonne-Brücke, die kein Ende nimmt. Die Weite ängstet es, und daß alle

Menschen taub bleiben, obwohl es schreit. „Mama! Mama!“ ruft die schlafende Gabriele … Ach! Die Kathedrale. Plötzlich findet das Kind sich im Umkreis der großen Kirche, Gabriele in ihrem Bett sieht das Licht und den Schatten. Eine Straße dringt vom Dom her schmal in die Tiefen der Stadt, die Schatten fallen über die Häuser treppenförmig und so schroff, daß eine hellgebliebene Mauer sie blendet.

Gabriele in ihrem Bett ist innen geblendet. Sie sucht auf den Vorsprüngen der Kathedrale ihre alten Bekannten, die steinernen Tiere. Vergebens blinzelt sie nach den launischen Gebilden, die schon ihre Kinderaugen erlernten. Fledermäuse, Katzen, dort hockt ihr, zeigt euch! Nein? So seid ihr. Ihr versteckt euch. In den vielen bemoosten Winkeln der alten Kirchenmauer verstecke ich mich selbst, Mama soll mich finden. „Mama!“ Gabriele ruft es auch hier wieder. Aber es ist nur noch ein Hauch. Sie atmet langsamer und tiefer. Frau Konsul West ist eingeschlafen, sie hat den Streit mit ihrem Mann für den Augenblick vergessen.

Konsul West draußen auf der hölzernen Veranda rauchte Zigaretten. Er hielt sich vor, daß er der Klügere sei und die Dinge in Ruhe ansehen müsse, indes die Frau sie aber nur noch in der Stille des Traumes betrachtete. Wie dumm fand er jetzt sein Wort von dem Tor, durch das sie gekommen sei und wieder gehn könne! In Wirklichkeit war er stolzer auf ihr fremdes Gesicht, als auf alle seine gefüllten Speicher.

Ihre Leichtigkeit, diese schmalen Augen, die groß und sonnig wurden bei allem, was sie bestaunte, und das war viel: ja, schon der kupferne Schimmer auf ihrem noch immer nachdunkelnden Haar zeichnete sie in jeder Gesellschaft als einzig und nur sein. Er war da, er stand für sie ein. Sie war sein sichtbar gewordenes Glück. Sie beide waren im Munde der Leute? Viel schlimmer, wenn sie es nicht gewesen wären!

Gewiß blieb dies Wesen immer so unschuldig, daß er ihr mit dem heraufziehenden Ernst der Dinge nie kommen durfte. Auch dies war, wie er es wollte. Nur ward es nachgerade gewagt in diesen Tagen der sich nähernden Zusammenbrüche. Sie erreichten ihn schon manchmal, wie die Flut den Fuß. Er verlor schon, weil andere die Zahlungen einstellten.

Ihn selbst machte der Zustand unsicher, daher seine Fehler, dieser Streit. Die Wahrheit war ihm schließlich entfahren im Streit, wie sollte die Frau sie fassen. Unsicherheit hatte ihn auch bei den Zumutungen Pidohns befallen. Warum? Stand es mit ihm nicht mehr so fest und klar, wie er es dem Professor von Heines noch ausgemalt hatte? Blieb er von der Spekulation in seiner wahren Natur so unberührt nicht, wie seine strengeren, weil unversuchteren Väter? Wozu dann heucheln, sich sperren.

Pidohn spekulierte glücklich, er war im Begriff, der große Mann zu werden, den die ganze Stadt grüßt. Sogar Heines blieb unbeachtet, wo Pidohn auftrat. Den Augenblick nützen! Die Geschäftsverbindung nicht von der Hand weisen! So stand es nicht, daß man das durfte.

„Wie kam ich eigentlich dazu, seine Annäherungsversuche auszuschlagen?“ fragte Konsul West sich unwillig erstaunt. „Ein unüberlegtes Wort von mir war nicht die richtige Antwort auf die wohlerwogenen Vorschläge des Mannes. Er kennt unsere Chancen beiderseits, nicht umsonst kommt er grade zu mir. Ich vertrete, wenn wir zusammengehen, die Solidität und Vertrauenswürdigkeit.“

Ja, Konsul West berechnete schon, daß in seinem Gefolge die Leute leichter ihr Geld wagen würden als wegen Pidohn. Er bemerkte selbst, bis wohin seine Gedanken führten. „Wird das Wagnis zu groß“, so beschloß er, „ziehe ich mich rechtzeitig heraus und warne alle anderen.“

Die Gelegenheit durfte nicht endgültig versäumt sein. Pidohn mußte herangeholt werden. Nach dem Geschehenen war es nicht mehr leicht. Seinesgleichen will eine Rolle spielen. Gut, er sollte sie in dem Stück des alten Heines spielen, so beschloß der Konsul. Auch der Dichter war deshalb zu versöhnen. Abgemacht? Er antwortete: „Abgemacht“, – womit er schon die Tür ins Schlafzimmer öffnete.

Die Kerze brannte, er erklärte sofort:

„Das Stück wird aufgeführt, und zwar auf der hinteren Veranda. Ich habe mich überzeugt, sie ist durchaus geeignet. Die Zuschauer werden im

Garten sitzen, wir laden alles ein. Bist du zufrieden?“ schloß er leicht und beugte sich über das Bett.

Schlief sie? Ihr Gesicht lag in den verschränkten Armen. Die zarten Arme waren naß von Tränen. Er horchte; nein, sie schlief nicht.

Sie war erwacht. Sie hatte lange, lange in einem äußeren Mauerwinkel der Kathedrale von Bordeaux auf ihre Mutter gewartet, die sie abholen sollte. Ihre Mutter war nicht gekommen. Angst hatte sie befallen, und mit Angst war sie erwacht. Was sie vorfand, war schlimm: die Mutter tot, ihr Mann im Zorn von ihr gegangen. Wen auf der ganzen Welt hatte Gabriele?

Dies grade fühlte, über sie gebeugt, auch der Konsul. Er fühlte: „Sie ist weit her, eine kleine Fremde. Sie hat hier keine Verwandten, die mitzählen; und wenn sie auch vor den Leuten aus der Stadt so spricht, als gehörte sie zu ihnen, wer bleibt ihr, falls es ernst wird? Nur ich ... Ich ganz allein“, fühlte er innig und küßte ihr Gesicht, den Streifen der Wange, der freilag.

Sie rührte sich nicht, obwohl sie jetzt gern bei ihm geweint, gern seinen Trost genommen hätte. Aber es war auch gut, ihn bitten zu lassen.

„Er kommt schon wieder“, dachte ihr in die Arme gewühltes Köpfchen, indes die Kerze den warmen blonden Schein darüber spielte. „Er muß merken, daß man sich so nicht benimmt. Das hat man davon.“

Hiermit meinte sie nicht mehr nur ihren Mann, auch alle anderen Menschen, ja, das Leben. Es hatte keineswegs das Recht auf Unebenheiten oder Verfehlungen. Es mußte glatt und folgsam sein, sonst strafte dies Köpfchen es mit Verachtung.

Es war schwer genug, Gabriele mit der Aufführung des Heines'schen Stückes jetzt noch zu befreunden. Der Konsul nannte es eine Aufführung und sah darin eine Ehrung des Dichters. Für seine Frau gehörte es einfach zu den Maskeraden, von denen sie nach allen seinen Vorwürfen nichts mehr hören wollte. Er wußte natürlich, daß sie tief unglücklich gewesen wäre, hätte er ihr nachgegeben. Er hütete sich, er ließ nicht ab.

Sie machte immer neue Schwierigkeiten. Leutnant von Kessel sei vielleicht schon bei Professor von Heines gewesen, wenigstens habe er sich dazu erboten. Mit seiner Unerfahrenheit war er imstande, ihn noch mehr zu reizen; wer konnte wissen, ob er nicht alles endgültig verdorben hatte. Den Leutnant mußte sie vor allem zu sich bescheiden. Es geschah eines Tages, aber Kessel hatte nichts unternommen.

Zum ersten Male kam er in die Westsche Villa ohne seinen Freund Kühn, ja, am Vormittag zwischen zwei dienstlichen Pflichten. Gabriele war allein; der kleine Jürgen, der sie hätte schützen können, blieb unauffindbar. Sie empfing Leutnant von Kessel im vorderen Garten, von der Straße durfte jeder ihnen zusehn. Aber beobachtete man sie nicht vielleicht auch aus den Fenstern drüben? Hinter den dichtbelaubten Bäumen wohnten ältere Damen, die den harmlosesten Anblick zu interessant gefunden hätten. Sie ging mit Kessel ins Haus.

Ihre Besorgnisse wegen Professor von Heines hatte er mit einem Wort zerstreut, um so schwerer fiel ihr auf das Herz der Gang zu Pidohn. Sie sprach davon mit Überwindung. Der Leutnant erschrak.

„Sie, Frau Konsul, zu Herrn Pidohn!"

Sie klagte:

„Ich muß alles allein tun. Die Herren haben die Ausrede, daß sie beschäftigt sind. Liebhabertheater ist keinem wichtig genug."

„Mir!" behauptete Kessel. Denn ihre Wünsche seien ihm wichtiger als alles. Jetzt vermaß er sich ernstlich, sowohl den Dichter als den Hauptdarsteller herbeizuschaffen. Sofort bekam sie ihren ganzen Hochmut zurück.

„Glauben Sie denn wirklich, daß ich bei dem Dichter noch jemand brauche? Ein Mensch, der den Kopf voll angeblich schöner Griechinnen hat! ... Nur ihre Schneiderin kennt er nicht!" sprach sie beiseite.

Der Offizier bewunderte im Gegenteil grade ihr Kleid, das weite, blütengleiche Gebilde aus Spitzen. Es bedeckte ausgebreitet den ganzen großen Sessel, aber viele ersehnte Schönheiten ließ es heimlich ahnen, verriet sie fast. Ein heißer Morgen endete, auch ihre Sorgen erschlafften die junge Frau, ihre Formen blieben unbewachter als üblich. Er war im Zweifel, ob unter dem Kleid ihre Füße sich nicht kreuzten und aneinanderschmiegten. Dieser von der Schwüle mattweiße Vorderarm jedenfalls hing aus zurückgefallenem Ärmel über der ovalen Lehne. Der Hals, die Schultern zeigten sich frei, der junge Mann wagte nicht hinzusehn. Aber sogar hinter geschlossenen Lidern hätte er deutlich jede der leichten Rundungen samt ihrem genauen Schimmer erkannt.

Er hörte sie wieder Pidohn nennen. Er habe wohl recht, sie wage sich nicht in das eigene Haus Pidohns. Was aber sonst? Sie wisse es nicht, sie müsse es finden, es koste was immer. Sie sprach wie in Verwirrung, die abergläubischste Furcht hatte sie sichtlich befallen.

Der junge Leutnant entrüstete sich innerlich über Konsul West, der seine zarte Frau solchen Qualen aussetzte. Er selbst betonte sogleich seine Ritterpflicht.

„Frau Konsul, mir ganz allein obliegt es, jenen Herrn wieder umzustimmen, wie ich und mein Kamerad ihn zuerst auch verstimmt haben. Das kann nicht Aufgabe einer Dame sein."

„Möglich", erwiderte sie nur. „Aber ich muß selbst mit ihm sprechen."

Er sah, daß ihre Augen weiter wurden, sie schien sogar zu zittern. Dies gab seiner eigenen Person ein nie dagewesenes Gewicht. Er stand auf.

„Ich erlaube es nicht", sagte er. „Ist jener Herr überhaupt unerläßlich? Mag doch der Dichter in Person die Rolle ausüben."

„Wohin denken Sie?" fragte Gabriele. Plötzlich lächelte sie. „Er mit seinem Plaid!"

Ihn enttäuschte es, daß sie scherzte. Ihre Eindrücke wechselten rasch; zu fürchten war, sie möchte sogleich von etwas anderem anfangen. Dem jungen Mann lag viel daran, sie festzuhalten bei dem spannenden und ergiebigen Gegenstand.

„Ich selbst", rief er, „würde sogar die größte Rolle des Stückes nicht eintauschen wollen für meinen Bravo. Sie entsinnen sich doch?" fragte er eindringlich. „Ich spiele Ihren Begleiter, ich bin der treueste aller Treuen und schrecke auch nicht davor zurück, Ihnen jeden Feind zu opfern.“

Ihr fiel doch auf, wie betont, ja dringlich der arme Knabe dies vorbrachte. Flüchtig bedachte sie wohl, in welchem ungewöhnlichen Zustand er sein müsse. Gleich darauf sah er in ihrem Blick, der nicht mehr hier war, daß sie jetzt wieder einzig bei dem Feinde Pidohn weilte. Nur an den Feind hatte er sie erinnern können, anstatt an sich selbst!

Vor Ärger trat er zurück, stellte sich hinter sie und sprach nicht mehr. Aber auch sie schwieg; es dauerte zu lange. Ihr unbedeckter Nacken lag zu lange reglos und selbstvergessen unter seinen Augen, die nicht mehr den Mut fanden, ihn zu fliehen. Das schwere, blond erfüllte Haarnetz küßte den Nacken. Plötzlich machte Leutnant von Kessel eine Bewegung, die er nicht gewollt, nicht vorhergesehen, unter keinen Umständen sich zugetraut hatte. Schon war sie aufgesprungen.

„Das – das –“ stammelte sie, „haben Sie getan?“

Die Tränen des Zornes funkelten, der Leutnant war erstarrt, er atmete nicht.

„Sie können es nie wieder gutmachen. Nie will ich Sie wiedersehn.“

Leidenschaftlich aufgerichtet ging sie, kam aber nur bis zu dem Vorhang, der die Tür ins Schlafzimmer bedeckte. Hier fiel ihr ein:

„Sie haben es an Achtung gegen mich fehlen lassen. Sehen Sie zu, ob es Ihnen je gelingt, sich zu rechtfertigen!“

Das war die Zurücknahme des Verbannungsurteils, um so härter sprach sie die Worte. Auch schien sie zu schwanken und griff in den Vorhang.

„Alles, was Sie wollen“, versuchte er noch zu rufen, der dunkle Samt war über ihr schon zugefallen. Die Tür klappte.

Etwas später öffnete Gabriele lautlos einen Spalt. Leutnant von Kessel bot ein Bild des Jammers. Er schien am Fleck versunken, zumindest kleiner geworden und so gut wie gelähmt. Befriedigt wartete sie. Er nahm geistesabwesend, ja, mit wackelndem Kopf seine Sachen an sich, hängte den Degen ein, setzte den Helm auf, – jetzt erst ward sein Rücken wieder grade. Er gab sich einen sichtbaren Ruck und schnellte aus der Gartentür. Sie sah ihn fortmarschieren über die Terrasse.

Sechstes Kapitel

Sie wünschte, er möge nur nicht ihrem Mann in die Arme laufen. Er war in einem Zustand, daß er Verdacht erwecken konnte. „Das fehlte noch! Ich habe genug an Pidohn."

Sie wollte mit Pidohn fertig werden. Für den liebenden Kessel blieb ihr im Augenblick nicht viel Sinn übrig. Es war schade, so gestand sie sich, um alle die hübsche Romantik. Noch an jenem Abend, als der junge Leutnant sie hinter ihrer Kommode entdeckte, hatte ihr Herz geklopft. Er rührte sie damals, sie war nicht sicher, was geschehen werde. Heute hatte sie im Grunde ruhig Blut behalten.

Plötzlich begriff sie: „Vor fünf Minuten hat ein fremder Mann mich geküßt! Was wird daraus? Kann es denn bleiben, wie es ist?"

Vor Unruhe lief sie hinten auf die Veranda, da sah sie den kleinen Jürgen sich durch die Stachelbeerhecke zwängen, er kam aus dem Garten Pidohns.

„Jürgen, was tust du?"

Der Junge wollte Reißaus nehmen, nur die Hecke ließ ihn so schnell nicht fort, die Mutter war schon da. Anstatt es aber zu strafen, nahm sie das Kind bei beiden Schultern, sie sagte ihm einschmeichelnd:

„Er hat mich auf die Schulter geküßt", sie errötete, „nur auf die Schulter, verstehst du? Das ist nicht schlimm."

Ob es nun schlimm war oder nicht, Jürgen steckte den Finger in den Mund. Jetzt schien er zu überlegen. Seine Ähnlichkeit mit dem Vater ward dadurch größer. Sie schüttelte ihn.

„Woher kommst du schon wieder? Aus dem Garten des bösen Mannes! Dort werden die kleinen Jungen gefressen. Halte nur ja deinen Mund! Sonst sage ich es deinem Vater.“ Damit ließ sie ihn laufen.

Sie dachte: „Unsinn ist das, Nebensache ist es, – da ich nun einmal zu Herrn Pidohn gehen soll!“

Sie faßte den Plan, ihren Mann zu bitten, er möge es ihr erlassen, aber konnte er es? Es lastete auf ihr von selbst, sie wußte, es würde ihr nicht erspart bleiben. Warf sie auch sogar die ganze Aufführung hin, Pidohn blieb.

Gern hätte sie ihren Mann doch wenigstens um Rat gefragt, sie ging sogar ein Stück die Lindenallee entlang, ob er noch nicht käme. Aber erstens schien er die Versöhnung Pidohns dringend zu wünschen, und wie hätte sie ihm ihre Abneigung, diese widerspruchsvolle Abneigung erklärt? Würde er begriffen haben, daß man sich selbst in Versuchung führt, trotz Widerwillen?

Mit Leutnant von Kessel hingegen war alles Romantik.

„Er hat mich nur auf die Schulter geküßt.“

Hätte sie doch wenigstens hierüber ihrem Mann sich anvertrauen dürfen anstatt dem armen Kinde! Nein. Der große Jürgen würde dies wichtiger genommen haben, als alle ihre Ängste durch Pidohn. Ein Kuß auf ihre Schulter wäre ihm unerträglich erschienen, nicht aber, daß jener andere jetzt leider sogar in ihre Träume eindrang. Denn sie hatte Träume der Angst.

Seufzend kehrte sie um, sie wollte den Mann lieber gleich beim gedeckten Tisch erwarten. Ihr mißfiel die schwüle Luft, ihr mißfiel das Haus. Sie wäre gern weit fort gewesen, wußte aber zum erstenmal nicht einmal, wo. Keine Bilder von einst kamen. Sie war nur müde – erinnerte sich, daß man statt dessen durch leichte Luft in einer Schaukel schwingen könne, und fühlte Zorn. Denn sie war, wie sie hier saß und wartete, nicht glücklich.

„Ich, nicht glücklich?“ fragte sie ungläubig. „Ich, nicht mehr glücklich?“

Hier kam ihr Mann und küßte sie mitten auf den Mund. Er hatte helle Augen, helle Brauen, aber die dunkleren Wimpern warfen Schatten auf die unteren Lider, und er war bei aller Hitze weißer von Gesicht als sonst.

„Hast du Sorgen?“ fragte sie plötzlich.

Er zog die Braue hoch. „Wie kommst du darauf?“

Mehr verriet er nicht, sie aßen. Der kleine Jürgen ließ kein Auge von seiner Mutter, sogar noch mit dem Löffel im Mund starrte er sie an wie eine Mitschuldige. Sie spürte, sie werde erröten.

„Iß doch!“ wiederholte sie gereizt.

„Wer war hier?“ fragte sein Vater. „Jürgen sagt, daß du Besuch hattest.“

Sie sah in zwei gleiche Gesichter. Es waren kurze Gesichter, ihr längliches gehörte zu ihnen nicht, so ward ihr bewußt. Das Kind öffnete den Mund, da hatte es von ihrer schlanken, schnellen Hand die Ohrfeige. Es weinte nicht, aber endlich schlug es die Augen nieder.

Sein Vater wollte fragen; sie rief schon:

„Er ist verstockt! Er war wieder im Garten Pidohns, er ist ein häßliches Kind. Darum denkt er sich etwas gegen seine Mutter aus.“

Sie war bleich und hielt immer noch ihren Blick auf dem Kind, das ihn fühlte und den seinen nicht aufschlug.

„Bei dir war niemand?“ fragte der Mann.

„Wer sollte denn kommen?“ rief sie entsetzt, weil sie log. Sollte sie denn alles verschweigen müssen, was ihr zustieß? Sie hätte sich gern berichtigt, sie wollte sagen:

„Ach, ich vergaß. Einen kurzen Augenblick war Kessel da, er sagte mir nur ein Wort von Heines.“

Dies hörte sie sich beinahe schon sprechen, schwieg aber. Sie hatte das unschuldige Kind geschlagen! Jetzt sollte sie sich eigentlich vor ihm hinknien und es in den Arm nehmen. Das fühlte sie, wollte es auch, da war nur ein Widerstand.

Der Mann dachte: „Sie ist eigensinnig. Das Kind hat seinen Trotz von ihr, sie können sich nicht verstehn. Etwas ist vorgefallen, aber sie mögen es für sich behalten. Ich bin heute ein wenig müde“, schlossen seine Gedanken. Er stand auf, küßte die Frau, dann das Kind. Er küßte sie zuerst, damit sie nicht beschämt sei, nicht sogar an Achtung verliere bei dem Kind.

Das Kind nahm er in seine Arme. Hierauf aber ermahnte er es eindringlich:

„Gehorche deiner Mutter!“

Gabriele aber suchte Pidohn. Sie stellte sich vor, wie er an einer Straßenecke mit ihr zusammenstieße und einige freundliche Worte sich von selbst ergäben. Den Rest beschloß sie schriftlich zu ordnen. Nur traf sie nie wirklich auf ihn. Die paar Hauptstraßen zeigten von ihm keine Spur, aber nur in ihnen konnte sie sich frei bewegen. Die Läden, in denen eine Dame kaufte, lagen alle hier, jeder Schritt in andere Gegenden hätte besonderer Erklärungen bedurft. Unnützes Umhergehen fiel ohnedies auf.

Mehrmals begegnete sie Emmy Nissen, jetzt machte sie auch noch die Wege Emmys mit. Das gab ihr das Recht, bis über die Mittagsstunde in der Stadt zu bleiben.

Die beiden jungen Damen standen hinter der Spiegelscheibe eines Klempners, Efeustöcke schützten sie, da kamen die Herren von der Börse, unter ihnen Pidohn.

„Tatsächlich“, rief Gabriele, denn sie hatte ihn schon verloren gegeben. „Er lebt also noch?“

„Und wie er lebt!“ sagte Emmy. „Am Hafen treibt sich ein gefährlicher Trunkenbold umher. Gestern wollte die Polizei ihn aufgreifen. Zuerst ließ er sich auch abführen. Plötzlich aber läuft er davon, verschwindet in der engsten Gasse, eine Sackgasse, verstehst du? Ein verrufenes Wirtshaus steht dort, er mußte hineingelaufen sein. Der Polizist sieht nach, drinnen sitzt ein einziger Gast, Herr Pidohn."

„Er – er war es?" fragte Gabriele, die Faust an der Wange und mit erweiterten Augen.

In dieser Minute ging er an ihrem Fenster vorüber.

„Man sieht es ihm wirklich nicht an", bestätigte die Kusine.

Nicht nur, daß Pidohn voll Würde einherschritt, sichtlich ward er anerkannt als Macht. Die Herren umgaben ihn, sie grüßten ihn zuerst. Er wirkte groß und umfangreich. Er glänzte von oben so stolz und glücklich aus seinen beiden schwarzen Bärten. Wenn seine dicken Brauen sich verschränkten, taten sie es nur, um jemand ungnädig abzuweisen.

Auch Konsul West, der jetzt nahte, war umringt. Die Damen hörten sagen:

„West, Sie, der Sie bei Pidohn lieb Kind sind –."

Gabriele erschrak, sie fühlte, die Worte seien für Jürgen nicht schmeichelhaft, – und seit wann schloß er sich an Pidohn an? Er, dessen Ehrgeiz nach eigener Geltung ging! Dennoch verzog er bei allem keine Miene. Im Gegenteil, unbeschadet seiner natürlichen Vornehmheit ward er noch gefälliger, er schien nur Freunde zu kennen. Jeder dieser Herren, die durch seine Vermittlung bei Pidohn verdienen wollten, stimmte mit, wenn die Bürgerschaftsvertretung ihren Vorsitzenden wählte ...

„Beide müssen wir mit Pidohn Glück haben", erkannte Gabriele. „Was geschieht sonst? Jürgen, der von selbst ein ganzer Herr ist – und der vorübergehend aufgeblasene Pidohn! Trotzdem wird wohl auch Jürgen ihn so dringend brauchen wie ich."

Einen Augenblick hatte sie Mitleid mit Jürgen wie mit sich selbst. „Entschuldige, Emmy", hätte sie fast gesagt. „Ich muß Jürgen einholen."

Aber er war in Geschäften, daher heilig. Niemand durfte ihn stören. Undenkbar schien vollends, daß eine Dame in diese wandernde

Versammlung ernst handelnder Männer eintrat. Gabriele seufzte, sie ließ es.

Bei Tisch war Jürgen dann bester Laune. Sein Freund Pidohn habe Glück. Wer es sogleich vorausgesehen habe, komme gut weg dabei.

„Jetzt hast du wohl keine Sorgen mehr?“ fragte Gabriele.

Er verwahrte sich:

„Eigentliche Sorgen waren es ohnehin nicht. In diesem Augenblick aber sind wir nahezu reich, oder sagen wir: sehr wohlhabend.“

„Ach!“ machte Gabriele. Gegen ihre Gewohnheit stützte sie beide Arme auf, ihr Gesicht sah zwischen ihren schmalen Händen unverwandt hindurch. „Dein Freund Pidohn hat es jetzt nicht mehr nötig, die Rolle zu spielen.“

„Welche Rolle?“ Er war völlig überrascht. Als sie nicht antwortete, fiel ihm ein: „Natürlich, in dem Stück von Heines. Gut, daß du mich erinnerst. Du verzeihst doch, daß es mir entfallen war. Als ich mich mit Pidohn in Verbindung setzte, erwähnte ich euren – du weißt, jenen Zwischenfall. Er schien nichts mehr davon zu wissen.“

„Ach! So schnell vergißt er?“

„Bei seiner Lebensweise!“

Sie erschrak, sie dachte an den Trunkenbold in der Hafengasse.

„Der Mann arbeitet für sechs“, erklärte der Konsul. „Ich hatte überhaupt noch keine solche Kraft gesehn.“

„Dann bleibt ihm kaum Zeit für unser Theater.“

Der Konsul blies durch die Nase. „Theater! Wenn er will, baut er der Stadt ein großes neues Theater, so viel Geld verdient er. Ich könnte es ihm sogar nahelegen. Er braucht Prestige.“

Gabriele gab nicht nach. „Aber seine Rolle in unserem Stück? Auch das wäre für ihn noch immer ein Gewinn an Prestige. Es ist die Hauptrolle.“

„Vor allem wäre es jetzt unser eigener Vorteil“, entschied er. „Pidohn ist nicht mehr der Abenteurer, der er war. Die Lage hat sich geändert, seine Spekulationen glücken. Nachgerade wird er zum großen Mann der Stadt, wir müssen ihn haben. Wie weit bist du deinerseits mit ihm?“

Ihr Gesicht zuckte. Er glaubte, sie würde weinen.

„Du hast ihn ein wenig vor den Kopf gestoßen, und fürchtest, er könnte sich dessen noch entsinnen. Aber laß es gut sein, meine Liebe. Tue keinen Schritt mehr in der Sache! Überlasse alles mir, und eines Tages siehst du ihn hier durch den Garten kommen, als wäre nie etwas vorgefallen.“

„Es würde mich freuen“, sagte Gabriele.

So endeten sie.

Sie hatte aber leider nur wieder die Wahrheit verschwiegen, denn sie war durchaus entschlossen, noch Schritte zu tun, alle möglichen Schritte, die unvorhergesehensten, die gewagtesten.

Am gleichen Abend ging sie aus. Der Konsul wurde erst spät aus dem Kasino der Herren zurückerwartet; sie hatte, als es dämmerte, zwei Stunden vor sich.

Welches ungewöhnliche Unternehmen! Einige Läden waren noch offen, aber sogar die Hauptstraßen leerten sich schon. Sie bemerkte keinen Bekannten, übrigens hätte bei dem schwachen Gaslicht niemand sie selbst erkannt. Wenigstens glaubte sie es. Sie war verändert, sie trug eine alte Jacke aus dem Kleiderschrank ihres Stubenmädchens. Das Mädchen wußte es nicht. Niemand auf der Welt wußte, daß Frau Konsul Gabriele West hier ging und so aussah.

Schnell um die Ecke. Der letzten Laterne entronnen! Steil fiel eine holprige Gasse ab. Gabriele fühlte tief, daß sie die erste und einzige Dame der Stadt war, die bei Einbruch der Dunkelheit verkleidet in unerlaubte Gegenden abglitt. Sie dachte: „Das tun sie hier nicht.“ Darauf fiel ihr ein: „Auch Herr Pidohn verkleidet sich.“

Er war bis jetzt die unheimliche Ausnahme gewesen. Jetzt kam sie selbst hinzu. Sie bestand Abenteuer, wie Herr Pidohn. Ihn hatte die Polizei in einer verrufenen Kneipe entdeckt. „Wer weiß, wo sie mich noch finden.“ Sie erschrak, fühlte unbegrenzte Gebiete sich eröffnen, lachte aber im Innern noch darüber.

Es war ein Gang – irgendwann im Leben, und wäre es nur im Traum, mußte sie ihn schon getan haben. Die Straße schwankte ihr unbestimmt, als wäre leerer Raum darunter, ja, wie eine Brücke. Es hätte die lange Garonne-Brücke sein können, sie selbst noch das Kind, und im Lärm hörte niemand ihr Rufen. Sie war verlassen, verloren, kam auch nie hinüber. Man kommt im Traum nicht hinüber.

Vereinzelte Vorbeigehende versuchten unter dem breiten Hut ihr Gesicht zu erspähen, da begann sie vor Angst zu laufen in der abschüssigen Gasse. Eine Haustür stand noch offen. Gabriele flüchtete hinein.

Sie gelangte in einen Vorflur, hierauf folgte erst die verschlossene Glastür, hinter der das Haus ganz dunkel lag. Aber auch die Seitenwand des Vorflurs hatte ein Fenster, es war breit und unverhängt. Wer sah ihr daraus entgegen? Herr Pidohn.

Sie fuhr zurück, sie drückte sich hinter die Haustüre. Herr Pidohn freilich sprach, indes er heraussah, ruhig weiter mit den drinnen anwesenden Personen. Er schien nichts zu erblicken. Endlich bedachte Gabriele, daß sie im Dunkeln stand, ihn aber alle Gasflammen umgaben. Er lehnte großartig an einem hohen Pult, kühne, kraftbewußte Bewegungen begleiteten seine Worte. Er diktierte und rief Befehle dazwischen. Eine Anzahl Angestellter hastete umher oder schrieb verzweifelt. Alles sah aus, wie von dringlichster Wichtigkeit beseelt.

Haus und Straße stockfinster, Gabriele aber blickte in einen grellen Zauberkasten. Hatte Pidohn vor dieser Zeit überhaupt einen Geschäftsraum gehabt? Fast erwartete man, daß dies ganze Wesen, unsicherer Herkunft wie es war, mit einem Schlage vom Dunkel verschluckt werde und nie gewesen sei. „Grade hier mußte ich eintreten?“

Mitten aus dem Feuer seiner Tätigkeit brach Herr Pidohn auf, ein junger Mann brachte ihm laufend Mantel und Hut. Eilig schritt er dem

Hintergrunde zu, jemand sprang ihm voraus, ja, hinter der gläsernen Flurtür erschien ein Licht. Gabriele verlor den Kopf, sie fand nicht fort. Im letzten Augenblick, als schon die Flurtür klirrte, verschwand sie.

Erst nach der nächsten Querstraße stand eine Laterne, sie hoffte, ungesehen um die Ecke zu gelangen. Vielleicht war es ihr auch geglückt, nach zwanzig Schritten aber ließ sich nicht mehr leugnen, daß dies eine Sackgasse war. Entsetzt sah sie umher, trübes Licht drang nur durch eine einzige Scheibe. Das verrufene Wirtshaus! Pidohn als Trunkenbold! Grade hier setzte ein vereinzelter Schrei ein, ein Frauenschrei. Er nahm kein Ende. Gabriele kehrte um und rannte, auf die Gefahr, dem schnell als Trunkenbold maskierten Pidohn in die Arme zu laufen.

Nur abwärts! Aus der Enge fort, abwärts zum Hafen, endlich nahm freiere Luft sie auf. Auch gingen Wächter vorbei. Sogleich sagte Gabriele sich, daß sie dumm sei. Wozu die selbstgeschaffenen Ängste? Nichts davon mußte wahr sein. Auch den diktierenden Pidohn behandelte sie als reine Eingebung ihrer erregten Sinne. Freilich wehrte er sich. „Sie werden mir doch noch in die Arme laufen“, sagte er deutlich – einen halben Schritt hinter ihr und mit ziemlich glaubhafter Stimme; aber sie wußte durchaus, daß sie es selbst war.

Sie atmete und sah sich lieber den Hafen an. Die Schiffe lagen schwarzgetürmt, man bemerkte keine Wasserfläche, so breit war dieser Fluß nicht. Sie dachte: „Es gibt so breite Flüsse, daß der ganze Himmel darin Platz hat.“ Da hielt sie an, es roch nach Wein – genau wie in dem Hafen am anderen Ende der Reise, die sie kannte.

Die Fässer hier! Sie waren ausgeladen aus jenem Schiff, hatten dieselbe Reise gemacht wie einst sie selbst, lagen nun hier und erwarteten ihr Schicksal. Sie dachte: „Auch ich werde einmal leer sein, einmal zerbrochen werden“, – dachte es aber leise, kaum vernehmbar ihr selbst, indes sie eins der Fässer streichelte.

Sie fühlte, daß der leichteste Teil des Lebens endete, ach, schon zu Ende war. Sonst war nichts deutlich, was vorging. Sie trotzte: „Ich will nichts wissen, will wieder glücklich sein.“ Morgen, so beschloß sie, sollten die beiden Leutnants samt der Kusine mit ihr Krocket spielen, sie schaukeln, ihr dienen. Nichts sollte geschehen sein … Auf einmal ging sie wahrhaftig einen Schiffssteg hinan! Erstieg den Steg zu dem Schiff, das die Weinfässer gebracht hatte. Herrlicher Übermut, auch dies steht dir frei! Es kann noch immer anders kommen. Du bist gekleidet wie ein armes Mädchen, sie nehmen dich mit, du arbeitest in der Küche, eines Morgens geht die Sonne über deiner anderen Heimat auf.

Leider regte sich auf dem Schiff ein Schatten und erschreckte sie. Mit einem Sprung verließ sie die Bretter. Sie kehrte unverzüglich in die Stadt zurück.

Sie gelangte auf dem nächsten Weg zum Dom. Sie hatte es nicht vorausgesehen, ein Platz eröffnete sich plötzlich. Um die Kirche lag ein schwacher Lichtkreis. Von Schatten schwer drangen die Straßen in die Tiefen der Stadt, und es war still. Die Mauer der Kirche erging sich in überraschenden Winkeln. Einmal schob sie einen freien Pfeiler weit von sich. Aus der Höhe blickte ein grauer Tierkopf, ob Fledermaus oder Katze. Er rührte sich nicht, aber sie sah so lange hin, bis seine Augen aufgingen.

Hiernach bemerkte sie an der Kirche noch anderes Getier, speiende Drachen, einen Löwen, der mit dem Schweif schlug, bereit, ihr zu folgen. Denn dies hatte ein anderer Löwe einst tun wollen, als sie selbst ein Kind war und sich in den Winkel einer anderen Kathedrale drückte. Der Traum kürzlich, jener Traum von ihrer Kindheit, hatte ihr die vergessenen Tiere nicht zeigen wollen. Hier erschienen sie ihr in Wirklichkeit. Es war, wenn man wollte, dieselbe Kirche. Sie war, wenn sie wollte, dieselbe Gabriele.

Die Uhr schlug. Senkrecht über ihr stieß die Uhr mit voller Kraft den tiefen Klang in die dunklen Lüfte. So erfuhr die Abenteurerin, daß sie zu spät nach Hause kommen werde.

Bis in den belebtesten Teil der Stadt fehlte wenig. Hier war hinter ihr ein Wagen. Er rumpelte und fuhr im Schritt. Sie sah sich um, er bildete ein hohes, schwarzes Gestell, das schwankte. Auch die Pferde waren schwarz, auch der Kutscher. Sie erkannte ihn, sie blieb stehn. Das Gefährt war neben ihr und es war leer; da fragte sie:

„Nehmen Sie mich mit, Herr Pagels?“

Er besann sich, dann hielt er an. Es geschah langsam, knarrte und stieß, es geschah im Halbschlaf.

„Sie sind wohl das Mädchen von Konsul West“, sagte der Kutscher. „Bis zu meinem Stall können Sie mitfahren.“

Sie stieg ein. Im Schritt rumpelten sie weiter. Aus der Straße, die zum Kasino der Herren führte, näherte sich eine Gruppe, sie glaubte ihren Mann darin zu erkennen. Um so tiefer drückte sie sich in das Dunkel der Kutsche. Beim Stadttor bog der Wagen in einen Hof. Sie verließ ihn, statt eines Abschiedsgrußes sagte sie:

„Herr Pidohn fährt wohl auch nicht mehr spazieren?“

Der Kutscher antwortete:

„Der hat mehr zu tun. Ich fahre ihn nur immer in der Stadt umher. Aber morgen nachmittag will er nach Suturp.“

„Morgen nachmittag?“ wiederholte sie für sich und lief schon. Sie gelangte auch noch vor dem Konsul nach Hause. Die häßliche Jacke war ungesehen beseitigt, sie stieg hinauf zu dem Kinde. Es schlief allein, sein Mädchen saß mit den anderen in der Küche drunten, noch unter dem Erdgeschoß. Alle waren weit fort und hatten das Kind allein gelassen, am weitesten fort aber war seine Mutter gewesen. Wie sie es bereute! Sie hätte anstatt alles anderen, das sie getan hatte, den Abend hier am Bettchen verbringen sollen!

Ihr Kind wäre eingeschlafen bei dem Klang ihrer Stimme, es würde jetzt Träume haben, die sie ihm vorgeträumt hätte.

Es hatte aber nur seine eigenen. Sie selbst war in andere verwickelt gewesen. Ihr schauderte ein wenig, sie schloß das Fenster. So waren sie beide geborgener.

Das Kind rührte sich, flüchtig erwacht öffnete es die Augen und lächelte sie an. Da ergriff sie es stürmisch und weich, zog es zu sich hinan; ja, ganz Mutterglück, flüsterte sie ihm in sein blondes Haar:

„Wir sind nicht reich, aber sehr wohlhabend."

Es lächelte nochmals, gleich darauf war es in ihren Armen wieder eingeschlafen. Von drunten rief der Konsul nach ihr.

Siebentes Kapitel

Am Morgen war es Sonntag und überaus hell. „Der schönste Tag im Jahr", sagte Gabriele schon beim Frühstück zu ihrem Gatten. Sie wollte sich damit Mut machen. Was ihr heute nachmittag bevorstand, war spannend, aber furchtbar.

„Ich weiß etwas!" rief sie. Es war ein Versuch, zu entkommen. „Heute fahren wir an die See", rief sie begeistert.

„Gleich vom Frühstück weg?" fragte der Konsul und griff nach einer Börsenzeitung. „Laß mir Zeit, mein Kind. Hier auf unserer Terrasse beim Tee in der Sonne ist uns wohler, als wenn wir stundenlang im Wagen schaukeln. Das ist nur für Pidohn."

Bei dem Namen ward Gabriele noch lauter.

„Den ganzen Tag bleiben wir fort!" rief sie. „Wir essen in Suturp zu Mittag, später baden wir mit dem Kind."

Er griff sich an die Stirn.

„Dann muß ich schon längst in der Stadt sein. Sitzung mit Pidohn."

Sie dachte daran, daß Pidohn heute doch hatte spazierenfahren wollen. Er fuhr nicht, sondern hielt Sitzung ab? Dies erleichterte sie unvermutet, gleichzeitig aber enttäuschte es sie. Nachdem die Erleichterung einmal eingetreten war, nahm die Enttäuschung sogar zu; Gabriele hätte gern bezweifelt, daß Pidohn Sitzung abhielt.

„Sogar sonntags?" fragte sie – mit einer Stimme, als gäbe sie den Kampf auf.

„Das geht dir näher, als ich denken konnte“, bemerkte der Konsul. Er betrachtete sie aufmerksam. Sie lächelte zuerst noch bittend, dann zeigte sie ihm Unzufriedenheit.

„Pidohn und immer nur Pidohn! Mit wem bist du verheiratet? Du kommst zu Tisch jeden Abend später. Jetzt soll ich dich auch Sonntags nicht mehr sehn.“

„Davon ist nicht die Rede, mein Kind. Die Sitzung dauert zwei Stunden.“

„Oder sechs. Und den ganzen Sommer werden wir nicht ein einziges Mal an der See gewesen sein.“

„Fahre mit dem Kind!“ sagte ihr Mann.

„Warum mit dem Kind? Mit Jürgen allein?“ stammelte sie. Denn schon sah sie sich im ungedeckten Wagen auf der Landstraße, und hinter ihr war ein anderer, der sie einholte. Sie hörte ihn rollen. Offene Angst befiel sie.

„Wann wirst du einmal selbständiger werden?“ fragte ihr Gatte mit gerunzelter Stirn. „Es ist kein gefährliches Unternehmen, nach Suturp zu fahren.“

Das glaubte er. Es konnte aber gefährlich werden, wie sie sehr wohl wußte, und er selbst lieferte sie der Gefahr aus. Sie ward es müde, sich zu wehren. Schließlich hielt Pidohn vielleicht doch die Sitzung ab.

„Er hat euch zusammenberufen?“ fragte sie.

„Hier ist sein Brief“, sagte der Konsul.

Sie sah den Brief, er war von gestern abend. Das war es, was Herr Pidohn diktiert hatte in seinem erleuchteten Guckkasten gestern abend! Den Kutscher aber hatte er bestellt zum Spazierenfahren. Was tat er nun wirklich?

„Er ist nicht zuverlässig“, behauptete sie, aber ohne besonderen Nachdruck.

„Bei geschäftlichen Verabredungen?“ Der Konsul war befremdet. „Das wäre noch schöner“, sagte er wegwerfend.

Zum ersten Male, seit sie ihn kannte, fand Gabriele ihn dumm, und ihr Eindruck reizte sie.

„Bist du denn taub, daß du nichts hörst von allem, was geredet wird über deinen Freund?“

„Freund ist zuviel gesagt“, erklärte der Konsul. Er sah auf seine Zeitung nieder, woraus hervorging, daß er dennoch manches wußte.

„Er führt ein Doppelleben“, sagte seine Frau – dies so geheimnisvoll betont, daß ihr Mann hinsehen mußte. Ihre Augen waren erweitert, und sie saß reglos aufrecht.

„Romantik“, meinte ihr Mann. „Reine Romantik. Mein – Freund hat eine neue Art zu leben und zu arbeiten hier eingeführt. Die Leute verstehen nicht, was er tut. Er ist für sie der Zauberer. Ihre Geldgier und ihr Aberglaube streiten sich, sie kommen in Verlegenheit, was sie ihm alles nachsagen sollen.“

„Du mußt es wissen“, sagte seine Frau noch immer mit dem Blick der Geheimnisse.

Er ward unruhig, er stand auf.

„Wenn auch nur die Hälfte von allem, was geredet wird, wahr wäre“, sagte er im Umhergehen, „ich würde mich von ihm trennen. Ich ließe Pidohn allein, soviel ich auch mit ihm verdienen kann!“ beteuerte der Konsul, wen wollte er überzeugen?

„Die einfachste Menschenkenntnis sagt mir doch, daß bei einem Manne von seinem Gewicht alle diese Abenteuerlichkeit unmöglich ist. Unmöglich, weil ungeziemend. Übrigens, hätte er denn Zeit dazu?“

Der, den er überzeugen wollte, schien dennoch Zweifel zu behalten.

„Führt Pidohn aber wirklich ein unregelmäßiges Leben“, so ergänzte er daher, „was bewiese es, müßten deshalb seine Geschäfte nur Luftschlösser sein?“

Hier wandte Konsul West sich wieder an seine Frau, die ihm nicht mehr zugehört hatte. Sie ordnete Blumen in einer lebensgroßen Taube, die eine Schale war.

„Eins ist sicher", sagte er noch. „Seit meine Firma besteht, weder zu Zeiten meines Vaters noch meines Großvaters war sie so reich fundiert, wie in diesem Augenblick." Das letzte betont.

Plötzlich hörte er seine Worte nachklingen und bereute sie. Er war nun einmal im Zuge gewesen, sonst wären sie nie gefallen.

„Wir sprachen eigentlich nur von der Fahrt nach Suturp", äußerte er im Ton einer Zurechtweisung.

„Ich weiß noch nicht, ob ich fahre", schloß Gabriele.

Sie wußte es auch am Nachmittag noch nicht. Der Konsul war geraume Zeit schon fort zu der Sitzung, Gabriele stand fertig im Promenadenkostüm, aber unschlüssig. Sie schickte ein Mädchen zum Lohnkutscher, rief es aber zurück, bevor es aus dem Garten war. Hier nun stellte der kleine Junge sich vor sie hin und sah sie an. Dies entschied. „Komm!" sagte sie.

Beide gingen die Allee hinauf, weiter fort von der Stadt. Vor ihnen in der Ferne schienen die Kronen der Linden einander entgegen zu wachsen und den Boden zu streifen. Die Mutter hatte es eilig, sie zog den Knaben nach. Hinten an ihrem ausgestreckten Arm hängend, stammelte er atemlos vom Laufen immer dieselben Worte, auf die sie nicht achtete. Der kleine Jürgen kannte einen Angsttraum: die Hand der Mutter verlieren und in der Welt verlorengehn. Er wußte, daß es schlimm des Nachts im Traum war; daher bat er jetzt unaufhörlich: „Nicht träumen!" Sie eilten aber weiter dahin.

Wie reizend diese Dame war! Aus den Gärten der Villen, die schon seltener wurden, sah vielleicht irgendein Blick ihr nach. Dann bewunderte er unter einigem Befremden das feine Promenadenkleid, das sie so allein über die Landstraße trug. In ihrer Eile schleifte sie es sogar, ließ die zarten

Volants hinten ziemlich weit nachschleppen, indes vorn die Spitze des Füßchens frei ward von der Bewegung. Hinten weit gebauscht, stand der zart seidene Überwurf von der kurzen Taille steil ab. Dann erst fiel er, mehrfach gerafft. Blaues Band schlang sich um die weiten Ärmel, ja, um die ganze Gestalt. Wo immer es sich kreuzte, saß eine Rose. Auch vom Hütchen wehten reichlich Schleifen. Es nistete auf der hohen Frisur nur wie ein Häubchen mit einem Blumengärtchen. In der Hand aber, die weißes Glanzleder kleidete, hielt diese Dame ihr gleichfalls bewimpeltes Schirmchen – hielt es oben an der Spitze, die gedrechselt und poliert war, und setzte es vor sich her, wie sie spazierte.

Auf einmal hielt sie an, es kam so schnell, daß ihr Kind noch nachträglich flehte: „Nicht träumen!“ Sie hatte einen Wagen gehört.

Weit hinten war er auch zu sehen. Frau Konsul West und ihr Söhnchen befanden sich grade jetzt vor der Gartenwirtschaft Anton. Sie traten ein. An mehreren langen Tischen aßen Kinder Erdbeeren. Andere spielten Topfschlagen. Frau Konsul West führte ihr Söhnchen zu diesen. Sie gab dem Mädchen Geld für das Kind, sagte, daß sie es in kurzer Zeit wieder abholen werde, war schon wieder draußen.

Es sah ihr nach, es stand beiseite, es schüttelte sich, als jemand es berührte. Seine Mutter hatte dies alles nicht abgewartet, denn der Wagen dort hinten rollte jetzt laut. Sie wandte ihm den Rücken und ging weiter.

Sie setzte ihr bewimpeltes Schirmchen vor sich her, sie promenierte. Der Wagen war schon fast neben ihr, da rief jemand:

„Frau Konsul! Wer hätte das gedacht, Frau Konsul!“

Es war die wohlwollendste Stimme, dennoch zwang der bloße Schrecken Gabriele, stillzustehn. Sie hatte es nicht gewollt. Der Wagen hielt knarrend an. Herr Pidohn stieg aus, er trug seinen schwarzen Strohhut in der Hand vor sich her. Bei jedem Schritt nahm er sich halb wieder zurück, dies belehrte die Dame, die ihn einst beleidigt hatte, über seine gute Erziehung. Sie empfand es durchaus. Errötet und mit großen Augen stand sie da.

„Sie können hier doch nicht so ganz allein den Staub fegen, Frau Konsulin“, sagte Herr Pidohn väterlich gediegen. „Was heißt denn das?“

„Da mein Mann mit Ihnen Sitzung hat“, erwiderte sie, deutlich ironisch. Herr Pidohn blieb unbefangen.

„Ich habe West bitten lassen, daß er mich vertritt in der Sitzung. Ich muß einmal wieder spazierenfahren. Gute Gedanken kommen nur unterwegs ... Steigen Sie ein, Frau Konsul“, sagte er, als wären sie verabredet gewesen.

Gabriele sagte überaus hochmütig: „Ich gehe nach Hause.“

„Dorthin will ich Sie doch bringen“, erklärte Herr Pidohn. „Was dachten Sie denn?“

Er hielt an sich, bevor er endlich verlauten ließ:

„Oder dachten Sie, ich wollte mit Ihnen spazierenfahren? Nein, die Dreistigkeit trauen Sie mir nicht zu. Ich weiß immerhin, was sich schickt, Frau Konsulin.“

„Ich habe eine Bitte.“ Ihr Ton bat im geringsten nicht. Dennoch griff Pidohn sogleich zu.

„Wenn Sie etwas von mir wollen, Frau Konsul, dann bin ich am besten unterwegs zu sprechen. Steigen Sie ein!“

Gabriele dachte noch: „Werde ich es tun?“ Da tat sie es schon. „Wäre der Wagen geschlossen, dachte sie hierauf, „ich wäre nicht eingestiegen, aber heute ist er offen.“

„Sie wissen Bescheid, Herr Pagels, nach Suturp“, rief Herr Pidohn dem Kutscher zu, und die Pferde zogen an.

Nach einer Pause des Schreckens wagte Gabriele:

„Ich habe nicht die Absicht, mit Ihnen bis nach Suturp zu fahren.“

„Sie können jederzeit aussteigen“, erwiderte er. Das weitere war auf seinem braunen Gesicht zu lesen: „Wie Sie dann zurückkommen, ist Ihre Sache.“

Hierauf ward sie rein konventionell, – als wäre mit den nötigen Formen auch die bedenklichste Lage zu beherrschen.

„Wir haben noch in diesem Sommer ein größeres Fest vor. Wer gesellschaftlich mitzählt, wird dabei sein. Auch der Bürgermeister kommt, meine Kusine hat schon seine Zusage."

Bei jedem Wort wurde die Lage bedenklicher, denn der Wagen rollte nachgerade mit der vollen Schnelligkeit der beiden starken Pferde. Immer weniger war an Aussteigen zu denken. Sie seufzte, sie hatte vergessen, daß sie sprach.

„Dazu wollen Sie auch mich einladen?" fragte aber Herr Pidohn, „Frau Konsulin, das ist mehr Ehre, als ich erwarten durfte."

Er sprach bieder, – gerade die große Biederkeit erinnerte vielleicht an Ironie.

„Nicht nur das, Herr Pidohn, wir führen ein Stück auf, darin bitten wir Sie mitzuspielen."

Er sah sie nur an. Dies verschlug ihm wahrhaftig die Rede.

„Wenn ich etwas nicht erwartet hätte!" brachte er vor.

Hier fühlte er sich klein, der Dame entging es nicht; daher die Überlegenheit, mit der sie erklärte:

„Das Stück ist von Professor von Heines. Er ist unser größter Dichter. Haben Sie Sinn für Poesie, Herr Pidohn?"

Er sah sie an.

„Ich, Sinn für Poesie? Sagen Sie, Madame, ist Heines schon mal mit Ihnen nach Suturp gefahren, – und Ihr Mann hielt für ihn Sitzung ab?"

Sie fürchtete sein Auge und die verwitterte Haut seines Gesichts, das ihr nähergekommen war. Er entschuldigte sich aber.

„Dann fragen Sie bitte ihn, ob er Sinn für Poesie hat! Was geht in dem Stück denn vor?" fragte er, um wieder anzuknüpfen.

„Ja, sehen Sie," begann Gabriele. „Kaiser Napoleon wurde bei Sedan geschlagen."

„Und ich soll bei Sedan geschlagen werden? Wie? So ist es."

Er stieß ein Gelächter aus.

„Ich soll bei Sedan geschlagen werden!"

„Nein! Nein!" wiederholte sie mehrmals schnell. „Darauf kommt es in unserem Stück nicht an. Hauptsache ist, was Sie sprechen und – ja, erleben, was Sie erleben mit Eugénie."

Sie erschrak bei jedem Wort tiefer.

Endlich sagte Pidohn:

„Eugénie –"

„Ist seine Frau."

„Weiß ich. Aber wer ist sie sonst noch?"

„Ich."

Das Schweigen währte zu lange. Sie fühlte: „Sagt er denn nichts? Er soll sprechen, was immer."

Da äußerte er auch schon, er finde den Gedanken recht glücklich. Das werde allgemein interessieren.

„In den Hauptrollen die meistbeachtete Dame der Stadt und ein Mann, der grade etwas von sich reden macht", äußerte Herr Pidohn nur wenig selbstgefällig. Er verstehe sich auf Erfolg beim Publikum, und die Sache sehe ihm ganz nach einem starken Erfolg aus.

Für dies alles bediente er sich einer gewissen Förmlichkeit, die beruhigte. Er sprach so leicht und beiläufig, wie seine breite Stimme es ihm irgend erlaubte. Gabriele war nahezu gerührt von soviel unverhofftem Takt.

„Ich nehme an", schloß er ausdrücklich.

„Ich danke Ihnen."

„Ich Ihnen“, entschied der ritterliche Pidohn, worauf sie für den Augenblick beide beruhigt nach Suturp weiterfuhren.

Plötzlich grüßte Herr Pidohn – wen, war unklar. Rechts hatte Gehölz begonnen, sein Bekannter mußte hinter den Bäumen kurz aufgetaucht sein. Aber Gabriele hatte niemand gesehn.

„Ihr Mann ist der beste Freund“, sagte er grade hier. Sie hätte denken können, es sei ihr Mann, den er gegrüßt hatte. Der Gedanke war unmöglich, er war sinnlos! Wie nun, wenn Pidohn darauf bestand? Sie sah mit Spannung seinem nächsten Wort entgegen. Er öffnete den Mund, er sagte:

„Aber West und ich verstehn uns nicht.“

Schade. Sie war enttäuscht in ihrer Hoffnung auf das Ungewöhnliche.

„Was Sie auch von mir halten, Frau Konsul, ich bin ein schlichtes Gemüt“, so erklärte Herr Pidohn. „Was will ich? Die Leute glücklich machen. Alle auf einmal, ohne viel Federlesen. Sie sehn doch ein, daß ich darüber im einzelnen nicht immer Buch führen kann. Ich, und ein Kontor!“

„Sie haben doch eins, ich habe es selbst gesehn“, verriet Gabriele. Sie meinte dies herausfordernd. Er sollte sich wieder an sie wenden und darauf aufmerksam werden, daß neben ihm eine verwöhnte Dame saß. Er erwiderte aber mit Strenge und Brauenfalte:

„Sie dürfen nicht spionieren, Frau Konsul“, – was der Armen einen Stoß versetzte. Er mißtraute ihr. Wahrscheinlich mißtraute Herr Pidohn aller Welt und mußte es auch.

„Hat er mich gestern dennoch ertappt vor seinem erhellten Guckkasten?“

Dann war er ihr auch nachgegangen an den Hafen! Seine Stimme hatte vielleicht wirklich nahe an ihrem Ohr geflüstert, mehr als einmal im Dunkeln!

Zu ihrer Verteidigung wollte sie sagen: „Herr Pidohn, Sie führen ein Doppelleben!“ Aber ihre Zähne gingen nicht auseinander. Statt dessen fühlte sie: „Und ich selbst? Wer erstieg den Steg zu dem dunklen Schiff gestern nacht?“ Sie hatte ihn nicht zu Ende erstiegen bei Nacht, sie war nicht mitgefahren. Wo wäre sie sonst jetzt? ... Plötzlich begann sie zu sprechen.

„Vielleicht, Herr Pidohn, kennen wir beide ein anderes Leben, als das Leben, das wir hier führen. Ich zum Beispiel wäre gestern nacht beinahe mit einem Schiff fortgefahren.“

„Was soll das heißen?“ fragte er schroff, sah sie scharf an und gleich wieder weg.

Sie erschrak, sie gab es wieder einmal auf, groß dazustehn.

„Ich wollte doch nur etwas erzählen“, gestand sie kindlich.

„Nun, dann erzählen Sie, gute Frau“, sagte er sichtlich abwesend. Wahrscheinlich rechnete er? War innerlich ganz mit Rechnen beschäftigt? Sie fing dennoch an, von sich zu sprechen, unterbrach sich aber bald.

„Herr Pidohn, wozu rede ich, wenn Sie immer in den Wald sehn?“ Denn er hielt den Kopf meist rechts gewendet.

„Ich höre“, sagte er hierauf. „Aber was haben Sie schon zu erzählen? Es stand einmal anders mit Ihnen? Wer fragt danach? Was Sie heute sind, das ist der Punkt. Trumpf ist es, Sie schlagen damit jeden – auch ihre Freunde von damals, wenn Sie wiederkämen ... Am besten, Sie hätten alle längst vergessen!“

Er wandte ihr seine Augen zu.

„Eigentlich haben Sie auch alle vergessen.“

Sie verwahrte sich. „Nein! Nein!“

„Dann erzählen Sie mal!“ verlangte er, – worauf sie, fast ohne sich zu besinnen, von einer Straße in Bordeaux begann: ein Fenster stand offen, als sie einst dort vorbeiging. Drinnen arbeitete in einem leeren Zimmer ein junger Anstreicher, die Papiermütze schief hinter seinen schwarzen Locken. Er sang; bei ihrem Anblick, die zu ihm aufsah, brach er ab, Arbeit und Gesang, lächelte ihr nach, sie fühlte es noch lange im Rücken.

Dies war alles, mehr fiel ihr von allem, was sie gemeint hatte, nicht ein. Es war erstaunlich, war beschämend, nur gut, daß Herr Pidohn wieder einmal nicht zuhörte. Jetzt grüßte er, wie vorher, nach rechts, ohne daß jemand zu erblicken war. Aber wie? Er ließ anhalten?

„Halt, Pagels“, befahl Herr Pidohn. „Nun, dann steig ein!“ sagte er wie für sich beiseite und mit einer Art finsteren Hohnes. Dabei zog er die Beine fort, um wirklich jemand einsteigen zu lassen. Den Einsteigenden aber sah man nicht. Gabriele sprang auf die Füße vor Schrecken, sie packte den Kutscher beim Arm.

„Pagels!“ flüsterte sie fliegend. „Was ist das? Was tut er?“

Der Mann blieb gleichmütig. „Lassen Sie ihn ruhig, Madame“, sagte er, ohne sich nur umzuwenden. „Das kommt bei ihm vor. Es ist nicht weiter schlimm. Sind wohl die vielen Gedanken.“

„Weiter, Pagels!“ befahl Pidohn. Gabriele hatte sich wieder hingesetzt, blieb aber wachsam. Sie konnte nicht wissen, was in diesem Wagen noch alles geschah. Vorläufig knurrte Herr Pidohn nur.

Soviel schien ihr sicher, daß Herr Pidohn mit seinem neuen Gegenüber auf keinem besonders guten Fuß stand. Sie machten sich knurrend Vorwürfe. Dann fiel ein Name: Tornton. So hieß das Gegenüber, und der Satz, der mit dem Namen begann, war englisch. Sie sprachen englisch, sie wurden dabei lauter.

Gabriele drückte sich um so tiefer in ihren Winkel, sie strebte fort von den beiden. Pagels hieb auf die Pferde ein, auch er schien zuletzt doch die Flucht zu ergreifen.

Auf der wilden Fahrt erhoben sich nur noch stärker die streitenden Stimmen. Es waren zwei; Gabriele unterschied sie. Ja, sie fürchtete, im nächsten Augenblick werde sie auf dem Platz, wohin Herr Pidohn fuchtelte, einen Mann erblicken in braunem Cheviot und mit rötlichem Bart … Es fing schon an, die Knie waren das erste, das sich andeutete.

Sie verstand nicht alles, jedenfalls aber ging der Streit um Dinge, die längst vorbei waren. Eisenbahngesellschaft, hörte sie. Während eine gelbe Hand drohend erhoben und geschüttelt wurde, verstand sie auch die Worte Gefängnis und Entlassung, Entlassung aus dem Gefängnis. Sie hielt den Atem an und schloß die Augen.

Darum endete dies noch längst nicht. Als Gabriele wieder hinspähte, hatte Pidohn Papiere hervorgeholt, es war ein ganzer Packen. Er las dem anderen Telegramme vor, die für ihn selbst schmeichelhaft waren. Er legte den Ton auf die Hauptstädte, wo sie aufgegeben waren, und auf die Ehrfurcht gebietenden Namen der Absender.

„So stehe ich da", wiederholte er jedesmal. „Als erfolgreichster Geschäftsmann weit und breit, geehrt und mit Nimbus stehe ich da."

Was half es ihm, zu prahlen und zu drohen, der andere blieb hart und ließ sich niemals überzeugen. Die Zuschauerin sah die Katastrophe nahen, denn Pidohn, der vorgeneigt saß, hatte eine vom Zorn geschwollene Stirn und seine beiden Fäuste zitterten. Nein! Pidohn war stärker als sein Feind, er beherrschte selbst die eigene Natur. Unversehens lachte er klar und breit auf.

„Hier können Sie aussteigen", sagte er nahezu wohlwollend.

Man hätte erwartet, er werde halten lassen. Nein, absteigen sollte sein Gast in voller Fahrt. Pagels verlangsamte sie von selbst ein wenig.

Herr Pidohn sah jemandem nach, er zuckte die Achseln, worauf er sich die Stirn betupfte.

„Es ist ein heißer Tag", sagte er so unbefangen wie höflich. Er sah ihre Miene und fragte:

„Kann ich Theater spielen? Jetzt sind Sie beruhigt über mein Talent."

„Guter Gott!" fühlte Gabriele. „Beschütze diesen armen Mann!"

„Hatten Sie ihn lange nicht gesehn?“ fragte sie kaum hörbar. Pidohn sagte:

„Sehr lange. Bedenken Sie, seit acht Jahren ist er tot.“

Er sagte es mit düsterer Schelmerei. Wer weiß, was es hieß. Wer weiß, wo er selbst die acht Jahre seit dem Tode seines Freundes verbracht hatte. „Die beiden sprachen vom Gefängnis. Neben mir habe ich einen Sträfling. Wenn ich die Hand ausstrecke, berühre ich ihn.“

Sie dachte: „Ich werde es Jürgen sagen. Der Sträfling muß entlarvt werden, das versteht sich von selbst.“

Sie überlegte und spähte nach seinem Profil:

„Jetzt kann er sich aber schon denken, was ich tun werde. Vielleicht bringt er mich vorher um!“

Sie wäre hinausgesprungen und davongelaufen, nur fürchtete sie seinen Griff, wenn er ihr zuvorkam. Unmerklich zog sie die Füße nach dem Wagenschlag, auch ihre Hand tastete dorthin, indes sie immer nach seinem Profil spähte.

Da wandte er ihr das Gesicht zu, ein Gesicht, dessen dunkler Gram ihr alles vorhielt, was sie in diesen Augenblicken sann und tat. „Beschütze diesen armen Mann!“ fühlte sie sogleich wieder, und vor seinen Augen nahm sie ihre Glieder, die hatten flüchten wollen, wieder zurück.

„Was er für ein Mensch ist, weiß ich ganz allein. Niemand ahnt, woher er kommt. Mir aber hat er sich anvertraut. Ich kann mir auch denken, wohin sein Unglück ihn eines Tages wieder bringt. Er hat Unglück, er ist ein unglücklicher Mensch“, dachte sie, die Brauen gefaltet. Sowohl ihre Furcht wie ihr Erbarmen waren vergessen. Neben ihr im Wagen saß das Unglück selbst. Gabriele wunderte sich nur. Wie war sie dennoch an seine Seite gelangt? Blieb an seiner Seite! Wußte im voraus, daß sie ihn an Jürgen nicht verraten werde!

Leider zerstörte Herr Pidohn selbst unverzüglich die ganze schöne Teilnahme, die er eingeflößt hatte. Denn er begann furchtbar mit seinem Glück zu prahlen. Nicht nur hier, sogar in der Hauptstadt gehörte ihm die erste Rolle. Sein Palais dort war schon gekauft. Hier residierte er künftig nur noch im Sommer. Soeben fuhren sie eine bewaldete Höhe entlang. „Dort oben!" rief Pidohn.

Er begann sein Schloß zu beschreiben. Säulen und Dach traten alsbald zwischen den Bäumen hervor, sichtbar für jedermann; auch Kutscher Pagels sah sich danach um. Von der breiten Terrasse erblickten seine Gäste die See, bei den Klängen von Tanzmusik.

„Freuen Sie sich darauf?" fragte er Gabriele.

Sie sagte: „Nein. Durchaus nicht."

„Gleich werden Sie sich freuen!" rief er. „Alle meine Gäste wohnen in den Kavalierhäusern hinter meinem Schloß. Nur Sie, Madame, ziehen in das Haupthaus und befehlen, was Sie wollen."

Dies sprach er mit gewährender Gebärde und sein Antlitz thronte erhaben zwischen den schwarzen Backenbärten. Wenn man sie ihm ausrisse? So falsch hatten sie noch niemals ausgesehn.

Sie ließ Pidohn in seinen Gesichten schwelgen, nur noch eine Frage beschäftigte sie. „Wie alt ist er?"

Sie hatte gehört, daß Abenteuer alt machen.

„Wenn ich mich noch öfter nachts an den Hafen schliche, würde ich alt werden ... Oh! Meine Abenteuer! Was habe ich erlebt, verglichen mit Herrn Pidohn. Was kann ich jemals erleben."

Machten nur seine Abenteuer ihn alt, dann war er in Wirklichkeit doch jünger. Die Falten an seinen Augen bewiesen nichts. „Vierzig", entschied sie kühn. Sie hatte seine Frau gesehn, eine müde, schon ergraute Dame. Aber hatte er nicht einfach zu jung geheiratet? Jetzt war er vierzig, entschied sie. „Oder wäre fünfundvierzig zu alt?" fragte dahinter noch ein Gedanke.

Inzwischen waren sie um die waldige Höhe bis vor den Strand gelangt. Rechts hatten sie Suturp, die Kirche aus Ziegelsteinen, seine Strohdächer, alles für ihre Blicke halb verkleidet von den braunen Fischernetzen, die quer hin liefen über den Strand. Im wiegenden Wasser hatten die Kähne genaue Umrisse. Klar sah man auch die Möwen zwischen Himmel und Wasser schweben. Weit draußen noch bewegten sich scharfe Fischergestalten, solch ein Licht hatte der Tag.

„An einem Tag wie heute stirbt man nicht“, sagte Herr Pidohn mit Aufseufzen.

Hier begriff sie, daß er sich unaufhörlich bedroht sah und nach Suturp nur kam, um aufzuatmen.

Ihr Blick fiel grade jetzt auf ein Segelschiff, wenig größer als die anderen, aber feiner und leichter. Es gefiel ihr; sie fragte, ob er es kenne.

„Es ist meins“, antwortete er sofort. „Es liegt immer aufgetakelt vor Anker und wartet auf mich.“

„Damit Sie damit fortfahren, – wenn es soweit ist?“ fragte sie und ward immer leiser.

„Was heißt: wenn es soweit ist? Das Schiff ist meine Vergnügungsjacht. Steht erst mein Schloß dort oben, dann ist auch Ihre Zeit. Dann segeln wir zusammen, Madame, in lauter Lust und Herrlichkeit hinaus auf die blaue, blaue See.“

„Das denken Sie heute, Herr Pidohn.“

Sie konnte ganz leise bleiben, denn der Wagen stand und der Kutscher war verschwunden.

„Aber so still wie heute, und besonders von so verlockenden Farben, ist die See vielleicht nur einmal im Jahr. Schon morgen kann sie wieder blaß und neblig sein, und schon ist auch der Sturm da. Dann fahren wir nicht, Ihre Schloßgäste fahren dann nicht. Dann fahren Sie vielleicht ganz allein in den Sturm hinaus, Herr Pidohn, – wenn es soweit ist.“

Er lachte auf, aber nur wie aus Gewohnheit. Im nächsten Augenblick ward er nachdenklich anzusehn.

„Das liegt im Bereich der Möglichkeit“, sagte er, „das kann immer eintreten. Dafür sind wir kühn und unerschrocken.“

Er sagte es freilich eher klagend, wie eine bittere Entdeckung.

Dann hob er aber die Stirn. „Nur grade Sie, meine beste Konsulin, sollten mich nicht daran erinnern, daß wir Unglück haben können. Das wäre, müssen Sie wissen, auch Ihres."

„Nein. Wir sind etwas anderes als Sie, Herr Pidohn", erwiderte Frau Konsul West.

Er gab ihr dies sofort auch zu.

„Sie werden nicht mit hinaus müssen in den wilden Sturm. Nein, so weit kommt es mit Euresgleichen nie. Ihr seid, sogar für Unglücksfälle, noch immer beieinander versichert. Ich nicht, Madame, Heinrich Pidohn bei niemand."

Er war im Wagen aufgestanden, er sah mit derselben Überhebung und ebenso vieldeutig auf sie herab, wie einst bei ihrem ersten Zusammenstoß. Damals hatte er sich erlaubt, ihr die sogenannten heiligen Frauen und die Schule des Unglücks vorzuhalten ... Plötzlich bemerkte sie, wie sehr es seitdem schon anders stand, und daß sie vielleicht nicht mehr fern war mitzugehn, wohin er meinte.

Sie dachte: „mitgehn" – und sah nicht mehr die See, den Kahn und die Weite. Sie weilte auf den Augen Pidohns, die sich ihr aber nur noch mehr verdunkelten, wie auf einer engen Pforte. Du dringst ein. Dahinter ist ein Mensch, verdient er Vertrauen? Wohl nicht; aber du dringst ein.

Sie erschrak. Ihr Mann! Ihr Kind! „Was tue ich hier? Wo bin ich?" – begriff aber doch, es seien höhere Ereignisse, sie habe nichts hinzugefügt. Fremd wirst du in sie verwickelt. Du wunderst dich noch. Du wunderst dich noch und gehst schon mit.

„Wenn es soweit ist", äußerte sie lauter als vorher, „sagen Sie es mir."

Sie hatte hoffentlich nicht Dank erwartet! „Aha, man ist neugierig", stellte Pidohn fest und setzte sich zu ihr – viel näher zu ihr, als er sonst gesessen hatte.

„Warum aber dann nicht gleich jetzt zusammen fortreisen? Jetzt hätten wir davon nur das Angenehme. Heute ist die See spiegelglatt“, erklärte er, da sie zurückweichen wollte. „Sie fallen hinaus“, rief er auf einmal ungesittet und versuchte, sie mit dem ganzen Arm zu umfassen. Sie kam ihm grade noch zuvor, mit einem Sprung verließ sie den Wagen.

„Flegel!“ schnaubte sie.

„Was wollten Sie dann von mir?“ fragte er ungesittet.

Sie wandte ihm den Rücken und ging schnell ab. Nur erst hinter den Netzen angelangt sein! Den Blicken des Menschen entzogen! Sie fürchtete das Lachen, das er gewohntermaßen gleich anschlagen werde. Nein, es blieb aus.

Hinter den Netzen stellte sie fest, daß er sie einfach gehn ließ. „Flegel, dem es gleich ist, was in dieser Wüste aus mir wird.“

Achtes Kapitel

Gleichwohl fand sie im „Krug“ des Dorfes Suturp ein Wägelchen.

„Geschieht ihm recht“, dachte sie. „Jetzt wartet er umsonst darauf, daß ich ihn bitten komme.“ Noch auf der Straße um den Waldhügel war sie bei jeder Wendung gewiß, ihn vorzufinden mitsamt Pagels und dem schwarzen Gespann. Nein, nichts.

Nach längerer Fahrt bemerkte Gabriele, wie unberechenbar ein Mensch dieser Art sei. Sie versuchte, sich auf dem heutigen Ausflug statt seiner vorzustellen wen immer, jeder hätte Punkt für Punkt anders gehandelt als Pidohn. Er strengte an, denn er überraschte zu oft. Das allein schon ist unhöflich, sah die Dame. Alles in allem wäre sie froh gewesen, allein zurückzukehren, ja, ihn los zu sein. Aber die Aufführung! Er ward gebraucht. War jetzt der Weg zu ihm verstellt wie das erste Mal?

Sie sagte: „Nein“ – sprach es aus und machte dazu in der beginnenden Dämmerung ein Gesicht, das schlau lauschte. Für nichts und niemand, im leeren Abend, behielt sie das rätselhafte Lächeln bis nahe der

Gartenwirtschaft Anton. Hier erst erinnerte sie sich des verlassenen Kindes.

Es langweilte sie, es abzuholen. Sie wollte nicht wissen, daß sie auch erschrocken war bei dem Gedanken an seine kleine Gestalt in dem fremden, schon dunkelnden Garten. Ein Kind allein! Und nicht einmal die Familien, soweit sie zählten, betraten ein Wirtshaus. Frau Konsul West mit ihrem Söhnchen bei Anton! Frau Konsul West, die ihr Kindchen bei Anton zurückließ und verschwand, wer weiß wo, bis in die Nacht! Die Familien, die in kein Wirtshaus gingen, hätten Stoff gehabt, sich bei Tisch zu unterhalten.

Gabriele gab ihnen recht. Nur langweilte es sie, sich mit ihnen auseinanderzusetzen. Zu ändern war nichts, nicht die Fahrt nach Suturp mit Pidohn oder was sonst vielleicht noch eintrat – ungerufen eintrat. Auch die Verlassenheit Jürgens bei Anton hatte nun einmal nicht verhindert werden können ... Dort war er! Die Mutter erblickte ihn im Garten schon aus dem Wagen, der Zaun war niedrig.

Er war so klein und so allein, wie sie es vorausgesehn hatte. Alle seine Spielgefährten waren schon fortgegangen. Darum aber stand er doch nicht, wie sie gefürchtet hatte, und weinte. Ach nein, er spielte für sich, kroch hinter einen Erdhaufen, ja, versteckte sich wohl vor Gestalten, die er selbst erfand. So war er; seine Mutter mochte ihn in solchen Fällen nicht. Sie verdachte ihm fragwürdige Gaben, die ihm von ihr selbst kamen.

Sie rief, ohne den Wagen zu verlassen, unwillig seinen Namen. Er erschrak, wollte sich anfangs noch verstecken, erkannte die Unmöglichkeit und lief herbei wie das gute Kind, als das er sich nicht fühlte.

Seine Mutter drohte: „Soll ich es Papa sagen?“ – worauf Jürgen nicht mehr zu atmen wagte.

So fuhren sie dann beim Hause vor.

Im Wohnzimmer war Licht. „Er ist da. Nun gut“, dachte Gabriele.

Sie fühlte ungeduldig, so könne es nicht weitergehn. Ihr Mann mußte endlich bemerkt haben, was vorging. Sie trieb es zu arg – und mit einem Pidohn noch dazu! Mochte der Konsul sie lieber sofort davonjagen – aus dem Tor, durch das sie in die Stadt gekommen war ... Gradeswegs ging sie hin, ihn selbst um Geld zu bitten für den Kutscher aus Suturp.

Sie erstieg die Terrasse, sie stieß die Tür auf. Wie? Niemand? Das Licht brannte allein.

Sie riß an der Klingelschnur, sie rief. Das Mädchen kam erstaunt gelaufen. Wer das Licht hier habe stehen lassen? Sie wußte es nicht. Wo der Konsul wäre? Die Hausleute hatten gedacht: mit der Frau Konsul. Denn er war seit dem Nachmittag noch nicht zurückgekehrt. Gleichwohl fand sich das Geld für den Kutscher.

Alles kam anders, als es hätte kommen sollen. Sogar der kleine Jürgen empfand es wohl; schon war er dem Mädchen, das ihn schlafen legen wollte, in den Garten entwischt.

Gabriele mußte warten. Die Katastrophe traf sie nicht, wie sie gedacht hatte, auf einmal. Sie schickte sich vielmehr an, qualvoll langsam dies Haus einzunehmen. „War nicht der Konsul schon hier gewesen? Hatte das Haus leer gefunden und es zu Tode beleidigt wieder verlassen? Wer – oh, wer hatte die Kerze angezündet?“ Gern hätte Gabriele alle zusammengerufen und Auskunft verlangt. Nein, sie mußte warten.

Das Kind war aufgefunden. Sie hörte, wie es in die Küche zum Essen gebracht wurde. Nachher zogen sie es mit Gepolter über die Treppe nach oben.

Gabriele veränderte in der ganzen Zeit ihre Haltung nicht. Sie saß vor der rätselhaften Kerze, saß vorgeneigt mit den Ellenbogen auf ihre Knie gestützt, hielt sich die Wangen und starrte in das Licht. Volants und seidener Überwurf stiegen hinter ihr bis über die Stuhllehne. Noch trug die hohe Frisur das Häubchen mit dem Blumengärtchen, dem langen Band.

Je länger sie wartete, um so weniger zwingend fand sie, was geschehen war.

„Ich bin mit Herrn Pidohn nach Suturp gefahren, – und es ging nicht anders? Was habe in Wirklichkeit aber ich, Gabriele West, zu schaffen mit seinem auffallenden Wesen, diesem schreienden Glück, durch das hindurch doch etwas ganz anderes mich anatmet?“

Sie mußte blinzeln – nicht vor der Flamme, nur, weil sie erstaunte, was alles ihr allein jetzt bekannt war. Mochten die anderen törichte Märchen erzählen, niemand außer ihr selbst wußte, daß Herr Pidohn auf seinem Grunde ein schrecklich trauriges Wesen verbarg, ein nicht geheures, sogar unaussprechliches, einen – wahrhaftig einen Sträfling. Da wäret ihr erschrocken!

Gabriele war wieder großes Auge, worin die Flamme hüpfte.

„Davor kriecht nun die ganze Stadt am Boden. Laden ihn ein, laufen sogar noch seinen Freunden nach. Das tun die reichsten Grafen, die Creme der Gesellschaft.“

Sie dachte Namen, sah Gesichter.

„Sie konnten anständig weiterleben, nicht hinsehn mußten sie nach dem Sträfling. Doch! Sie mußten es. Sie hatten anders keine Ruhe. Die Geldgier drückte ihnen die Kehle zu, der Goldglanz machte sie blind. Tun das nur die Herren? Wessen aber wären die Damen fähig?“ sann Gabriele.

Sie erblickte Pidohn in Gesellschaft – einer unbestimmten Gesellschaft, Gesichter, die ineinander übergingen, und irgendein Haus; aber ihn umringten Damen. Sie benahmen sich so herausfordernd, daß es ihr grauste. Gleichzeitig fühlte sie sich überaus allein.

„Wenn Jürgen käme!“

Sie würde ihrem Mann von den Damen gesprochen haben. Pidohn ward verfolgt, ob das nicht schamlos war? Ob man nicht gut daran täte, sich rechtzeitig, bevor ein Skandal entstand, aus gewissen Kreisen zurückzuziehen? ... Sie richtete in Gedanken die fertige Rede an ihren Mann.

Plötzlich stockte sie, ihr war eingefallen, daß sie ihn wohl hätte warnen sollen – aber aus anderen, viel furchtbareren Gründen. Pidohn, der Pidohn, den sie jetzt kannte, war dabei, zum Ruin ihres Mannes zu werden. Er richtete jeden zugrunde, der in seinen Bereich kam, soviel fühlte sie; und wen hatte er sicherer in den Händen als ihren Mann!

„Ich werde Jürgen alles sagen."

Zugleich erschrak sie, denn er war da. Sie hörte ihn durch den Garten kommen, aber nicht schnell, auch nicht mit der Sicherheit, die sie gewohnt war. Sonst sagte ihr schon sein Schritt, sie sei geborgen. „Er weiß alles", dachte sie, von Schrecken erfüllt.

Er trat ein, wünschte guten Abend wie geistesabwesend. Die Kerze schien ihr in die Augen, ihr entsetzter Blick veranlaßte ihn nur, sie auf die Stirn zu küssen. Gleich vergaß er sie wieder, sah vor sich hin und zog an seinem Schnurrbart. Nach einer Weile weckte Gabriele ihn, sie rief leise:

„Jürgen!"

Als er aufsah, schloß sie: „Ich bin nicht glücklich."

Indes sie es aussprach, ward ihr klar, mit ihm selbst stehe es nicht anders. Er hätte ihr so viel, so Schlimmes zu eröffnen wie sie ihm, und auch er werde es wahrscheinlich nicht tun. „Dann sind wir wohl verloren", dachte sie erstarrt. „Jürgen, ich und das Kind", dachte sie in der gewohnten Reihenfolge. „Alle verloren."

Einen Versuch machte sie.

„Wer hat die Kerze angezündet?"

„Ich war hier", sagte er, als ob mehr folgen sollte, – schwieg aber schon wieder.

„Niemand hat dich gehört."

„Ich hatte Eile", sagte er. Auch die Bewegung, die er dazu machte, wich aus.

Sie dachte: „Jemand erwartete ihn – eine Frau! Das fällt mir erst jetzt ein?"

Sie betrachtete seine verdächtige Haltung, die schuldbewußte Stummheit.

„Er betrügt mich! Schon lange vielleicht. Mit Emmy? Ja, mit Emmy, denn sie liebt ihn immer noch, warum heiratet sie sonst keinen anderen."

Die Eifersucht machte ihr schwindlig, in diesem Augenblick kannte sie nur noch ihre Eifersucht. Sie stand auf, ging, mit der Hand nach den Möbeln tastend, von ihm fort und hörte ihr Blut sagen: „Du bist die einzige, die nichts weiß. Hier hast du gesessen. Er war bei der anderen, du saßest hier."

Als sie das Schlafzimmer erreicht hatte, fühlte sie sich von hinten umfaßt, er riß sie an sich, gewaltsam wie noch nie. Sie schrie auf, plötzlich aber erwiderte sie seine verzweifelte Umarmung.

Endlich war das Licht gelöscht, da hätte sie gern geweint, nur ging es nicht. Den Mann wußte sie mit offenen Augen daliegen, sie zog sich die Decke über das Gesicht und versuchte zu schluchzen. Nein. Die Tränen waren verloren mit der Unschuld ihrer Liebe, mit dem Glück. Nur diese innere Erstarrung, anzufühlen fast wie Ruhe, – „und das soll alles sein, wenn es so steht wie mit mir?" Denn es stand furchtbar.

Sie hörte ihn tiefer atmen, sie stand auf. Sie wollte zu dem Kind. Sie hatte den Fuß schon auf der Treppe, zog ihn aber zurück, etwas wie Empörung hielt sie auf. Sie fühlte: „Wieder oben sitzen an seinem Bett, wie gestern, als ich vom Hafen kam – mit großer Reue, weil ich nicht die ganze Zeit bei ihm gesessen hatte? Nun, ich war in Suturp, daran ist nichts zu ändern. Jürgen und ich, aus uns ist geworden, was wir jetzt sind. Ich kann es nicht ändern."

Sie fühlte, daß sie ihr Kind nicht liebe, noch niemals wirklich ganz geliebt habe und eine schlechte Mutter sei. Wunderbar war nur, wie ruhig sie sogar dies hinnahm. Alle Tatsachen ließen sie ruhig, erstarrt und ruhig – daß sie auch Jürgen, ihren Mann, ihr fern und bald verloren wußte, und was noch alles drohte. Nur dachte sie einmal: „Es ist die Nacht. Es wird auch wieder Morgen."

Der Konsul war am nächsten Morgen müde, aber unruhig. Er klagte über Kopfschmerz, ja, zögerte fortzugehn. Ein Montagmorgen, und er verspätete sich! Kehrte nach einem Gang durch den Garten zurück zum abgeräumten Frühstückstisch.

Dies geschah auf der hölzernen Terrasse im Rücken des Hauses, in der Morgensonne, die aber schon stechend wurde. Die Hausfrau eilte tätig hin und her.

„Geh doch hinein!" rief sie ihm zu. „Deine Kopfschmerzen werden ärger werden."

Soviel aber erlaubte sein Gewissen ihm noch nicht. Sich müßig ins Zimmer zu setzen! Hier draußen war er doch immer im Aufbruch.

Sie verschwand und kam wieder, jetzt mit Schürze und alten Handschuhen bekleidet. Die Zeremonie des Lampenputzens begann. Jeden Morgen trugen die Mädchen alle Petroleumlampen des Hauses auf einen Tisch zusammen. Sie hätten sie ebensogut gleich reinigen und auffüllen können. Nein, dies war der Hausfrau vorbehalten. Einzig nur den Küchenzettel zu machen, wäre zu wenig gewesen. Die Achtung der Dienenden wie auch der Beifall des Mannes ward nur durch eigenes Handanlegen behauptet. Symbol der Arbeit war das Lampenputzen. Wäre es nicht getan gewesen, Gabriele hätte keine Dame, keinen Herrn, die schon vormittags Besuch machten, sorglos empfangen.

Sie sah den Mann seinen gequälten Kopf in den Händen halten. Ihr war bei der Arbeit wohl und entschlossen zu Sinn. Die Erlebnisse von gestern waren über Nacht kraftlos geworden, sie fand ihre Bedeutung nicht mehr. Grade das Übermaß aller gestrigen Zumutungen stimmte sie heute nüchtern. Pidohn als Schreckensgestalt, Pidohn als Mann des Schicksals schien ihr bei Tageslicht weit übertrieben und nicht stichhaltig. Sie wollte nicht an Emmy denken. Emmy wäre dann doch ernster zu nehmen gewesen ... Vorerst tat der Konsul ihr unbestimmt leid, ja, sie betrachtete ihn ohne jede Unterordnung, wie er dort saß und sich die Haare hielt, die übrigens anfingen auszugehn.

Überraschend für sie selbst, trat Gabriele auf den Fußspitzen hinter ihn. Da ihre Hände voll Petroleum waren, legte sie die Wange gegen seinen Nacken. Unter der Liebkosung seufzte Jürgen, – worauf er sich umwandte, um sie anzusehn, zum erstenmal heute.

„Mir ist nicht wohl", sagte er. „Ich habe gespielt."

„Gespielt?" wiederholte sie, die Stirn hinaufgezogen, die Augen weit offen. „In Herrengesellschaft?"

„Ja."

„Nur mit Herren?" fragte sie nochmals.

„Ja. Pidohn kam nämlich gestern spät. Er wollte nicht sagen, wo er gesteckt hatte. Aber er wollte spielen und legte auch gleich die Bank auf. Es war nichts zu machen."

„Du hast verloren?" fragte sie, bemüht, keine helle Freude zu zeigen. Nicht Emmy war im Spiel! Was sonst geschehen war, sollte alles gut sein. Gut, er hatte verloren. Er sagte aber:

„Im Gegenteil, gewonnen. Das ist das Schlimme. Wir Herren spielen sonst Bézigue, während ihr mit den jungen Leuten tanzt. Es geht, sagen wir, bis hundert Mark, sagen wir sogar dreihundert. Wieviel ich aber gestern gewonnen habe, mag ich nicht aussprechen. Ich schäme mich und habe davon Kopfweh."

„Ist es so schlimm?" fragte Gabriele, gedankenlos vor Freude. Nicht Emmy war im Spiel, was hieß da noch das andere ... Doch! Was sonst geschah, war schlimm. Keine Freude hielt dagegen stand, gleich kam es wieder über sie.

Sie wollte ihn trotz allem trösten.

„Was tust du dann überhaupt mit Pidohn? Ihr spekuliert, ist das kein Spiel? Verzeih die Frage. Du sprichst mit mir nicht von Geschäften."

Er runzelte auch schon die Stirn.

„Das läßt sich entfernt nicht vergleichen, meine Liebe."

„Du weißt es besser“, sagte sie folgsam. Aber plötzlich ward sie kurz und bestimmt.

„Wenn er spielt, spielt er falsch.“

„Wer? Pidohn?“ Der Konsul war aufgefahren. „Woher willst du das wissen?“

„Das sieht man“, behauptete sie im gleichen Ton wie vorher.

Er verstand sie nicht. „Hüte deine Zunge!“ sagte er mehr ratlos als befehlend. Sie aber hatte auf einmal keine Lust mehr, zu gehorchen.

„Er ist ein Zuchthäusler“, stieß sie zornig aus.

Ihr Mann kam vom Ende der Terrasse herbei und auf sie zu.

„Was ist er?“

„Ein Zuchthäusler“, rief ihre kleine zornige Stimme.

„Und das ist noch nichts. Seinen Genossen, mit dem er saß, muß er umgebracht haben. Sonst würde der Mensch ihm jetzt nicht erscheinen.“

„Wo erscheint er ihm?“ fragte der Konsul.

Da erst erkannte sie in seinen hellen Augen, die nach den ihren spähten, die ganze Gefahr. Noch ein Wort, und sie hätte sich selbst zugrunde gerichtet. Sie hätte sogar mehr als das getan, wie ihr schien.

„Man ist ihm nachgegangen“, warf sie hin. Sofort blies der Mann die Luft aus.

„Ach so.“ Er lachte stumm. „Wieder bis in die bekannte Hafenkneipe? Was für Dummheiten! Und meine Frau macht sie mit!“

Hier kamen Gabriele die Tränen – vor ihrer Machtlosigkeit, die zum Weinen war. Sie durfte nicht sprechen, nicht warnen, und was sie dennoch zu äußern wagte, versagte. Dazu trug sie eine befleckte Schürze und ihre Hände waren voll Petroleum. Unvorteilhafter hätte ihre Lage nicht mehr sein können.

Während sie dies noch überlegte, nahm der Konsul seinen Hut, um zu gehn. Wenigstens verließ sie den Schauplatz vor ihm, mit allen Zeichen ihrer Mißbilligung.

Als sie aber gereinigt und schon im Empfangskleid vor ihrem Ankleidespiegel stand, wer trat ein? Gabriele dachte, er bereue und wolle sich wieder einschmeicheln. Jürgen fragte vielmehr, nicht einmal sehr höflich:

„Warum lassen Kühn und Kessel sich hier nicht mehr blicken?“

Sie lachte spöttisch, denn sie erriet nicht, was er wollte.

Jürgen bemerkte gereizt:

„Du mußt wohl deine Gründe haben, wenn du Pidohn bei mir schlecht machst.“

„Um Gottes willen“, dachte Gabriele. Sie betrachtete ihn heimlich im Spiegel. Er hatte die Braue aufgestellt, die Stirn in Falten, und sah sowohl drohend als gequält aus.

„Hast du dein Kopfweh noch?“ fragte Gabriele sanft. Er fuhr auf.

„Bilde dir nur nicht ein, daß ich drauf los rede!“

Dann ward er viel leiser, ja, sprach Wort für Wort.

„Über Pidohn“, sagte er, „wird von unseren Geschäftsgegnern so viel geklatscht, daß schon nicht mehr jeder in die Häuser geht, wo man ihn treffen könnte. Einen Verkehr aufzugeben aus Standesgründen, damit sind besonders Offiziere gleich bei der Hand.“

Ah! Dies verstand sie, und es beleidigte sie. Ihm voll zugewendet, verlangte sie: „Sage lieber gleich, daß ich mir von ihnen den Hof machen lasse! Das hat noch gefehlt. Ich werde mich hüten, dich vor gefährlichen Menschen nochmals zu warnen. Anstatt ihm, mißtraust du nur mir.“

Er senkte den Kopf; denn wenn man dies so offen aussprach, war es nicht schön. Aber er hatte nun einmal wahrgenommen, daß es ihn innerlich schon längst beunruhigte. „Hiergeblieben!“ rief er daher, als sie auch diesen Schauplatz wieder vor ihm räumen wollte.

„Beliebt?“ fragte sie kühl, mit augenscheinlicher Neugier ... „Ich warte“, erklärte sie nach einer Pause.

Er fand nichts zu sagen, obwohl die Gefahr ihm plötzlich auf den Nägeln brannte. Die Offiziere, jetzt war es ihm blendend klar, die beiden Leutnants waren der Grund, daß sie Pidohn los sein wollte. Nur einer von ihnen natürlich, aber welcher? Der Draufgänger Kühn? Der Schleicher Kessel?

Konsul West war bereit, jeden zu hassen. So einer hatte Zeit, hier Besuche zu machen, indes er selbst auf seinem Kontorbock hockte. Während er arbeitete, ward er lächerlich gemacht!

„Wie weit ist es schon gekommen?“ brachte er hervor, er war heiser geworden. Ihr beleidigtes Gesicht konnte ihn nicht mehr aufhalten, im Gegenteil.

„Gewarnt hatte ich dich genug. Vergnügungssucht und Verschwendung laufen zuletzt immer auf das hinaus, was jetzt da ist.“

„Was ist da?“ warf sie dazwischen. Nur aus Selbstachtung schluchzte sie nicht, so schrecklich war ihr sein Zustand.

„Komm zu dir!“ bat sie ihn, aber die Stimme gehorchte ihr nicht, er überhörte es.

„Ich wußte wohl“, rief er, „daß eine Frau, die viel Geld ausgibt, sich auch den Hof machen läßt!“

Sie fand es unwahr, nur konnte sie nicht sprechen. Abwehrend streckte sie eine Hand vor. Es war eine zu schnelle, dabei zu anmutige Bewegung. Was er am meisten liebte an ihr, jetzt reizte es ihn qualvoll.

„Nie hab ich dir getraut!“ rief er.

Er glaubte es. Er sah einen Mann, der Uniform trug, begehrlich zu ihr geneigt, und glaubte fest, dies schon immer vor Augen gehabt zu haben.

Sie aber wußte sich unschuldig in allem, was er meinte. Jener Besuch des Leutnants von Kessel, sein Kuß – Jürgen hätte sie mit klaren Worten daran erinnern dürfen, sie würde es nicht geglaubt haben. Vergessen und nie gewesen, – sie aber stand in schlimmeren Sorgen und einem Ansturm, der viel schwerer war. Den Hof machen? O Gott! Wer machte hier den Hof.

Sie sah auf mit einem Blick wie um Hilfe. Es geht doch um das Leben! Geht um unser Leben!

Dies traf ihn, er erschrak. Er wußte nicht mehr, was tun, und bekam eine Haltung wie vielleicht bei einem Besuch, der zu lange gedauert hat. Er fühlte nur: nicht weiter eindringen! Nicht weiter!

Gabriele fühlte Mitleid mit ihm und mit sich. So kannte sie sich nicht, aber ihr Mitleid war stark genug, um auch ihn zu ergreifen. Er machte eine rücksichtsvolle Wendung, eine Verbeugung nahezu.

„Man spricht zuviel“, murmelte er. „Was darf ich überhaupt sagen, ich habe gespielt.“

Er ging langsam hinaus. Sie sah ihm lange nach.

Dann kam Emmy. Ahnte sie etwas? Sagten die Luft im Zimmer oder das „Guten Tag“ Gabrieles ihr etwas? Sie hatte heute morgen ihren spitzen Blick, der sich von Gabriele nicht trennen konnte. Gabriele hätte auf ihrer Hut sein sollen, sie wußte es wohl. Aber das Bedürfnis, Emmy für ihre Freundin zu halten, eine Freundin in der Not zu haben, war größer als ihre Vorsicht.

„Jürgen ist manchmal komisch“, äußerte sie, ohne Emmy anzusehn. Denn sie kramte in ihrem Körbchen unter Bändern und Scheren.

„So?“ machte Emmy. Es war nicht Aufforderung, eher Ablehnung.

Gabriele sagte dennoch: „Jetzt ist er eifersüchtig.“ Hierbei sah sie auf. Sie hatte ein kindlich ernstes, ja, erschrockenes Gesicht, die Augen weit offen, und sie drückte die Spitze des Zeigefingers an den geschlossenen Mundwinkel.

Die Miene Emmys verhehlte kaum, daß sie gegen diese Kindlichkeit die größte Abneigung fühlte. Nach ihrer Meinung war Gabriele alt genug zur Selbsterkenntnis.

„Seine Eifersucht macht dir doch grade Spaß, nicht?“ sagte sie leichthin, als hätte sie eingesehn, hier sei nicht zu helfen.

„O Gott, nein!“ rief Gabriele leise und noch mehr erschrocken.

„Warum bist du dann so?“ fragte Emmy scharf.

„Wie bin ich?“

Dies ward ihr nicht erklärt. Emmy zuckte die Achseln. Während ihres Schweigens fühlte Gabriele, daß Emmy ihr viel, viel mehr vorwarf, als nur irgendeinen Hofmacher. Was aber? Was eigentlich?

Statt zu antworten, brachte Emmy eine Überraschung.

„Mit Frau Konsul Ermelin und Polizeidirektor Siemsen ist es ein Skandal“, fing Emmy an – ganz von vorn, als hätte sie noch nichts gesprochen.

„Seine Nachbarn halten sich darüber auf, wenn sie ihn besucht. Die beiden schämen sich nicht.“

„Vielleicht schämen sie sich doch, können aber nicht anders“, erwiderte Gabriele, denn plötzlich erfaßte Trotz sie. Dann ward sie wegwerfend.

„Die Geschichte ist schon genug erzählt worden. Das sind alte Leute.“

Kaum gesagt, erschreckte das Wort sie tief. War nicht auch Pidohn alt – wenigstens in den Augen Emmys? Erzählte Emmy das Beispiel des alten Liebespaares grade im Hinblick auf Pidohn? Wußte diese Emmy im Grunde von Pidohn und Gabriele alles, auch das Verborgenste, die Fahrt nach Suturp? Es war ihr zuzutrauen, ihre Augen und Ohren waren überall. Noch hatte sie nichts gesagt, aber gleich, gleich sprach sie aus, was sie wußte, – dann war alles verloren!

Die Angst machte Gabriele fähig, sich zu verstellen.

„Wenn ich nur wüßte“, sagte sie vollendet kindlich, „auf wen Jürgen, genaugenommen, eifersüchtig ist. Er sagt immer: Kühn und Kessel. Das sind doch zwei. Zwei Leutnants auf einmal. Wie kann ich es ihm ausreden, wenn er nicht sagt, welchen er meint. Ahnst du es?“

Kalt hörte Emmy die lange Rede an.

„Die sind es beide nicht“, versetzte sie endlich. Sie lächelte eingeweiht, aber zurückhaltend.

Gabriele wollte dies nicht sehn.

„Da du es selbst sagst!“ rief sie. „Keiner ist es. Ich verstehe Jürgen nicht. Keiner der beiden macht mir den Hof. Oh, ich will wohl zugeben, daß sie es ganz gern täten, wenn ich es ihnen erlaubte. Aber bei welchem sollte ich dann anfangen? Ich sehe doch nie den einen ohne den anderen. Und seit dem Abend mit Professor von Heines ist weder der eine noch der andere hier gewesen.“

„Das ist nun auch wieder nicht wahr“, sagte Emmy, genau so eingeweiht, aber schon weniger zurückhaltend.

Gabriele erschrak nochmals furchtbar. Sollte sie aus den Ängsten nicht mehr herauskommen? Sie begann ihre Lage empörend zu finden. Auch Emmy war sichtlich nahe daran, die Geduld zu verlieren. Die Damen maßen sich mit Blicken, die nichts mehr von Freundschaft hatten.

„Was willst du eigentlich von mir?“ fragte die eine zornig.

„Bist du auch wirklich entschlossen, es zu hören?“ fragte die andere, – worauf jene wieder nach einem Aufschub griff.

„Drüben“, – sie warf den Arm, sie streckte den Finger aus, „die schrecklichen alten Jungfern, die dort wohnen, spionieren durch die Baumkronen – sogar mit Operngläsern, und was nicht da ist, erfinden sie. Daher hast du das mit dem Leutnant.“

Die andere aber sehr scharf: „An Leutnants denke ich nicht. Du weißt ganz gut, an wen ich denke.“

Sie setzte ab. Oh! Sie redete nicht wie ihre Feindin, hastig in einem Zuge. Sie setzte ab und begann gestärkt.

„Daher will ich dir nur sagen, daß es mit euch noch genau so kommt, wie mit der alten Ermelin und Polizeidirektor Siemsen. Ich will dich nur warnen. Bevor erst die ganze Stadt über dich Bescheid weiß, wäre es doch entschieden besser, daß du deiner Wege gehst und verschwindest."

Wie kalt ward es hier Gabriele! Entblößt stand sie da, mit ihrem arm, arm hilflosen Gesicht. Entblößt und vertrieben, wäre sie vielleicht aus der Tür und immer weiter gegangen. Nur die jäh hereingebrochene Entkräftung hielt sie.

In diesem Augenblick gab sie der anderen in allem recht. Sie konnte gehn. Denn sie liebte Pidohn und hatte Jürgen schon betrogen. So wenigstens mußte jeder, der von ihren Handlungen erfuhr, sie auffassen. Was aber hätte man erst zu ihren Gedanken gesagt?

Gabriele verstand, was sie alles gedacht haben mochte, selbst nicht. Was sie getan hatte, war ihr auch nur geschehen. Es war nicht voll gegenwärtig, es betraf sogar eher eine andere. Aber es galt, das sah sie ein, und man konnte sie dafür vertreiben. Jürgen selbst wäre der erste gewesen, sie aus dem Tor zu weisen, durch das sie zur Stadt hereingekommen war.

Sie blieb die Fremde. Die nicht zugelassenen Neigungen, die ihre unbekannte Natur hierher mitgebracht hatte, machten sie zuerst den anderen verdächtig, zuletzt aber auch ihr selbst; da war sie schon abgewichen. Da fand sie sich schon, erstaunt, daß sie es hatte tun können, in Suturp. Da lag schon das Schiff des Herrn Pidohn, bereit, sie zu entführen, und er lud sie dahin ein. Sie hatte es ihm nur für später versprochen. Jetzt mußte es gleich sein. Das Beste schien ihr, zu ihm zu gehn und zu sagen: hier bin ich.

Zu ihrem Glück wurde eben jetzt ihr kleiner Sohn vom Hund des Nachbarn angefallen. Jürgen schrie, daß beide Häuser zusammenliefen, das Westsche, das Pidohnsche. Ja, als Gabriele bei ihrem am Boden hingestreckten Kinde eintraf, erschien auf der anderen Seite der niederen Hecke Herr Pidohn selbst.

Er streckte seine Hand durch die Hecke, wobei die Hand besonders braun und kräftig erschien, und nahm seinen kleinen, kläffenden Hund von dem Kind fort. Hierauf begannen die Bemühungen, das Kind zum Aufstehn zu bewegen. Die Mädchen versuchten es gegen sein Sträuben vom Boden loszureißen. Auch seine Mutter unternahm dies, indes von drüben Herr Pidohn dringende Ermahnungen an Jürgen richtete. Plötzlich kläffte der Hund nicht mehr, das Kind hatte sein Geschrei eingestellt, auch die Dienerschaft war still. Da merkten Gabriele und Pidohn gleichzeitig, daß nur sie noch die Stimmen erhoben. Auf einmal schwiegen sie, sahen nacheinander um, ja, grüßten erst jetzt. Gabriele war es klar, sie stehe vor einem fremden Mann.

Noch eben im Geist seine Mitschuldige, noch eben willig, mit ihm zu fliehen, – jetzt aber grüßte sie der sachliche Blick eines Herrn, den der Lärm vielleicht aus dem Schlaf geweckt hatte, denn wann schlief eigentlich Pidohn?

Nein, er teilte ihr mit, daß ein Geschäftsfreund ihn im Hause erwarte, er müsse um Entschuldigung bitten. Einen Hut konnte er nicht abnehmen, führte aber die Hand von der Stirn bis gegen den Boden. So grüßte er auch Emmy, die dabeistand.

Sie sah enttäuscht aus. Gabriele lachte ihr einfach ins Gesicht. Sie war sich bewußt, vor Pidohn tief errötet zu sein; um so heftiger lachte sie, damit auch das Gelächter ihr Blut ins Gesicht treibe. Schnell nahm sie den Arm Emmys.

„Ist das komisch, Emmy, ist das komisch!“

„Ich verstehe zwar nicht, was hier komisch sein soll“, konnte Emmy vorbringen, weil Gabriele ein wenig erstickte.

„O doch, du verstehst“, sagte sie schon wieder. „Du verstehst ausgezeichnet, daß Pidohn, wie er soeben dastand, aus deiner haarsträubenden Geschichte den reinsten Witz gemacht hat … Nicht wahr? Du sagst nichts mehr.“

Wahrhaftig, Emmy schwieg. Sie hielt sogar still, indes Gabriele, vom Lachen zu sehr geschüttelt, sich über ihren Arm krümmte. Lachend versetzte sie:

„Ich dachte mir doch gleich, was du eigentlich heute hier wolltest, Emmy. Mich hinaushaben, das wolltest du! Hofmacher? Du wirfst mir

Hofmacher vor? Nicht doch, liebes Kind, Jürgen wirfst du mir vor. Jürgen, meinen eigenen Mann! Ich kann es dir auch nicht verdenken –" mit Druck auf den Arm Emmys, „denn du selbst hättest ihn damals haben wollen. Man vergißt das nur immer, wenn man so intim ist wie wir."

Ihr Atem war schon freier, sie lachte nur noch einige Male heiter zwischen den Worten.

„Wenn ich es nun aber Jürgen erzähle, daß du mich vertreiben wolltest, um doch noch seine Frau zu werden, – was der wohl sagt! Er müßte sich eigentlich geschmeichelt fühlen. Er soll nur nichts gegen dich tun."

Emmy empfand die Drohung, sofort zischte sie auf.

„Du wolltest das Kind nicht haben. Du haßtest es, als du mit ihm in der Hoffnung warst. Was du mir damals alles anvertraut hast! Davon weiß Jürgen auch nichts."

Der Arm Emmys machte einen kurzen Ruck, gleichzeitig ließ Gabriele ihn schon von selbst los. Nebeneinander, aber getrennt gingen sie in das Haus zurück.

Gabriele begann:

„Woran meinem Jürgen am meisten liegt, das ist die Theateraufführung, der große Empfang bei uns und das Stück von Heines. Darum will ich mich jetzt ernsthaft bekümmern."

„Ich gönne dir alles Gute, das weißt du", sagte Emmy. Sie beteuerte: „Nie habe ich dir gewünscht, daß du Jürgen verlierst. Aber mit Professor von Heines und seinem Stück wird es schwer sein. Er hat den Ausspruch getan, dies Haus sei angefault", sagte Emmy ohne Widerspruch im Ton.

„Hast du es selbst gehört? Wie kommt er dazu?"

„Er war doch im Ärger von hier fortgegangen."

„Trotzdem soll er mir das Stück verfassen. Ich gehe sofort zu ihm", beschloß Gabriele. „Warte! Ich setze mir den Hut auf."

Emmy wartete unentschlossen. Als sie aber zusammen aus dem Garten in die Allee traten, bedurfte es nur der flüchtigsten Verständigung, damit jede ihres Weges ging.

„Du kommst nicht in die Stadt mit?“

„Nein.“

Sie hatten Gesichter, daß ein Bäckerjunge, der pfeifend daherzog, kurz anhielt und mitten zwischen die beiden Damen einen gellenden Pfiff schickte.

Neuntes Kapitel

Professor von Heines bewohnte in seiner Heimatstadt keines der alten Häuser, die er zuweilen besungen hatte. Das seine kannte weder Giebel noch hallenden Flur. Sieben Speicher übereinander, Säle zum Empfang der ganzen Stadt und geheime Hängeböden, wo die Mägde mit dem Kopf an die Decke stießen, dies alles fehlte bei ihm so gut wie ganz. Der heimgekehrte Weltwanderer hatte am Brunnenmarkt ein fast neues Gebäude erworben. Es war viereckig, mit Ölfarbe gestrichen, und in seinen Fenstern glänzten Spiegelscheiben. Aus solchen Fenstern ließen sonst die zur Ruhe gesetzten Handwerksmeister ihre langen Pfeifen hängen.

Die kleinen Zimmer ähnelten den Salons in Handelsschiffen, viel Portieren, viel Bilder blau in blau. In einem der unteren wartete Gabriele, bis die Greisin, die hier Dienst tat, zurückkam. Jetzt durfte sie gleich hinter dem großen Schrank die kleine Wendeltreppe hinaufsteigen. „Lassen Sie ihn nur immer still sitzen“, flüsterte die Alte ihr durchdringend nach.

Er saß dann auch droben, bis über den Leib in sein Plaid gehüllt. Sein Gesicht blieb bleich mit gelben Zügen, obwohl er Gabriele zu Ehren Profil und Knebelbart kühn warf. Keine Maske half, er fühlte es selbst.

„Nehmen Sie Platz“, sagte er traurig.

Sie sah sich um. Zu seinem Schreibtisch hinan führte eine Stufe. Vor dem Schreibtisch, aber in einigem Abstand von ihm, lief ein vergoldetes Gitter. Platz zu nehmen war nur diesseits des Gitters erlaubt. Auf einen kleinen braunen Polstersessel mit Fransen hatte er gradezu hingewiesen. Sie nahm ihn auch ein. Jetzt erblickte sie Heines von unten, zur Hälfte sogar nur durch sein goldenes Gitter.

Sie stotterte etwas, indes er gar nichts sagte. Noch blieb ihr viel Verwirrung aus ihren vorigen Auftritten – und hier jetzt wieder dieser ungeheure, wahrhaft bedrückende Abstand, obwohl alles einzelne lächerlich wirkte.

Ihm selbst aber war in diesem Augenblick einzig und allein seine Lächerlichkeit bewußt.

Er konnte sie nicht ändern. Er mußte diese Maske samt dieser Krankheit zur Schau tragen. Ihm war auferlegt, durch Äußerungen einer vordringlichen Persönlichkeit aufzufallen, zu sprechen wie ein Schauspieler auf der Bühne und unter seinen weißen Augenbrauen hervor hochfahrende Blitze zu senden gleich Zeus. Womit hatte er seine Tage verbracht? So fragte er an einem Tag wie diesem, beim Nahen atmosphärischer Störungen, schlimmer Erkenntnisse und wenn es ihm davor graute, seine Arbeit auch nur aus der Schublade zu ziehn.

Während diese Dame schon auf der Wendeltreppe war, hatte er es doch schnell noch getan. Er hielt den Gänsekiel, als hätte sie ihn beim Schreiben unterbrochen, und seine Maske machte ihr das beleidigte Erwachen des Entrückten vor. Ihr damit die Rede verschlagen zu haben, war seine Genugtuung, aber es demütigte ihn auch, weil er es diesmal hatte spielen müssen. Tausendmal wäre es reine Wahrheit gewesen.

Er warf mehrmals sein Profil, dabei sah er vor seinem Fenster, in den kleinen, seitwärts gewendeten Spiegelscheiben, die ein Spion hießen, das Leben der Straße. So spärlich es war, ihm schien es tätig, zweckerfüllt, ja, er erkannte tief, daß jene anderen Menschen unterwegs oder in ihren Kontoren, ihren Warenlagern, die Welt und die Wirklichkeit inne hatten. Ihm selbst zerlief alles wie Schein.

Dichten war das Höchste. Dichten war ohne Wesen und Wert. Gebieterisch tritt an die Mitlebenden heran, aber erbleiche und sei im tiefsten getroffen, vergessen sie auch nur aus Übermüdung einmal die Weihe, die dich einzig aufrecht erhält. Verlange von ihnen Schlichtheit, Reinheit – du, mit deinem müßigen, im Grunde gelockerten Wandel! Stell Forderungen, immer Forderungen an sie. Verzeih kein Abweichen. Was verzeihst du dir selbst? Du vergißt aus deinem ganzen Leben kein Versagen, keine Kränkung. Bevor diese Dame erschien, saßest du hier einsam und gabest Laute wie ein träumender Hund, weil schlimme Erfahrungen von ehemals dich in Gedanken anfielen.

Nach einer langen Minute Schweigens bemerkte der Schlechtgestimmte, daß er der Dame doch werde begegnen müssen. Zu diesem Zweck bedachte er, daß sie ihn verehrte – und daß sie damit recht habe. Aufgabe der Menschen war, ihn zu verehren. Es war sogar ihre einzige, wir wollen glauben echte Beziehung zu ihm. Sie hatten nicht nötig, seine Außerordentlichkeit zu begreifen, ihnen ward sie bestätigt durch seine Titel, den Adel, den Ruhm. Er kehrte zurück aus zwecklos oder zu höchsten Zwecken durchstreifter Ferne. Sie sahen ihn umwittert von Tragik, Einsamkeit, Geschichte. Ihre Kinder gaben ihm auf der Straße die Hand.

„Frau Konsul West", sagte er feierlich. „Ich errate, weshalb Sie kommen."

„Ist das so schwer?" fragte sie, rang zitternd vor Anstrengung alles nieder, was sie verwirrte, und sprach wie eine Dame, ja, gradezu gütig.

„Ihnen schien, als wir Sie bei uns sahen, zuletzt nicht wohl zu sein. Oder mußten wir sogar selbst, in unserer Unerfahrenheit, Sie verstimmen? Ach, Professor von Heines", sagte sie zutraulich, „was können dumme Menschen daran ändern, daß Sie Genie haben und ein schönes Stück namens Eugénie schreiben."

„Ich denke nicht daran!" rief er launenhaft. Er war hellrot, schnob und sah eine herrliche Erleichterung seines Gemütes nahen.

Frau Konsul West fühlte die Lage mit. „Tobe dich aus“, dachte sie, indem sie laut behauptete:

„Ein Dichter bricht sein Wort nicht.“

„Woher wollen Sie das wissen?“ schrie der Greis hinter seinem goldenen Gitter.

Der Abstand, der heilige Abstand war verlorengegangen, er warf sogar sein Plaid ab. Sie nahm an, er werde aufspringen, ja, vielleicht Schaden nehmen. „Lassen Sie ihn nur immer still sitzen“, hatte seine Dienerin ihr nachgeflüstert; daher ward sie auf einmal demütig.

„Verzeihen Sie einer Unglücklichen!“ begann sie – und weitergeleitet von ihrem eigenen Ton:

„Noch keine Stundc ist es her, daß eine andere Frau mich aus meinem Hause, von Mann und Kind vertreiben wollte.“

Sie sah, daß sie sich verriet. Wenn nun dies wenigstens ihn fesselte!

Aus Sorge um ihn war sie aufgestanden. Vom eigenen Jammer überwältigt, fiel sie wieder in ihr Polstersesselchen.

„Jetzt kommen Sie mir mit Szenen“, klagte der Greis.

Sie blieb aber vorgebeugt, ihr Nacken zuckte und sie murmelte unbeirrt.

„Wäre ich doch nie in diese Stadt geraten!“ murmelte sie. „Hätte ich diese Menschen nie gekannt, hätte nie gewünscht, daß sie mich lieben, mich verstehn! Sie sind übelwollend, das ist es. Sie greifen lieber an, als daß sie Freunde wären. Gegen mich haben sie den Klatsch.“

Jetzt weinte sie hörbar. Plötzlich hob sie das nasse Gesicht gegen ihn auf.

„Der Dichter, den ich verehre, nennt uns angefault.“

„Das ist nicht wahr!“ rief er, untröstlich über alle Widerwärtigkeiten, die sein Ausspruch nach sich zu ziehen drohte.

Sie nickte nur; es hieß: sie kenne leider die Wahrheit.

Jetzt war er untröstlich, ihr Unrecht getan zu haben – Unrecht, selbst wenn alles wäre, wie er gesagt hatte. Denn ihre Tränen ergriffen sein Herz.

In dem Augenblick, als sie nickend die Lider schloß, streckte der alte Dichter die rechte Hand von sich, schon gewärtig des erschütternden Ereignisses, wenn die beiden feuchten Sterne sich wieder zeigten. Sie erblickte dies noch, als sie die Augen öffnete, und hatte ihn dafür lieber.

„Was man Ihnen hinterbracht hat, ist ein schweres Mißverständnis", versicherte er, die Hände gefaltet.

Da widersprach sie nicht mehr. Sie sagte im Ton einer unerwarteten Erkenntnis: „Wir sind uns schon in meiner Heimatstadt begegnet!"

Angesichts seiner Überraschung bestätigte sie schnell:

„Oh! Es ist lange her, ich war ein Kind, Sie hatten noch braunes Haar. Es war im öffentlichen Garten, Sie wissen, bei dem Teich, über den die Brücke führt. Ich kämpfte mit einer Gans."

Er betrachtete sie so neugierig, daß ihr sofort Genaueres einfiel – das ganze Erlebnis, und der Herr, der darin auftrat, bekam die glaubwürdigen Züge eines stark verjüngten Heines.

„Eine Gans aus der Herde, ich hatte sie gejagt, jetzt richtete sie sich gegen mich. Ich stieß mit den Füßen und schrie, da kamen Sie des Weges, ja, Sie selbst. Sie wedelten mit Ihrem Plaid, bis die Gans davonlief. Dann gaben Sie mir die Hand. Jetzt sehe ich Ihr Gesicht von damals. Sie vergißt man nicht."

Sein Herz, so alt es war, klopfte. Er lächelte kaum noch zweifelnd.

„Schließlich könnte es wahr sein", murmelte er.

„Ich habe es Ihnen nicht früher sagen wollen, als bis wir einmal allein wären", schloß sie und ließ ihre Stimme zittern. Sie war ein wenig bewegt, weil er es sichtlich noch mehr war. Ihn bewegte es, wie sehr er grade vorhin noch seinen Abstand vom Leben bereut hatte, und wie es jetzt doch zu ihm fand bis in Atemnähe!

Hier lächelte er merkwürdig schlau.

„Dann kam der Aufseher, vergessen Sie das nicht! Der Aufseher des Gartens war Zeuge gewesen, als Sie die Gans neckten, und er nahm Sie mit. Ich konnte Ihnen nicht helfen. Er war schon alt, der Aufseher. Haben Sie den alten Mann vielleicht zum besten gehalten?“

Sie faßten einander ins Auge, beide sowohl überrascht wie wohlwollend.

„Das wäre das“, bemerkte er wohlwollend. „Sie sind eine kleine Komödiantin.“

„Und Sie?“ rief sie, stieß unvermutet die goldene Pforte auf und drang zu ihm ein. Er konnte seine Papiere nicht mehr schützen, sie warf sie herum, bis der Titel offen lag.

„Eugénie!“

Sie las und triumphierte.

„Und was beweist das“, plötzlich hatte er angefangen, mit ihr Französisch zu reden.

„Es ist mir nicht gelungen. Es wird nicht aufgeführt.“

Schon hatte er die Schublade geöffnet, die beschriebenen Blätter wären darin verschwunden. Sie rang sie ihm ab, sie brauchte im Ernst ihre Kraft. Als sie hatte, was sie wollte, und abgewandt blätterte, brachte er etwas atemlos hervor:

„Woher nehmen Sie nur den Mut, mich so anzufassen?“

Es war reines Staunen.

„Natürlich mußte es Ihnen mißlingen“, warf sie hin, „denn Sie schreiben darüber: Ein deutsches Spiel.“

„Hier endet Ihr Recht“, erklärte er feierlich, „denn hier beginnt mein Glaube.“

„Gut. Aber wer spielt Ihnen die Eugénie wie eine Deutsche. Was heißt deutsch, wenn über uns das Unglück kommt?“ fragte sie lauschend.

„Ihm gewachsen zu sein durch Lauterkeit und Ernst“, erwiderte er, – worauf sie sich hinwandte und ihm neugierig zusah.

„Haben Sie das Unglück gekannt?“ raunte sie – geheim und nebenbei.

Da er beschämt den Mund hielt, – aber warum schämte er sich, er glaubte doch statt des Unglücks, dem er immer entgangen war, die Tragik zu kennen. Nun, er schwieg, und sie sprach weiter geheim.

„Wenn es sich meldet, hat man Abscheu und große Angst. Nachher, wer hätte es geahnt, bekommt es eine Anziehung wie das schönste Spiel. Man denkt immer: das bist du nicht selbst. Darin liegt der Reiz.“

Er erinnerte sich.

„Damals ging von Ihnen jener finstere Mann fort. Er war mir ein Gegenstand der Verachtung. Aber hätte ich ohne diese wirkliche Begegnung meinen Napoleon und meine Eugénie in ihrer höheren Wahrheit erschaut? Mystische Zusammenhänge gibt es im dichtenden Geist. Danken Sie Gott, mein Kind, daß Ihre Unschuld sich davon nichts träumen läßt.“

Er sank tiefer ein, er bekam Gramfalten.

„Ach! Meinesgleichen muß die seltenen Stunden der Erleuchtung zumeist büßen mit langer Ohnmacht. Ich habe seither niemals wieder begriffen, wie Eugénie das Unglück lieben konnte – grade sie ihren vom Schicksal geschlagenen Mitschuldigen!“

Dabei fragte er sich:

„Hätte ich dies eingestehen dürfen?“

Ihn tröstete nur ihre Unschuld.

„Ich habe gelesen“, sagte sie, „daß Eugénie bei Ihnen vom Himmel spricht. Sogar mit der Hölle droht sie ... Das tut sie aber in Wirklichkeit nicht.“

„Was maßen Sie sich an!“

„Zischen Sie nur! Darum droht doch Eugénie ihrem Mann nicht mit der Hölle. So fromm ist sie gar nicht.“

„Sogar auf Reisen war ihr erster Weg zur Kathedrale. Ich weiß es von Ihnen selbst.“

„Dann hören Sie auch, was sie dort tat. Sie stand einfach in einer Mauernische und hörte die steinernen Tiere singen. Nicht nur die Vögel, alle Tiere hatten singende Stimmen.“

„Die Religion“, behauptete er, „ist das düstere Gegengewicht ihres Leichtsinnes.“

„Leichtsinn –“ wiederholte sie. „Ich erinnere mich. Sie ließ sich schaukeln in einer Laube von zwei Offizieren. War das verboten?“

„Sie kennen Geheimnisse“, sagte er duldsam.

Er entschloß sich.

„Es sei. Ich will Ihnen folgen, Kind. Vielleicht wird, was meiner Eugénie am Ende zustößt, ergreifender, wenn sie am Anfang nichts war als ein leichtes Ding. Einst auf meinen Sängerfahrten las ich meine lieblichsten Verse in den Augen junger Griechinnen. Gut. Jetzt lese ich in Ihren.“

„Verse – das wollte ich sagen: keine Verse für mich!“

„Das mir?“ rief er.

Aber sie äußerte sogleich noch andere Zweifel.

„Immer Ihre Griechinnen! War denn keine dabei, die Ihre richtige Freundin war?“

Der Alte errötete.

„Wie Sie es sagen!“

„Nicht in Versen“, gab sie zu.

„Sie wissen, daß ich vermählt war und die einzig Geliebte im Kindbett verlor. Es ist so lange her, aber alle wissen es, denn ich habe mein tragisches Leiden den immer tönenden Klängen des Alls hinzugefügt. Nun hört Ihr's!“ sagte er getragen und tief ernst.

Sie forschte:

„Und seitdem – nichts?“

Er murmelte:

„Nach so vielen Gedichten des Schmerzes! Durfte ich da noch? Man hätte es mir nie verziehen. Mein Ruhm wäre befleckt gewesen.“

Auch setzte er, wie durch ein Versehen, hinzu:

„Keine dachte bei mir daran.“

„Ich hätte es versucht“, sagte sie – aus Güte, und auch um zu erfahren, was käme.

Es kam, daß der arme Alte zuerst erstarrte, dann zitterte, dann aufsprang.

Er griff sich an die Stirn, mit der zweiten Hand aber nach ihr. Es wäre nicht schlimm gewesen, nur sah sie gleichzeitig Tränen aus seinen soeben noch pathetischen Augen fallen. Dies erschreckte sie so sehr, daß sie ihm davonlief.

Sie warf die goldene Pforte hinter sich zu. Als er folgen wollte, hielt sie die Klinke fest, das ganze geweihte Gitter kam ins Wanken. Bevor es umfiel, sprang sie die Stufe hinab, warf dem greisen Verfolger einen Stuhl in den Weg und verschwand hinter einer Portiere.

Sie streckte den Kopf vom roten Plüsch umrahmt hervor; da sah sie ihn gebeugten Hauptes dastehn vor seiner alten Dienerin, die auftrat wie das Gericht. Er machte entschuldigende Bewegungen, als habe er es so nicht gemeint.

Jetzt entdeckte die Person den Kopf im Plüsch, die Besucherin mußte hervortreten. Sie versuchte zu lachen, aber im Grunde standen beide, sie und der Alte, schuldbewußt. Die treue Magd sprach:

„Das nennen Sie, ihn ruhig sitzen lassen?“

Hierauf brachte sie ihn hinter sein goldenes Gitter zurück, setzte ihn hin und wickelte ihn ein.

„Sie würden sich wundern, was sonst vielleicht passiert“, sagte sie mürrisch, aber man ahnte ihre Teilnahme.

„Wir wollen artig sein“, versprachen denn auch beide. Zögernd wurden sie allein gelassen.

Sie saß, wie anfangs, außerhalb des Heiligtums auf dem braunen Polstersessel mit Fransen.

„Ich war doch wegen wirklich ernster Dinge gekommen. Schreiben Sie mir eine Eugénie, die ich brauchen kann, und keine Verse!“

Seinem Widerspruch kam sie zuvor.

„Ich schenke Ihnen etwas dafür.“

„Was können Sie mir schenken, Kind? Und warum ist dies alles Ihnen wichtig?“ fragte er matt, denn sein kranker Leib mahnte ihn an die Vergänglichkeit.

„Jetzt sollten Sie mich meinem Genius überlassen.“

„Schlafen Sie nur!“ sagte sie gerührt. „Träumen Sie, daß Sie reich wären. Sie möchten doch reich sein, oder nicht? Haben doch Pidohnsche Aktien, wie jeder sie hat, oder nicht? Wühlen in Gedanken schon in all dem Geld, wie jeder darin wühlt, seien Sie nicht böse … Denken Sie einmal nach“, sagte sie, „was Sie wählen würden: keine Verse mehr oder kein Geld mehr.“

Er rief:

„Tausendmal lieber kein Geld mehr! Und wie stehn die Aktien?“ fragte er in einem.

„Das weiß ich nicht, aber ich sehe Sie Ihr Haus verkaufen. Auch das goldene Gitter, es ist schrecklich. Wie konnten Sie seine Aktien kaufen, da Sie sein Gesicht kennen?“

„Was geht mich sein Gesicht an.“

„Sie nannten es das Gesicht des Unglücks. Jetzt erkennen Sie es so wenig mehr wie alle anderen. Die Lust nach seinem gezauberten Geld hat euch alle blind gemacht. Nur ich bin noch da."

„Was wissen Sie?"

„Ach, schlafen Sie nur!"

„Mir ist wahrhaftig die Lust dazu vergangen. Wer sind Sie? Frau Konsul West? Eine Teufelin? Sie haben verschiedene Gestalten und hier kündet eine furchtbare sich an."

„So lernen Sie daraus für Ihre Eugénie! Ach! Ich bin nicht furchtbar. Er ist es."

„Pidohn? Sie scheinen ihn zu kennen. Man hört, es sei nicht leicht."

„Ich bin verloren", sagte sie plötzlich in einem Ton, als sei höchstens ihr Handschuh verschwunden; aber das Grauen erfüllte ihre Augen ganz.

Sie verließ ihren Platz. In der Pause des Schweigens drückte sie zuerst die eine ihrer geschlossenen Hände an den Mundwinkel, dann auch die andere, – denn ihr fiel immer mehr Grauen ein.

Wie es für sie stand, ward völlig gegenwärtig. Über sie kam, was sie getan hatte, noch tun mußte, noch gewillt war zu tun; wohin sie drängte, wohin ihre Ängste sie trugen; wie sehr sie allein war, nur mit einer schwachen, gekrampften Faust am Mantel dessen, der sie im Flug durch schwarze Lüfte entführte ... Sonst war dies nicht immer wirklich, denn sie fühlte es nicht. Sie fühlte nicht alles auf einmal, nicht alles ganz. Jetzt war es da, und sie brach nieder.

Sie schrie zuerst auf, der Alte auf seinem Stuhl erschrak. Jetzt drehte sie sich langsam mit unsicheren Füßen einmal um sich selbst. Jetzt fiel sie, er zweifelte, ob sie sich vielmehr vor jemand hinwarf. Auf demselben braunen Sesselchen, das sie verlassen hatte, mußte mittlerweile etwas Unsichtbares sitzen, denn dorthin rutschte sie. Rutschte und tastete flehend dem Wesen entgegen.

Es mußte sie entsetzlich betrachten, denn sie hielt an, wandte den Kopf weg – ging aber dann doch weiter auf ihren Knien.

Endlich war sie angelangt, ihre erhobenen Hände sanken. Der Alte hörte sie aufschlagen, wie auf ein Paar Schenkel. Er riß die Augen auf. Rechtzeitig merkte er, daß nicht viel mehr fehlte, und auch er hätte die Schenkel gesehn. So gelang es ihm, sich dagegen zu schützen. Diese Dame war sichtlich befangen in einem Kreis unbeherrschter Vorstellungen, die ausarten konnten bis zu Gesichten.

„Wir haben keine Gesichte“, sagte sich der Alte mit stiller Genugtuung. „Dahin kommt es mit uns nicht.“

Diese gesicherte Überlegenheit befähigte ihn sogar zu der Entdeckung, daß die Dame in engen, ja, verbotenen Beziehungen zu jenem Pidohn stehen müsse. Er selbst hatte recht gehabt, als er sagte, Haus West sei angefault; mehr Recht, als er damals wußte und wollte. Dort auf den Knien lag eine schuldige Frau und erlitt die Strafe ihrer Nerven, die Strafe, die Gott-Natur ihnen auflegt.

Hier erhob ihr unverständliches Schluchzen sich zu herrlicher Wildheit, er unterschied die Worte.

„Mit dir in das Elend und in den Sturm von Suturp. Untergehn mit dir!“

Er lauschte und war befriedigt. Dies schienen ihm Töne, die sie für seine Szene, die letzte Szene seiner Eugénie, eigens erfand. Er dachte: „Ich lasse sie gewähren, sie vergilt mir nur, was ich zuerst ihr eingegeben hatte. Ich sehe, daß etwas aus ihr zu machen ist.“

Sie ward ruhiger. Dann stand sie auf, als wäre nichts geschehen.

„Haben Sie meine Handschuhe nicht gesehn?“ fragte sie zerstreut.

„Sie wollen schon gehn? Ich danke Ihnen übrigens für den guten Rat. Jetzt bin ich überzeugt, daß ich meine Papiere verkaufen muß. Nur frage ich mich, warum Ihr Gatte diesen Geschäften noch immer so nahe steht. Ihn müßten Sie doch zuerst warnen.“

„Ihn warnen?“ wiederholte sie, noch abwesend. „Wozu? Ich störe ihn lieber nicht. Was ich durchmache, will auch niemand wissen. Wenn ich nur meine Handschuhe fände! Sagten Sie etwas?“

„Ja. Wann probieren wir? Die Eugénie ist morgen fertig. Beruhigen Sie sich, Ihre letzte Szene wird unbedingt in Prosa sein.“

„Das ist die Hauptsache.“

Nochmals, jetzt aber auf seinen Wink, durchschritt sie die goldene Pforte. Er schob ihr einladend den Haufen beschriebener Blätter hin. Sie stützte den Arm leicht, leicht darauf und neigte ihm die Stirn zu, er küßte sie.

„Das war ein Dichterkuß“, sagte er, getragen wie sonst, aber vielleicht zum erstenmal im Laufe seines Lebens und aller seiner Sängerfahrten mit einem Anflug von Spott.

Der Abgehenden rief er nach:

„Morgen nachmittag um halb drei haben wir in Ihrem Garten die erste Probe. Ich bringe die ausgeschriebenen Rollen mit. Damen: Sie als Eugénie und Ihre Kusine, die Ihre Hofdame spielt. Herren: von Kühn, Konsul West, von Kessel, Pidohn.“

Er kannte noch alle Namen seiner Darsteller, sogar die beiden Leutnants! Herrisch rief er:

„Ich rechne fest auf das pünktliche Erscheinen aller!“

Zehntes Kapitel

„Das ist nicht wahr!“ sagte Emmy. Denn der Zeiger der Wanduhr stand noch auf halb drei, schon aber fuhr ein Wagen vor. Ihm entstiegen alle fünf Herren, die beiden Geschäftsleute, die beiden Offiziere, der Dichter.

Dieser schien verjüngt. Seine Schritte waren länger. Er bog die Knie leichter. An der Spitze seiner Truppe durcheilte er das Haus, fand die hintere Terrasse zu schmal für seine Bühne, maß sofort den zu bestellenden Podest ab. Dann verteilte er die Rollen. Mehrere Statisten des Stadttheaters hatten einen Teil der Nacht mit Abschreiben verbracht, ja, auch er selbst war aufgeblieben. Dennoch diese Frische! Er ward bewundert.

Aber er lehnte Äußerungen privater Art für die Dauer der Probe ab. Die Herrschaften wurden gebeten, sich ihre Stellungen zu merken.

„Erste Szene: der französische Kammerherr, der preußische Adjutant, hierher, bitte!"

Er klatschte in die Hände, aber niemand kam.

„Herr Leutnant von Kessel, Herr Konsul West, Sie sind gemeint."

„Verzeihung!" sagte Kessel, „ich muß mich erst einleben."

Von dem Platz, den der Dichter ihm anwies, betrachtete er noch immer in heimlicher Wehmut Gabriele. Sie bemerkte es nicht. Sie verhielt sich so unaufmerksam, als erwartete sie die Entscheidung anderer, höherer Spiele, die niemand ahnte. Warum machte sie diese schroffe Wendung? Ah! Jetzt ließ der Dichter sie auftreten.

Sie stand in der Tür, sie hob ihren Rock von den Fußspitzen, wie beim Überschreiten der wichtigsten Schwelle. Die Miene war nervös geteilt in unheilvolle Absichten und das leichte Herrscherinnenlächeln von einst, das beglückendste, das Kessel je gekannt hatte.

„Herr Leutnant von Kessel!"

Der Dichter stampfte jetzt schon auf.

„Lesen Sie doch Ihren Satz! Sie werden ihn doch ablesen können."

Nein. Kessel konnte nicht lesen. Die Erscheinung Gabrieles bewirkte, daß er die Zeile nicht fand. Der Dichter brachte selbst den Satz. Die Kaiserin antwortete ihm. Inzwischen hatte Adjutant Konsul West abzugehen und Napoleon Pidohn zu holen.

Er ging und sagte ihm ins Ohr:

„Kein Mensch würde begreifen, wie wir grade heute vor Schluß der Börse verschwinden konnten. Ich habe mich gehütet, zu erzählen, was wir hier tun."

Pidohn erwiderte:

„Sie sind zu ängstlich, Adjutant. Ich habe es im Gegenteil jedem erzählt. Alle sollen wissen: ich bin sorgenfrei und habe Zeit, Theater zu spielen. Die Herren von der Börse können zusehn, ich habe sie herbestellt."

„Ich meinerseits habe noch andere Sorgen: grade heute, wo wir den ersten Stillstand der Kurse erleben, ist auch die Wahl des –"

Er mußte abbrechen, der Dichter rief mit Ausdruck:

„Hier gibt es Wichtigeres, meine Herren, als Ihre Unterhaltung."

Er zeigte sich völlig unbefriedigt von dem Auftreten Pidohns. Nicht einmal bei der allerersten Probe hätte der Darsteller die Rolle derart verkennen dürfen. Statt eines Besiegten, Gebrochenen dieser hochgetragene Kopf, das selbstgewisse Lächeln!

Er könne nicht anders, behauptete Pidohn. Manchmal sah er sich um, ob seine Zuschauer aus der Stadt nicht schon kämen.

Als er seine peinlich vorgeschriebene Stellung verlassen durfte, hielten die beiden Offiziere ihn an.

„Herr von Kühn!" rief der Dichter.

Der Darsteller des Kaisers Wilhelm wollte trotz allem das künftige Schicksal seiner einzigen Aktie bündig voraus erfahren. Glückstrahlend begab er sich sodann zu der Unterredung mit der Kaiserin Eugénie. Alles, was sie ihm in ihrer Rolle zu sagen hatte, bezog er übrigens auf sich persönlich.

Sein Kamerad war im Augenblick unbeschäftigt, denn Eugénie richtete an Wilhelm ihr Flehen und ihre Drohungen in Abwesenheit aller Begleiter.

Sie hatte schon die zornigen und die mit Verführung schwer beladenen Blicke, die dem Monarchen eigentlich erst am Abend der Aufführung bestimmt waren. Unmöglich konnte Kühn dabei an seinen Kaiser denken. Er dachte an sich selbst, er fühlte einen unverhofften Glanz unter Schaudern der Angst und der Freude in sein Dasein fallen.

Inzwischen stand Leutnant von Kessel vor Pidohn stramm. Die Aussprüche des großen Mannes beglückten ihn um ihrer selbst willen, ungerechnet den Gewinn. Er erinnerte sich nicht, demselben Pidohn jemals mißtraut zu haben. Niemand hatte hier einst gelacht über einen dunkelhäutigen Aufschneider, dem der Mißerfolg aus den Augen sah.

Herr Pidohn gewährte im Gegenteil allen das Versprechen des Glückes. Sein Licht erheiterte den Nachmittag und die Gäste. Nur der Dichter warf sich beim Anblick der Siegergestalt vor, daß er seine Papiere schon verkauft hatte.

Konsul West kam auf seine Wahl zurück. Er konnte, vom Glück seines Freundes Pidohn getragen, Vorsitzender der Bürgervertretung werden. Wenn aber die Kurse fielen? Er fragte leichthin, nur als Gewissensberuhigung und zur Abwehr alberner Gefahren. Pidohn strich einfach mit seiner braunen Hand, sie waren ausgelöscht.

Pidohn fragte:

„Woran liegt Ihnen mehr, West! Am Geld oder an der Ehre bei Ihren Mitbürgern?“

„An der Ehre“, entschied Jürgen West ohne Besinnen.

„Grade darum bekommen Sie auch das Geld. Sehen Sie mich an! Meinen Sie, ich hätte so viel Glück, wenn ich gewinnsüchtig wäre?“

Er mußte seine Szene mit Kusine Emmy nachholen. Der Dichter selbst hatte an der Verwechslung der Auftritte die Schuld, obwohl er sie auf alle anderen abzuwälzen versuchte. Er hatte nicht aufgepaßt. Figuren, die seine Phantasie mit einer gewissen Unfehlbarkeit umherschob, gerieten ihm durcheinander, sobald sie wirklich waren. Rätselhafterweise schämte er sich dessen mehr, als hätte er schlecht gedichtet. Sein Gesicht war nachgrade hochrot, es wirkte besonders blühend in dem weißen Haar und Bart.

Hofdame Emmy hatte mit Napoleon nur grade gemessen zu verfahren. Beiseite aber war sie so oft wie möglich liebenswürdig, lächelte Pidohn zu, entschuldigte sich, wenn sie gegen die gefallene Majestät nicht höflich genug handle.

War es reine Lustigkeit? Pidohn und Gabriele sahen sich deswegen an. Sie hätte zweifeln wollen, aber sein Blick riet ihr diesmal ausdrücklich ab, an der Echtheit irgendeiner Freundschaft, irgendeiner glücklichen Zuversicht zu zweifeln.

Alle waren beglückt, ja, unter der Terrasse hervor drang ein fröhliches Stimmchen. Der kleine Jürgen hielt sich dort versteckt, er hatte still genossen, was die Großen trieben. Jetzt lachte er, wer weiß warum.

„Wenn mein Stück Sie alle bei der ersten Probe so gut gelaunt macht“, bemerkte der Dichter, „wie wird erst am Abend der Aufführung die Stimmung sein!“

Ein Augenblick kam, da fragte Gabriele selbst sich, warum sie ihrer eigenen Unruhe länger glauben, diese innere Schwere noch ertragen solle. Sie konnte sie abschütteln und verleugnen. Was war im Grunde geschehen, seit sie –. Plötzlich erschien ihr ein Tag von früher, aus der Welt ohne Sorgen, ohne Schrecken, die einst die ihre gewesen war, ein leichter Tag. Wenn sie nun in die Hände klatschte?

Sie klatschte in die Hände. Der Tag von einst war wieder da, weil sie es wollte.

„Pause!“ rief sie. „Herr Dichter, wir laufen Ihnen davon.“

Sie sprang hinab, die beiden Leutnants, wie jemals, hinter sich. Beide wurden unversehens überholt – von wem? Dem kleinen Jürgen und dem großen Pidohn. Der Kleine versuchte im Laufen dem Großen ein Bein zu stellen, er wollte ihn besiegen. Herr Pidohn lachte unmäßig und wandte dem Kleinen ein so furchtbares Gesicht zu, daß jener weinend stehen blieb. Jetzt lief Pidohn allein auf dem Rasen neben Gabriele.

„Du willst geschaukelt werden, meine Tochter“, raunte er, indes seine Schöße flogen.

Sie dachte wohl: „Er weiß, daß ich damals gern schaukelte. Hat mich auch in der glücklichen Zeit schon überwacht. Nennt mich du, ist unentrinnbar."

Dennoch lief sie in die Laube zur Schaukel.

Er half ihr hinauf, er hatte das Schauspiel ihres enthüllten Fußes für sich allein. Bevor er sie freilich in Bewegung setzen konnte, waren die Leutnants da. Kühn fühlte sich im Gewinnen, er ließ die Schaukel mit großem Schwunge los, sie wäre Pidohn an den Schädel gefahren.

Denn Pidohn stand vorn und wollte sich nicht losreißen. Plötzlich schrak er auf, glaubte der Herbeischwingenden nicht mehr entgehn zu können und warf sich flach hin. Alle lachten, am meisten der kleine Jürgen.

Gabriele wendete den Kopf nach Kühn, gefallsüchtig, so sah Emmy. Kühn verlor sichtlich ganz den seinen. Daher kamen ihr Zweifel an allem, was sie Gabriele hinsichtlich Pidohns fast schon zutraute. Hätte Gabriele sonst noch anderen gefallen wollen? Gradezu schlecht durfte ihre Verwandte nicht sein. Emmy hätte in ihrer eigenen Würde gelitten.

Übrigens war der Anblick so heiter. Sie rief ohne Schärfe: „Jetzt wird Krocket gespielt."

Der kleine Jürgen hatte es erwartet und das Spiel schon aufgestellt. Die Gesellschaft beteiligte sich vollzählig, Frau Konsul West mit allen ihren Herren, selbst dem Dichter, – nur Leutnant von Kessel hielt sich zu ihrer Kusine Emmy.

Er begriff Gabriele West nicht mehr. Er war ratlos in einem Grade, daß er nicht mehr wußte, ob er litt oder nur staunte und wartete.

1873 an diesem Nachmittag im Sommer erhob die Luft sich leicht und so hell wie Perlen über den Gärten vor der Stadt. Die Fahrstraße stand leer. Sie war eine Lindenallee und zog dahin, bis der Blick sich unter den Baumkronen verlor. Wer anhielt vor dem Landhause des Konsuls West, sah seitwärts bis in die Tiefe seines Gartens. Man sah darin klar und schleierlos hingezeichnet die Gestalten, ihre Bewegungen beim Krocketspiel, sah Falbeln und Spitzen flüchtig aufwehen. Das glückliche junge Lachen der Konsulin war einmal genau zu hören.

Draußen vor der Gartenpforte warteten wirklich mehrere Herren, die zueinander sagten:

„Wie lange hält sich das noch?"

„Ihre Nachrichten können auch falsch sein, Blohm."

„Ich sage nicht, daß sie richtig sind. Verkaufen Sie nicht, wenn Sie nicht wollen! Nur, wie lange hält sich das noch?"

„Fischer, Sie waren doch immer Menschenkenner. Sie haben von drei Schwestern die geheiratet, die nachher den Onkel beerbte. Was sagen Sie?"

„Ich sage: Hier ist nichts zu erben. Aber das glauben Sie mir nicht."

„Glauben Sie es denn selbst?"

„Nein, – wenn ich so zusehe."

Sie wurden hineingeholt, Pidohn hatte sie entdeckt.

Die Herren waren jedem bekannt, sie selbst kannten Jürgen West von Kind auf. „Wir sind nur mal herausgekommen", erklärten sie verlegen. Denn es war nicht mehr zu vertreten, daß sie hatten nach dem Rechten sehn wollen. Auf der vorderen Terrasse standen schon Tee und Portwein für alle bereit.

Als Gabriele ihrem Gegenüber, Pidohn, das Glas reichte, bekam sie dafür einen Blick, der ihr die neuen Gäste zeigte, die anderen übrigens einbegriff. „Erzählen Sie denen doch, was Sie wollen", hieß der Blick. „Werden die Ihnen ein einziges Wort glauben?"

Jähe, schamlose Mahnung an alles, ihr Einverständnis, ihre Mitschuld, ihre Gefangenschaft in seinen Händen für alle noch übrige Lebensfrist: sie vernahm es, begriff es, die ganze Not hatte sie wieder. Das Glas ging grade noch unverschüttet in die Hand Pidohns über. Sie selbst glitt, die Augen geschlossen, zu Boden.

Ein peinlicher Zwischenfall, fanden die Herren, die doch einen Teil der Börse oder ihr Mittagessen versäumt hatten, um ihn mitzumachen. Sie wagten sich nicht sogleich zu verabschieden. Untereinander sagten sie:

„Was hat nun das zu bedeuten?“

„Was wird es sein? Eine Liebesgeschichte, – und sogar das ist zuviel gesagt. Soll sein Glück, dies mörderische Glück, den Damen nicht mal eine kleine Ohnmacht wert sein? Ich selbst bekreuzige mich, wenn ich ihn sehe.“

„Wo verbotene Neigungen mitspielen, steht es auch geschäftlich nicht mehr sicher. Soviel weiß ich, Fischer.“

„Seien wir lieber froh, Blohm, daß diese Leute dafür noch Sinn haben! Es muß ihnen gut gehn.“

Trommeln war zu hören. Der Dichter hatte dort hinten den kleinen Jürgen mit seiner Trommel gefunden. Eigenhändig gab er mit diesem Wirbel das Zeichen zum Wiederbeginn der Probe. Er konnte nicht wissen, wie es hier vorn stand. Hier war man still geworden, man ließ ihn trommeln und empfahl sich.

Elftes Kapitel

Leutnant von Kessel begleitete Kusine Emmy. Sie wohnte noch weiter draußen an derselben Allee, aber hinter mehreren Gärten, in einem schon älteren Landhaus. Sie sollte es von der Tante, mit der sie lebte, einst erben, war auch sonst nicht unbegütert, erfreute sich übrigens einer seltenen Unabhängigkeit. Man traf sie allein in Gesellschaften.

Sie dachte bei allen Gelegenheiten, besonders in Begleitung eines jungen Mannes: „Nun? Es wird Zeit, mein gutes altes Mädchen.“

Dies, um sich selbst dahin zu bringen, daß sie endlich einen Bewerber ermutige, seine Erklärung zu machen. An ihr lag es, wenn sie es nicht taten, soviel fühlte sie. Übrigens liebte sie ihren Vetter West.

„Ja, ein ganz reizender Nachmittag war es“, antwortete sie dem Leutnant, indes sie voll schmerzlicher Sorge an die Abenteuer ihrer Kusine Gabriele dachte.

Emmy war nicht umsonst Herrin ihrer Zeit und ihrer Schritte. Sie hatte die eigene Freiheit benützt, um den Fluchtversuchen jener kleinen Gefangenen nachzuspüren. Jetzt kannte sie die aus der Ferne her verschlagene Gabriele genauer als irgendein anderer, besonders als Jürgen West. „Hätte er nicht einfach mich heiraten sollen? Jetzt weiß er nicht, wie ihm geschieht, und ist unglücklich. Nicht einmal die Frau hat, was sie will“, dachte sie gerechterweise.

„Ja, so ist meine Kusine West“, bestätigte sie dem Leutnant. „Sie braucht Abwechslung, wußten Sie das nicht?“

Sein ratloses Staunen erregte bei ihr Geringschätzung, sie nannte es höchst männlich. Ein Mädchen sitzenzulassen, kostete den Mann keine Bedenken, sie hatte es erfahren. Das Gegenstück war dieser hier, der sich nicht beherrschen konnte, wenn seine Angebetete ihm mit seinem eigenen Kameraden denselben Streich spielte.

„Ein Mädchen muß sich wohl beherrschen“, dachte Emmy. „Sonst wäre es kompromittiert. Ich bin seitdem erst recht zu Jürgen und Gabriele gegangen – solange, bis ...“

„Ja, das anregendste Haus der ganzen Stadt“, erklärte sie dem Leutnant. „Das war es immer, und jetzt sehen Sie dort den berühmten Pidohn leibhaftig in einem Stück mitspielen.“

„– solange, bis ich“, dachte sie unaufhaltsam weiter, „meinen Vetter Jürgen im Grunde nicht mehr liebte. Es ist nur noch alte Gewohnheit – hindert mich aber, andere zu ermutigen. Jürgen weiß es. Er hat die Dreistigkeit, mir die Wange zu tätscheln, als sagte er: mein gutes Opferlamm. Nein, das soll aufhören.“

Sie blieb stehn unter einer der großen Linden, weit und breit weder Mensch noch Tier, und sie sagte zu Herrn von Kessel:

„Erleichtern Sie doch ruhig Ihr Herz!“

„Ruhig?“ wiederholte er vorwurfsvoll. Plötzlich ließ er sich gehn, er stöhnte.

Vor einem jungen Mädchen hätte er sein Stöhnen doch beherrschen sollen. Ihr bereitete es Widerwillen. Auch dies wieder um Gabriele! Immer um dieselbe, Emmy lehnte sich endlich auf. Sie spürte die Regungen einer Eifersucht, die wußte, was sie wollte.

„Ich will Leutnant von Kessel heiraten“, beschloß sie. „Gott sei Dank. Ich wurde schon bequem. Wenig fehlte, und ich hätte es nicht mehr fertig gebracht, noch irgendeinen Mann zu ermutigen.“

„Ich weiß, was Sie haben“, sagte sie klar. „Sie bildeten sich zeitweilig ein, Sie liebten Gabriele West. Sie hat mit Ihnen kokettiert, Sie nahmen es ernst. Jetzt sehn Sie aber die gute Gabriele auch mit Ihrem Kameraden von Kühn kokettieren. Lassen Sie es dabei. Noch mehr beschäftigt meine Kusine Herr Pidohn, das können Sie nicht so wissen. Ich aber weiß sogar, daß sie auch den alten Heines zu verführen versucht hat. Ich weiß es von seiner eigenen Haushälterin.“

Der heitere Augenblick, in dem die Kusine milder gedacht hatte, war längst vorbei. Sie stand mitten im Kampf.

„Mein Kamerad ist ein so strenger Protestant“, beteuerte der Arme. Er wollte sagen, daß die vielgeliebte Gabriele bei Kühn um alle ihre Künste gebracht sei und vielmehr Mitleid verdiene. Emmy verstand ihn, sogleich schnitt sie ihm die Ausflucht ab.

„Ihr Kamerad würde auf der Stelle mit ihr durchgehn, wenn sie es verlangte. Er würde den Dienst quittieren und Abenteurer in schönen Ländern werden – und das grade, weil er kalt ist! Einmal will auch so einer gelebt haben. Eine Frau wie unsere Gabriele ist der Notbehelf derer, – die sonst zu vernünftig wären.“

„Sie müssen sie furchtbar hassen“, klagte der Arme. „Ist sie denn nicht unglücklich?“

„Ach ja. So unglücklich wie die Katze, wenn hoch droben die Vögel zu schön singen.“

„Sie fiel doch heute in Ohnmacht. Ich glaube oft, daß nur dieser Pidohn aus ihr die Frau macht, die Sie in ihr sehn, aber die sie nicht ist."

„Ahnungsvoller Engel! Und seine Papiere kaufen wir alle trotzdem."

„Man steht stramm vor Pidohn, man macht die ganze Verblendung mit, inzwischen nahen vielleicht Dinge."

„Sagen Sie: Katastrophen!"

„Ich möchte das nicht mit ansehn. Ich lasse mich nach den Manövern versetzen."

„Ich glaube, daß ich schon vorher meine Heimat verlassen werde", sagte sie taktvoll verhalten. Offenbar nur gegen ihren Willen war zu merken, wieviel sie erlitt.

„Wohin gehn Sie?" fragte er nicht ohne Teilnahme. Ihre ungewisse Handbewegung, der schöne große Blick ins Unbekannte gewannen erst recht seine Aufmerksamkeit.

„Ich kann gehn, wohin ich will. Ich habe ein ziemlich großes Gut", sprach sie ins Unbekannte. „Ich kann es umtauschen gegen ein passend gelegenes."

„Zum Beispiel bei uns zu Hause neben unserem Familienbesitz ist ein prachtvolles Gut abzugeben. Wir haben nur die Mittel nicht flüssig."

„Es macht sich oft ohne Mittel", sagte sie dunkel.

Hierauf bog sie in den Weg zwischen Gärten, der zu ihrem Hause führte. Der Weg war schmal, ihr Begleiter hielt sich halb hinter ihr. Er fragte und es klang wie Unterordnung, weil er halb hinter ihr war:

„Glauben gnädiges Fräulein, ich sollte meinen Eltern folgen? Die alten Herrschaften wünschen, daß ich schon heirate. Ich würde dann das Gut bewirtschaften."

„Das erweiterte Gut?" fragte sie über die Schulter.

„Vielleicht."

Er verbesserte:

„Womöglich. Sogar mit Freuden. Nur nicht, wie die alten Herrschaften es sich denken. Sie haben für mich eine Wahl getroffen, die ich leider nicht billigen kann."

„Ehret Vater und Mutter!" sagte sie über die Schulter.

„Soweit irgend tunlich", bestätigte er.

Auch Emmy trug dieses stolze Spazierkleid aus Überwürfen, Falbeln, Besatz, das hinten gebauscht war. Band flatterte vom Häubchen, der kleine Schirm beschattete die schmal gesenkten Schultern. Sie rührte ihn herzlich, grade weil sie keinen ganz so außerordentlichen Geschmack zeigte, wie jene andere, die jetzt verloren sein mußte. Die getürmte Frisur lächelte nicht, wie bei Gabriele, mit Goldlichtern. Das Profil – ach, es schien leicht verschwommen, man hätte sagen können, verdickt; aber das beginnende Doppelkinn gefiel ihm. In diesem günstigen Augenblick ward Emmy auffallend beleuchtet.

Der Weg bildete hier eine Laube, die schräg durch Blätter strahlende Sonne sprenkelte Emmy gefällig, fast süß. Als wüßte sie alles, blieb sie nochmals stehn und hielt das angenehme Doppelkinn hin. Ihn rührte herzlich, daß sie ihre dermaßen bescheidenen Reize, sooft sie in Gegenwart der anderen schon zurückgetreten war, jetzt tapfer anbot. Er brauchte seinerseits einfach den Mut, sie zu bewundern! War es der Mut zur Bescheidung, gleichviel. Wie hier, konnte Emmy einst auf seinem Gutshof stehn, grün überlaubt, und in dem rinnenden Licht glänzten allein die Augen fest und für die Dauer.

„Ich will wahrhaftig keinem, der mich liebhat, Kummer machen", sagte er bewegt. „Hoffentlich sind meine Eltern nicht schon Verpflichtungen eingegangen, die ich als Ehrenmann –"

Sie antwortete hierauf durchaus unerwartet.

„In Ihrer Gegend sind berühmte Bäder. Meine Tante will sie gebrauchen. Nach den Manövern finden Sie uns dort."

Hierüber durfte er Freude äußern, durfte aber weder Hoffnungen noch Versprechungen daran knüpfen. Emmy selbst, so klar sie das Ziel sah, brach hier ab und ging weiter. Beide fühlten: Gabriele war nahe, man mußte schweigen.

Das Haus lag da mit offener Tür, der Blick ging mitten hindurch, und den Ausgang drüben erfüllte rote Sonne. Dorthin wollte Emmy ihm entschwinden.

„Zeigen Sie sich drinnen nochmals!" bat er dringend.

Hätte nicht die Sonne ihn geblendet und verwirrt, er würde dies nie gesagt haben.

Emmy wandte sich um.

„Wenn Sie sich selbst noch einmal zeigen", erwiderte sie, nickte ihm zu und trat ein.

Er ging schnell den Weg zurück, kam aber nur bis zu der Laube. Hier ward ihm unversehens angstvoll zumute. Er stand und hielt sich die Schläfen.

„Ich, der Gabriele liebt!"

Plötzlich hörte er sagen:

„Schämen Sie sich, Herr von Kessel, Sie waren doch im Krieg."

Er erschrak, er forschte nach. Gabriele war natürlich nicht zugegen, nur ihre Stimme begleitete ihn. Nur Wesen, Stimme, Glanz und leichter Schritt sollten noch einige Zeit mit ihm sein. Er bildete sich nicht ein, es wäre für sehr, sehr lange.

„Vielleicht sogar liebe ich sie heute das letzte Mal noch wie bisher. Dies ist mein letzter romantischer Tag. Bald werde ich kein junger Mensch mehr, dafür aber ein recht ordentlicher Mann sein."

Dies Vorgefühl ward gestört durch ein anderes. Was aus ihr würde. Aus ihr, aus Gabriele – bedroht, wie sie war, verstrickt, wie sie war. Sie fiel doch heute in Ohnmacht. Er ahnte viel bei all seiner Liebe, und Emmy hatte ihm noch mehr zugeraunt; dennoch empfand er Gabriele schuldlos, nur das Unglück hatte sich verschworen gegen die eine. Die Frage war allein noch, ob das Unglück vorhatte, bis zur Katastrophe zu gehn. Sie fiel doch heute in Ohnmacht.

„Ich aber, als wüßte ich nichts, hätte nie um sie gezittert, ihretwegen auch nur die kleinste Bequemlichkeit geopfert. Sie retten? Ich armer Dutzendmensch und künftiger Landwirt halte hier mein kleines Idyll ab vor dem Hintergrund ihrer vielleicht unermeßlichen Tragödie."

Bei diesen, innerlich gesprochenen Worten hatte er die Laube schon wieder verlassen, ging wieder in Richtung des Hauses, kam schon in Sicht. In dem Augenblick, als er anhielt, zeigte droben sich jemand. Es war jetzt dämmerig, aber sie erkannten einander. Leutnant von Kessel grüßte mit gradliniger Anmut, wie vorgeschrieben. Von droben winkte seine Braut.

Hierauf machte er kehrt und marschierte in Richtung der Kaserne. Er wünschte sich, im Dunkeln einem Strolch zu begegnen, die Straße blieb aber menschenleer. Im Zimmer bei West brannte die Lampe, die dem draußen Irrenden etwas von Frieden und Sicherheit ins Gedächtnis rief. Leutnant von Kessel wußte, daß sie täuschte.

Sein Zimmer in der Kaserne stieß an das Kühnsche. Er hörte den Kameraden umhergehn. Da Rauch durch die Tür drang, hatte Kühn schon zu Abend gegessen. Alles war geregelt, alles alltäglich, – und fern, ohne Zugang drohte eine Welt der großen Gewalten. Dieser aber gehörte Gabriele West, immer schrecklicher stellte es sich heraus. Dorthin gehörte die Frau, der Fritz von Kessel, noch am ehesten ihr unter allen Lebenden, sich dargebracht hätte.

Wie oft hatte er hier im Zimmer, anstatt zu schlafen, dem Mond entgegengeträumt und gefragt, ob auch sie ihn gleichzeitig betrachte. Er schämte sich inmitten seiner Rührung. Sie – und solch eine flache Empfindelei! Sie war durchsichtig, aber nicht wie Mondschein. Sie hatte für ihn die Klarheit der Vernunft, jede ihrer Bewegungen war schön durch Vernünftigkeit, ja, ihre Leidenschaft wäre klar und einfach gewesen. Ihm brannte das Herz, weil er sie in Leidenschaft nie kennen sollte.

Er wartete nicht ab, daß der Mond aufging, er trat bei Kühn ein. Hier sah er den Burschen dastehn wie einen Kleiderhalter, und Kühn legte ihm auf die steif hingestreckten Arme einen Zivilanzug, mehrere Hemden, was noch.

„Du nimmst doch nicht Urlaub?“ fragte Kessel.

„Wer weiß“, sagte Kühn, ohne ihn anzusehn.

„Wie kannst du vor den Manövern noch in Urlaub gehn?“

„Du meinst, vor der Theateraufführung bei Wests.“

„Sagen wir, vor der Theateraufführung.“

„Sie wird nicht sein“, sagte Kühn. „Kehrt, marsch“, rief er dem Burschen zu, der auch abtrat.

„Sie wird nicht sein?“ wiederholte Kessel, in dem Gefühl, er sei erbleicht.

„Nein, denn die beiden Hauptrollen sind die Kaiserin Eugénie und der Kaiser Wilhelm, und die gehn zusammen durch.“

„Du – mit Gabriele, mit Frau Konsul West?“ verbesserte sich der arme Kessel. Er glaubte sich in einem Traum, der ausartet.

„Vielleicht nicht?“ machte Kühn, als ob er bellte.

„Das muß ein Irrtum sein“, stammelte Kessel. Kühn lachte auf.

„Sei mal deutlicher, als sie heute war! Daß sie mir nicht ausdrücklich um den Hals fällt, ist alles. Zum Schluß die Ohnmacht.“

„Du bist verrückt“, brachte Kessel vor.

„Ich will nicht genaunehmen, was du redest in deinem Ärger. Dir ist es eben nicht gelungen. Glaubst du übrigens, daß eine Entführung dienstliche Unannehmlichkeiten nach sich zieht? Meine Karriere ist mir die Sache denn doch nicht wert.“

Hier sah Kessel, daß er keinen Freund hatte, daß dies ein fremder Mensch war. Diesem aber hatte er vorgeschwärmt von der Einzigen, Unerreichbaren, manchmal konnte man sich leider nicht enthalten. Was schloß daraus Kühn? Sie sei für jeden zu haben, sogar für ihn. Man müsse nur zugreifen. Wer zuerst da sei, mit dem reise sie.

Kühn wartete auf Antwort, er wendete halb den Kopf. Dies zeigte in seiner häuslichen Drillichjacke und ohne Kragen wie er war, die auffallend breite, rote Halssehne hart wie Eisen. Der Hinterkopf verlief in Verlängerung derselben harten Linie ohne Ausbuchtung. Rötliche Borsten, rote Haut, jedes Blinzeln der farblosen Wimpern wirkte peinlich wie eine böse Absicht. Kessel staunte nur, daß er dies sonst, wenn nicht verkannt, doch übersehn hatte.

Er selbst wurde sich eines anderen Blutes bewußt. Der Anblick Kühns zwang ihn, an den eigenen, besser gebildeten Schädel und an seinen weicheren Ausdruck zu denken. Sein Haar war dunkler, und er trug es länger. Er konnte bleich sein und gelöste, dem Gefühl überlassene Glieder haben. War er nicht doch, sei es nur für Augenblicke, Gabrieles würdig, ja, ähnlich ihrer Art? In Kessel stritten sich Stolz, Leiden und Verzicht.

Daher sagte er mit Überlegenheit:

„Denke, du liebtest sie! Dann erledigen sich deine Fragen."

„Man muß kein Schmachtlappen sein."

„Man muß auch kein gemeiner Mensch sein", sagte Kessel mit wahrer Wollust, denn alles, was jetzt folgen mußte, war ihr zu Ehren.

Die beiden Offiziere wechselten noch einige kurze und scharfe Worte, nichts Persönliches mehr, nur die vorgeschriebenen Feststellungen. Nach korrekter Verbeugung verließ Kessel den anderen. Das erste war, Zeugen zu suchen. Dann zurück in sein Zimmer.

Bei ihm stand der Mond im Fenster. Er wendete sich dem Gestirn zu, diesmal ohne Scham, denn er war nicht mehr nur der Schwärmer. Er handelte, er bekannte sich zu ihr, die es nicht wußte. Unbeachtet, handelte er doch.

Er konnte fallen – schon morgen ganz früh. Sie lag noch im Schlummer. Sie träumte ihren eigenen Schicksalen entgegen, inzwischen fiel unter sieben Männern, die sich im leeren Kasernenhof versammelt hatten, einer vom Säbel getroffen um und stand nicht mehr auf. Auch dies war ein Leben gewesen, aber sie kannte es nicht.

Sein Leben, das nicht unter ihren Augen gespielt hatte, schien ihm arm und bedauernswert. Nacheinander kehrten Kindheit und Jugend in seinen Geist zurück; aber Spielgefährten, erste Liebe, erster Verlust samt Auszeichnungen, Streichen, großen Freuden, alles war entwertet, da von ihr kein Blick es traf.

Eine Stunde lang ihr Ohr haben, dann sterben. Oh, fremd und abgeneigt wie sie jedesmal geblieben war, wenn er sich aufschließen wollte. Jener Kuß auf ihren Nacken, noch einmal hätte er ihn nicht gewagt, denn niemand erträgt zweimal dies Erstarren des Blutes.

Hier fand er die ganze Szene lebend wieder vor. Er hatte gekämpft nicht nur um sie, auch gegen ihren Feind und Verfolger Pidohn. Gab es nicht Augenblicke in jener Szene, da sie gestutzt, ihm im stillen vielleicht gedankt hatte? Pidohn war jetzt Sieger – gleichviel. Noch einmal ihr Gehör, ihre unverwehrte Nähe, und Fritz von Kessel vermaß sich, sie zu retten, ja, sie zu gewinnen ... Da ward ihm klar, daß er nicht sterben wollte – nicht, so lange sie lebte und Leben schenken konnte.

Er reckte die Arme hinan, zur Begrüßung dieses unerhörten Gefühls, nur durch sie noch da zu sein. Inmitten seiner Begeisterung fiel ihm ein, daß er verlobt sei.

„O pfui“, rief der Jüngling. „Welch eine schreckliche, unbeseelte Stunde war das? Als ich mich vor ihr, der allzu Geliebten, in Sicherheit bringen wollte? Ich verstehe mich nicht mehr.“

Jetzt machte er Licht, um ihr zu schreiben, sich ihr darzulegen, ihre Verzeihung, ihr Gedächtnis zu erlangen.

„Denken Sie meiner! Ich werde, sollte ich sterben, nur diesen Wunsch noch auf den Lippen haben. Dem Rest der Menschen will ich vergessen sein. Glauben Sie nie, o Gabriele, ich hätte irgendeinem anderen Wesen mein trauriges Geschick zu teilen angetragen, außer vielleicht in völliger Verzweiflung. Ja, ich war verlobt ...“

„Auch noch verlobt warst du?“ fragte hinter ihm die Stimme Kühns. Er stand und hatte mitgelesen.

„Ich klopfte mehrmals“, erklärte er, „aber du antwortetest nicht. Ich verstehe, warum“, schloß er milde.

Nur diesen Ton brauchte es, Kessel kamen Tränen. Kühn wollte sie nicht gesehn haben. Er habe mitzuteilen, daß ihre vier Zeugen sich noch heute abend träfen. Einer von ihnen war bis jetzt nicht nach Haus gekommen. Aber nach dem Geschehenen war kein Zweifel, daß sie sich auf ziemlich schwere Bedingungen einigen würden. Stockend sagte Kühn:

„Nun, wir waren sonst immer gute Kameraden.“

Sein Kamerad sah ihn an. Um dies zu sagen, war Kühn eingetreten. Seine farblosen Wimpern blinzelten auch jetzt in dem roten Gesicht, aber es zeigte keine bösen Absichten mehr an. Es zeigte den Freund und Bruder, der ein Herz hatte und die Hand hinhielt. Kessel nahm sie, stürmisch stürzten beide einander an die Brust.

„Wenn wir nicht gleich die Zeugen gerufen hätten“, sagte Kühn. „Jetzt muß es sein. Wir werden uns ehrlich schlagen.“

„Es ist auch besser“, sagte Kessel mit einem Blick auf den begonnenen Brief.

„Zerreiße ihn!“ riet Kühn. „Das Weib soll sich nicht noch freuen, was es geleistet hat.“

Kessel widersprach empört, fast wäre es zu einer zweiten Forderung gekommen. Rechtzeitig fingen sie an zu lachen.

„Junge!“ rief Kühn. „Rede mir nicht ein, daß du ihr lange nachtrauern wirst. Nicht länger als sie dir, wenn ich das Unglück habe, dich totzustechen.“

„An mir hat niemals viel gehaftet. Sollte nicht dies wenigstens für das ganze Leben sein?“

„Wozu sonst das ganze Leben?“ fragte Kessel immer wieder, als Kühn längst draußen war.

Beim Morgengrauen traten sie zum Zweikampf an. Eine Verwundung des rechten Armes machte Kessel kampfunfähig. Die Gegner versöhnten sich. Im Zimmer Kessels leerten fünf der Herren eine Flasche Wein. Der Arzt dankte. Trotz Zureden dankte auch der Patient. Ihn ließen sie, als er verbunden war, allein.

Er hatte, so sehr es ihn anfangs befremdete, ein deutliches Gefühl der Erleichterung, das Gefühl, anders dazustehn als noch gestern, vor sich, vor ihr, vor dem Sinn der Ereignisse. Warum? Wem hatte er sich hiermit bewiesen? Nicht ihr, sie sollte von seiner Verwundung, wenn es nach ihm ging, nie erfahren. Eher die andere! Die andere hatte unbedingt mehr Sinn für seine schlichte Entschlossenheit. Einfach hatte er sich ihr erklärt, einfach nachher sich geschlagen. Gleichviel für wen geschlagen, er wollte alles einfach finden.

Hier fiel ihm freilich der Brief ein. Wäre er abgeschickt worden, der Brief hätte die Sache furchtbar verwickeln können. Aber er war nicht abgeschickt, nicht einmal beendet war er. Der Verwundete erhob sich trotz empfangenem Verbot und holte den Brief.

Er las ihn, wollte ergriffen werden, lehnte sich aber mit Kraft dagegen auf.

„Ja, ich war verlobt“, las er – nahm die Feder und machte „ich bin“ daraus. „Ja, ich bin verlobt.“

Dann zerriß er das Ganze.

Zwölftes Kapitel

Zur Probe kam heute niemand, nicht einmal Emmy. Was war ihr geschehen? Auch von dem unwandelbar treuen Kessel hätte Gabriele nicht erwartet, daß er fortblieb.

Der Dichter hatte sich wenigstens entschuldigt, er sei noch ermüdet von gestern. Zuweilen gebe es in seiner Laufbahn gewisse Aufgaben, die ihn noch tiefer anstrengten als andere. Rätselhafterweise gehöre zu ihnen diese gegenwärtige. So sein Brief.

Gabriele las in ihrer Rolle und fragte sich, was Heines sagen wollte. Vorausgesetzt, daß er bei seinem kaiserlichen Paar von Anfang an nur an sie selbst und Pidohn gedacht hatte, war es vielleicht anstrengend, sie beide in diesen Rollen zu vereinigen, aber sicher hatte er auch seine Freude dabei. Sie glaubte nicht ohne weiteres, wie die anderen, an seine unbefleckte Weihe. Vielleicht ahnte er nicht, was er tat, aber er tat es.

Sie lag im Schlafzimmer auf dem Sofa, ihr hingestreckter Arm folgte der geschweiften Lehne. Im Schlafzimmer war es kühl, das Licht aus dem Garten dämmerte grünlich. Die Luft strich von beiden Seiten hindurch, bei der Stille und Verlassenheit ließ sich vieles bedenken. Gabriele bedachte immer alles in Gesprächen mit denen, die zugegen waren – und auch mit den anderen.

In ihren Gedanken wendete sie sich an Leutnant von Kessel:

„Sie wagen mir nicht mehr allein unter die Augen zu treten seit Ihrem dummen Kuß."

Jetzt wußte Gabriele wieder von dem Kuß, der schon vergessen gewesen war.

„Sie tun auch recht daran, fortzubleiben. Aber ist es nicht doch schade? Schade um alle die hübsche Romantik, die wir versäumt haben. Was sagen Sie? Doch, doch, sie ist schon versäumt. Da hilft es nichts, daß Sie untröstlich meinen Fuß bewundern."

Sie zog den Fuß unter das Kleid.

„Denn jetzt, lieber Fritz, gehe ich mit Herrn Pidohn auf Abenteuer – große, schreckliche, wunderbare Abenteuer. Sie aber heiraten eine gute Frau."

Sie schluchzte einmal auf.

„Verzweifeln Sie an uns nicht! Es gibt Frauen, die einzig für Sie leben werden. Nur ich habe meine eigene Welt. Wie komme ich zu Pidohn?"

Sie zog die Brauen zusammen, aber es nützte nichts.

„Ich weiß es nicht", gestand sie. „Er ist im Grunde mein Feind, wie am ersten Tag. Wenn ich ihn los sein könnte ... Ach! Sie wollten wirklich? Ihn herausfordern? Tun Sie's! Dazu sind Sie wie geschaffen. Sie sind mein Bravo. Fordern Sie ihn! Wir werden sehn, wie es kommt ... Nein, lassen Sie es. Ich bin nicht blutgierig, und dann wäre es ganz umsonst. Sie werden ihn nicht treffen, denn er ist nicht umzubringen. Das weiß niemand besser als ich", schloß sie traurig.

Eine Weile hörte sie nur den jungen Leutnant murmeln – ihren Namen und seine Anbetung. Es tat so wohl, daß sie die Augen schloß.

„Nein, nein", dachte sie schwach. „Das war in anderen Zeiten gut. Es ist nicht ernst gemeint.

Gestehen Sie doch", sagte sie zu Leutnant von Kessel, „daß es Ihnen nicht mehr ernst damit ist. Sie hätten vielleicht mein Freund werden können – ohne den dummen Kuß. Dann hätten Sie mich geschützt anstatt meines Mannes, der mich nicht mehr schützt. Er will von mir nichts wissen. Er hält es mit Pidohn."

Zornig schob sie ihr Tüchlein zwischen die Zähne und biß hinein.

„Und Sie, Fritz? Ich fürchte, daß Sie es mit Emmy halten. Lieben Sie denn Emmy? Hüten Sie sich! Sie wollen sich vor mir nur retten! Freilich ist sie eine gute Partie. Sie sind auch praktisch. Es bleibt doch schade um unsere hübsche Romantik."

Ihr Besucher schien aufzustehn und Abschied zu nehmen. „Gut. Lassen auch Sie mich allein. Wen habe ich noch?"

Hier hörte sie hüsteln. Sie sah auf. Vor ihr stand Pidohn.

„Ich bin es wirklich", sagte er, den Kopf im Nacken, hochgemut und gnädig.

„Wie kommen Sie herein?" stammelte sie.

Ihre erste Regung war gewesen: vom Sofa auf! Dann blieb sie aber liegen, er sollte nicht sehn, daß sie sich fürchtete.

„Wie ich hereinkomme?“ wiederholte er. „Bei lauter offenen Türen! Sie schliefen und hörten nichts, Frau Konsul. Vielleicht hörten Sie mich auch, wer kann das bei Ihnen wissen. Hier ist sogar zuviel Luftzug, wenn man schnell gegangen ist.“

„Schließen Sie die Tür!“

Aber sie lag im Schlafzimmer, bei geschlossener Hintertür konnten die Mädchen nicht mehr hören, was hier geschah.

„Die vordere“, rief sie.

Nun kam vielleicht Jürgen von vorn und fand sie eingeschlossen mit Pidohn.

„Wozu überhaupt“, sagte sie unzufrieden. „Ich brauche Luft. Sie nicht? Sie sind dick geworden, Pidohn!“

„Ich finde, daß es mir steht“, sagte er und besah sich von Kopf bis Fuß im Pfeilerspiegel.

„Ich trage einen hellen Anzug, zum erstenmal seit –“

Er brach ab. Sie vermutete sofort: seit seiner Entlassung, jener Entlassung.

„Bleiben aber, als ob Sie in Schwarz gingen“, warf sie hin und drehte sich, die Füße fester angezogen, der Lehne des Sofas zu.

„Ein schöner Empfang! Ich mache mich frei für die Probe, ich verlasse mich auf die Pünktlichkeit der anderen, die samt und sonders weniger zu tun haben als ich.“

„Damit haben Sie recht. Die Geschäftsleute hätte ich noch zuerst entschuldigt.“

„Was fangen wir an?“ fragte er erhaben.

Sie wies auf den Boden. Das Rollenheft war hingefallen. Er bückte sich denn auch. Er sagte sogar „danke“ und zeigte, ein Bein nach hinten ausgestreckt, seine körperliche Gewandtheit.

„Wir probieren zusammen“, bestimmte sie, stand auch schon glücklich auf den Füßen. Sogleich verriet sie eine Art Ironie.

„Jetzt geraten Sie, bitte, in Verfall. Sie müssen endlich Ihrem Napoleon näherkommen.“

„Ich kann nicht verfallen, Madame. In Ihrer Gegenwart werde ich im Gegenteil jung und unternehmend.“

„Das sind Erinnerungen“, sagte sie herrisch. „Sie dürfen nicht hoffen, sie wieder zu beleben. Jeder zehrt an sich, und Sie haben sich aufgezehrt. Für Ihre Person wird in dieser Welt nichts mehr verändert werden. Kein Hund wird sich auf seinem Platz umdrehen“, rief sie aufstampfend.

„Warum sprechen Sie zu mir so hart?“

„Weil Sie besiegt sind. Unrecht haben von jeher die Besiegten. Nichts stößt mich ab, wie ein Geopferter.“

„Die Börse war ausgezeichnet!“ rief Pidohn.

„Sie sind bei Sedan geschlagen worden“, sagte sie.

„Ach! Napoleon – Sie meinen Napoleon.“

„Wen meinen Sie? Lernen Sie doch endlich Ihre Rolle! In unserem ersten Auftritt halte ich Ihnen Ihre wirkliche Lage vor, damit Sie tun, was ich will.“

„Ich weiß. Daraus wird nichts.“

„Dann spreche ich aber mit Kaiser Wilhelm und mit seinem Adjutanten. Konsul West spielt den Adjutanten.“

„Hat er etwas gegen uns?“

„Die beiden wollen nicht, daß wir als die Herren nach Paris zurückkehren. Ich soll nicht machen können aus Ihnen, was ich will. Genug, man bringt mich dahin, daß ich mich dem Unglück ergebe und Sie liebe, wie Sie sind.“

„Wie bin ich? Nicht schön?“

„Wahrhaftig nicht. Legen Sie sich auf das Sofa!“

„Wie meinen Sie das?“

„Sie sind schwer krank. Sie halten es nicht mehr aus, zu stehn. Ächzen Sie doch!“

Er ächzte, schloß die Augen und zuckte mit dem hingewälzten Körper – war aber geschmackvoll genug, die Beine nicht auf das Polster zu ziehn.

Sie beugte sich in gemessener Entfernung über ihn.

„Erkennen Sie mich? Ich bin bei Ihnen wie einst während der gefährlichen Anfänge Ihrer Macht. Sie stürzen nicht ohne mich. Nur in meiner Begleitung werden Sie wieder zum Abenteurer und Verbannten. Sie sind krank? Ich trage es mit Ihnen. Arm? Selbst das. Wir haben Verbrechen begangen, wir waren edel und groß, uns haben die Gipfel des Glückes gegrüßt. Jetzt in das Elend mit dir und in den Sturm von Suturp! Untergehn! Mit dir untergehn!“

„In welchen Sturm? Wie war das?“

Sie erschrak. Sie wollte nachsehn, ob das Wort tatsächlich in der Rolle stand. Er umfaßte aber ihr Handgelenk, Widerstand war umsonst, er zog sie neben sich.

„Kindchen“, sagte er. „Sie haben den Kopf voll Romantik.“

Er streichelte ihre Hand, eingeschüchtert hörte sie zu.

„Was stellen Sie sich eigentlich vor, wenn ein Herr wie der Kaiser Napoleon ins Unglück kommt? Hat er darum weniger zu essen? Oder nicht mehr das persönliche Prestige, auf das die Leute ihm Geld geben? Die Hauptsache bleibt das persönliche Prestige, und das behalten wir. Verlassen Sie sich darauf!“ Wobei er freilich stöhnte.

Er beugte sich vor, etwas seitwärts, ihren Knien entgegen.

„Man muß nur manchmal nach Chislehurst. Oh, ich kenne England.“

Sie wußte seit jener Spazierfahrt, was er von England kannte.

Er sagte, auch dies zuerst noch breit, dann mit abnehmender Deutlichkeit:

„Es darf aber niemals die Endstation sein. Heiter! Immer weiter!“

Auf ihre Knie fiel plötzlich sein Kopf, ein überaus schwerer Kopf. Sie empfing ihn mit einem erschreckten Aufseufzen, wäre auch emporgeschnellt, nur der schwere Kopf verhinderte es.

Pause, – und da er sich nicht regte, überkam sie große Neugier, ihn zu berühren, seine braune Haut, das Negerhaar. Du armes Ungeheuer, von der Stadt abergläubisch verehrt und bereichert, da liegst du endlich, hast den weiten Weg hinter dir, die Millionen, das Zuchthaus und noch mal Millionen. Grade der eilige Geschäftsmann kommt zur Probe, ruht hier seinen Kopf aus. Die Haare glänzen.

Ihre Fingerspitzen tasteten. „Nicht hart, wie ich dachte. Die Kopfhaut zwischen den Löckchen ist sogar weiß.“

Die Fingerspitze drang flüchtig dort ein. Schnell prüfte sie auch die Wange, – bevor das Untier etwa zuschnappte. Verwitterte Wange, fremd und rührend fühlst du dich an. Armer Backenbart, jetzt sah sie ihn angewachsen, Haar für Haar, künftig konnte sie einstehn für seine Echtheit.

Auf einmal begriff sie, daß der große Mann an sie fortwährend gedacht haben mußte, als an die Zuflucht. Inzwischen tat er stolz und unabhängig, handhabte Menschen wie dafür geschaffen, wußte im Grunde aber jeden Augenblick, wer ihm zuletzt einzig bleiben werde. Schon seit Suturp fürchtete er dieses Ende – so sehr, wie er es herbeisehnte. Denn er liebte sie, in diesem Augenblick war sie davon überzeugt.

Daß er sich noch immer nicht regte! Sie streckte den Hals vor, so sah sie die Gruppe im Spiegel. Es konnte Dalila mit Simson sein. Dann hätten die Philister hinter dem Vorhang gewartet. Das Sofa stand an dem Vorhang, der Schlaf- und Wohnzimmer trennte, jetzt aber halb fortgezogen war. Nur das Sofa ward von ihm verdeckt.

Sie wollte in die Falten fassen, der Kopf auf ihren Knien aber erschwerte jede Bewegung.

„Gehn wir doch weiter!“ schlug sie vor. „Napoleon in seiner Schwäche zeigen Sie richtig.“

„Nicht wahr? Das ist mir gelungen.“

Er richtete sich auf.

Schnell gefaßt, wollte er alles, was sein Anfall von Schwäche verraten hatte, wieder zurücknehmen. Da erblickte sie aber mit eigenen Augen das Zeugnis der Wahrheit. Dies hätte er nicht leugnen können, nicht diesen nassen Fleck aus Schweiß und Tränen, wo noch soeben sein Gesicht lag – auf ihrem Knie.

Hier hatte sie zugleich den Zusammenbruch und das Bekenntnis. Er lachte breit, um nichts zuzugeben; zuletzt klappte aber seine Stimme nur noch nach, wie von ihm selbst vergessen.

„Geben Sie sich keine Mühe mehr“, sagte sie wohlmeinend, ja, aufmunternd, denn ihm ging es so schlecht. Ausdrücklich achtete sie darauf, ihn nicht durch Ironie in Verlegenheit zu setzen.

Auch er selbst hatte nur das Bestreben, sich schnell wieder ernst zu nehmen. Daher ward er galant. Er rückte sich zurecht auf dem Sofa, küßte ihr die Hand und behauptete:

„Ich sollte mir keine Mühe mehr geben – mit was? Aus mir zu machen, was ich sein will? Das müssen wir wohl alle bis zum letzten Wank, Madame. Wie könnten wir sonst mit schönen Damen plaudern. Als wenn nicht auch die schönen Damen selbst –. Nur Sie allein sind in all und jedem echt, Madame.“

Seine Lippen krochen, warm und tierisch anzufühlen, langsam ihr Handgelenk hinan, wobei sie auch noch sprachen.

„Sollte es eine Schande sein, wenn ich von den Illusionen anderer Menschen lebe, da doch selbst die schönen Damen in alle Ewigkeit nur davon leben? Eines Tages verliert jeder die Illusion. Nur ich bei Ihnen nie“, sprach er, mit einem Arm auf den Sitz gestützt, zu ihr hinauf.

„Nur ich bei Ihnen nicht.“

Dies Wort klang verlangend, schmerzlich und sogar drohend – nur dies Wort, aber wog es nicht alles auf, was an gemeinen Worten vorausging? Ihre ganze Natur erbebte von unsicherem Gefühl für den wechselvollen Mann, der bald ihr Mitleid, bald ihr Entsetzen herausforderte. Jetzt machte er sich unmöglich, jetzt brachte er fertig, daß sie mit ihm empfand. „Ich schweige“, dachte sie. „Ich weiß nie, was aus ihm wird, wenn ich spreche.“

Aber schwieg sie auch, webte hier doch grünliche Dämmerung, und von den Lichtstrahlen, die der Garten einließ, sprühte da und dort aus Metall oder Glas ein einzelnes Feuer auf. Sagte sie auch kein Wort, handelte doch statt ihrer die Stille. Es handelten die bevorstehenden Veränderungen, ihre eigene Verlassenheit, seine im Schatten des Unglücks unausweichliche Gestalt. Alles dies handelte, solange sie schwieg. Es mußte verstummen, wenn ein Wort fiel.

Sie fühlte: „kein Wort!“ und genoß angstvoll den Aufschub, im Grunde schon versichert, wenn sie abrechneten und zum Ergebnis kämen, werde es Trennung sein.

Gleich darauf ward dann auch der Mann gewahr, wo er sich befand, in einem Schlafzimmer mit absichtsvoller Beleuchtung, und die Frau war entblößt. Ihr Kleid lag bis unter die Brust verschoben, er selbst hatte es vom Arm entfernt, dies Licht aber machte aus ihrer Haut das Fell der Venus selbst. Pidohn erinnerte sich seit seiner frühen Vergangenheit eines Ortes, wo die Damen in ähnlicher Form angeboten worden waren. Er hatte es nie vergessen und bis jetzt nicht wiedergefunden.

Er versuchte, den lockenden Körper an sich zu ziehn. Da sie sich wehrte und erbittert fortstrebte, erreichten seine Anstrengungen nur, daß der gebauschte, faltenreiche Überwurf ihres Kleides sein Gesicht in sich verfing. Er sah nichts mehr, erstickte und ließ sie endlich selbst los, stieß sie sogar ungesittet von sich.

„Flegel!“ sagte sie.

„Kommen Sie gefälligst nicht mit Kleidern, in denen man erstickt! Wir waren verabredet“, behauptete er ungesittet.

„Wozu?“ fragte sie hochmütig.

„Theater zu spielen natürlich. Unterzugehn in Suturp. Reine Romantik, gute Frau!“

Er verfolgte sie durch das Zimmer. Sie konnte es nicht verlassen, wie sie war, mit den Spuren dieses Vorgangs. Er wußte es. Als er sie erreicht hatte, wagte er die erste vollkommen entschlossene Bewegung. Sie tat, als gäbe sie ihm nach, flüsterte aber in sein Ohr.

„Achtung, der Vorhang! Er bewegt sich, man sieht uns zu!“

Da er fluchte, aber sie nicht losließ, erfand sie gleich das Gefährlichste.

„Es ist mein Mann. In der nächsten halben Stunde sind Sie ruiniert.“

Dies wirkte. Sein Druck ward schwächer, sie konnte sich befreien.

„Weiter!“ befahl sie. „Wir probieren die letzte Szene.“

Sie selbst begann schon, gleichzeitig bedeckte sie sich mit einem Umhang.

Sie sagte, daß sie ihn für so krank nicht gehalten habe. Sie sagte es dringlich, um ihn von seinen unternehmenden Gedanken abzubringen.

„Sie sind mir solange noch nie als das Opfer der Ereignisse erschienen. Ich traute Ihnen noch immer einige Macht über sie zu, besonders, wenn ich selbst Ihnen die Hand führte.“

Da Pidohn gekränkt verneinte, bat sie:

„Lassen Sie uns heute offener sprechen, als wir gewohnt sind. Wir haben einander zu oft getäuscht, daher vielleicht all unser Unglück.“

„Ich will es von Ihnen nicht hoffen“, sagte er, nach wie vor unsicher im Text. Eine gewisse schicksalhafte Schläfrigkeit der Rolle half ihm seine Fehler zu verdecken.

Sie erinnerte ihn ernst:

„Wir haben unseren Sohn. Er allein würde es lohnen, daß wir zusammenhalten bis ans Ende.“

„Für dich ist das Ende fern“, sagte er plötzlich mit echtem Vorwurf und einem Blick aus der Tiefe.

„Nur du“, betonte er, „wirst bei unserem Sohn sein, damit er der Fürst werde, der ich hätte sein wollen.“

„Sie waren der Schiedsrichter der Welt“, mahnte sie höflich. „Liegt es an uns oder nur an dieser milderen Stunde, daß wir alles einst Besessene jetzt fast schon entbehren können?“

Er stöhnte, schwankte, und man glaubte, ihn fahl werden zu sehn.

„Wenn du es sagst! Du, mein Ehrgeiz selbst, das eigene, schönere Bild meines Ehrgeizes!“

Sie sah: ein herrlicher Napoleon! Aber sie wußte kaum noch, was sie sah, sie erlebte es zu sehr. Auch seine Roheit vorhin ging in das Erleben der Rolle mit über.

„Spiegelte ich deinen Ehrgeiz wider“, rief sie, „so vergiß nicht, daß du in allem, allem aus mir dasselbe machtest was ich aus dir. Nie haben zwei Wesen allein und ständig gefährdet wie wir, unter den Blicken der Welt, die ihren Sturz erwartete, einander Glück bringen müssen. Wer hätte es uns sonst gebracht? Es war doch unser Reich – nicht ihres, nur unseres.“

„Es ist wahr“, sagte er schleppend, „daß deine Augen mir Lebensfeuer ins Innere strahlten.“

Seine eigenen waren undurchsichtig. Sie aber öffnete die ihren blau und glanzvoll. Sie stand sicher vor ihm, blond, von höchster irdischer Schönheit, die Dauer verspricht. Gleichzeitig schwebte dennoch alles, was er von ihr sah, schwebte unter dem Himmel, wie das Licht, und mußte ihm daher wohl auch untergehn.

„Ich wurde sogar leichtsinnig“, erklärte sie, „weil es doch immer nur auf unser Glück ankam. Denke an die Attentate! Wir kamen mit dem Leben davon, weil wir –“

„Uns liebten“, schloß er, dumpf aufrauschend.

Sie hörte nicht die Verzweiflung des Wortes, sie wollte aus Güte so viel nicht hören. Sie begütigte.

„So ist es auch geblieben. Unsere Liebe, mein Herr und Mann! Wenn nicht sie noch immer – oh, etwas unbenutzt für täglich, aber wenn nicht unsere alte Liebe mit uns handelte, in einem so erstaunlichen Unglück wie diesem, hätten wir gewiß nicht mehr zueinander gefunden."

Er dachte, daß sie ihn eigentlich doch nur hatte von hier entführen wollen, um die Regierung ihres Sohnes aufzurichten, indes er selbst noch lebte und zusehn sollte. Jetzt erwähnte sie ihre Liebe von einst, erinnerte sich ihrer sogar wirklich. Er war so traurig nie gewesen seit seiner Niederlage. Den Kopf gesenkt, rollte er eine Zigarette.

Er faßte zusammen.

„Wir herrschten. Wir täuschten einander, entgingen gemeinsam dem Tode. Hast du nicht auch krankhafte Züge bekommen, die mir zu gut bekannt sind?"

„Ja, doch. Ich sehe Gestalten, die nicht da sind."

„Alte Gefährten, alte Feinde –"

„Dich selbst!" rief sie.

„Als ob ich schon tot wäre", murmelte er. Seine grauen Augen zeigten endlich Bewegung, etwas wie eine tief verschleierte Drohung.

„Ich danke nicht ab", behauptete er.

Sie sagte so weich wie kühn:

„Grade das! Tu grade das! Oh! Ich weiß noch, ich kam mit ganz anderen Plänen. Jetzt aber will ich einzig, daß wir den Frieden suchen, uns auslöschen, soviel wir können. Ich will dir die Hand halten –"

Er verstand: beim Sterben.

„Es ist jetzt schwerer geworden, als es war", antwortete er, so wach wie bisher nie.

„Sie haben mir alles, seit Sie hier sind, viel schöner und viel schmerzlicher gemacht, Eugénie."

„Geben Sie alles dahin in dem Augenblick, da es noch einmal schön und fast noch Wirklichkeit ist."

„Nein."

Dies kam mit harter Stimme, mit der Stimme eines fest entschlossenen Lebenden, der plötzlich die Geduld verliert. Keineswegs klang es mehr wie aus dem bewegten Traum, worin Napoleon und seine Gattin handelten. Sie sah ihn an und sah Pidohn. Er trug wieder ganz die Züge Pidohns, die sie eine Zeitlang vergessen hatte, – nur freilich den Bart Napoleons. Dies war merkwürdig, er sprach mit der gewohnten groben, fetten Stimme Pidohns, dazu aber der fremde graue Bart, an den er nicht zu denken schien.

„Das wäre noch besser! Ich soll fort, abdanken nennen Sie es. Ich soll der Sündenbock sein, während alle Leute Mitschuld haben. Abdanken, verschwinden, wie? Nach Suturp? Wie?"

Sie versuchte noch zu sagen: „Dem Unglück gewachsen sein durch Lauterkeit und Ernst."

Aber er fuhr dazwischen.

„Nichts davon! Lauterkeit! Das hörte ich in meinem Leben immer, wenn man mich los sein wollte. Ernst! Dann lachten die anderen. Diesmal nicht, ich bleibe. Ich weiß von ihnen zu viel. Was faul ist, haben die ersten Herren mit mir zusammen gemacht, voran Herr Konsul West, Madame. Sie glauben wohl, die Obrigkeit wird nichts eiliger haben, als Herrn Konsul West mit mir einzusperren?"

Hier erschrak er. Er hatte an das Sofa gestoßen, der Vorhang schaukelte. Pidohn fiel es ein, wer dahinter hätte zuhören sollen. Sogleich verzerrte er wohl höhnisch das Gesicht, zog sich aber doch mehrere Schritte zurück.

„Das Unglück!" sagte er: Selbstgespräch, aber in Richtung des Vorhanges. „Ich kenne es. Mag jetzt einmal Konsul West es kennenlernen. Er wird sehn, daß es von Großartigkeit nichts hat. Zu ihm jedenfalls kommt es schlicht und hausbacken, er wird schon sehn. Großartig – dafür müßte man selbst erst Nummer eins sein. Ich, wenn ich wollte, könnte einen Sturz vollführen mit Geschmetter, in Glanz und Pracht."

„Und alles sah nur so aus dank dem Bart?" dachte Gabriele. „Im hellen Sommeranzug zwar, aber doch der Bart." Zum Glück lenkte dies Rätsel sie ab.

Da machte Pidohn eine eitle Wendung nach dem Spiegel und erblickte sich. Er wußte nicht gleich, wer es war, und erschrak, wie zuerst vor dem schaukelnden Vorhang. Dann riß er den falschen Bart ab, seine beiden echten richteten sich befreit wieder auf. Pidohn lachte.

„Ich war es!" lachte er. „Ich Schelm! Immer nur ich, Madame. Sie dachten, ich würde mich mit Ihnen unter die Katarakte des Schicksals begeben, während ich endlich auf trockenem Boden gelandet war und bürgerlich dahinlebte! So soll es bleiben, ich bin hier eingewöhnt, so soll es immer bleiben. Wir sind mitnichten dumm genug, daß wir selbst bezahlen. Diesmal tun es andere."

Sie wollte jetzt dennoch das Zimmer verlassen, er aber vertrat ihr nochmals den Weg; es geschah vorn, bei dem Vorhang.

„Auch Sie, Madame, bezahlen für mich. Werden sich noch freuen, wenn Sie weiter meinen Umgang genießen, geschäftlich und – anders."

Er kniff ein Auge zu.

„Solch ein gewöhnlicher Schuft?" sagte sie.

„Ein guter Bürger vielmehr. Will das ehrbarste Leben führen in hiesiger Stadt. Hält sich weiter bestens empfohlen. Die Abenteurerin sind Sie! Nur Sie! Sie wollen uns beide in die bekannt nichtswürdige Welt jagen, von der ich grade genug hatte. Wen haben Sie hier versteckt?" schrie er plötzlich wütend.

Er packte den Vorhang, streckte den Kopf hinaus, war aber schneller, als man irgend erwartet hätte, wieder drinnen. Diesmal wich er sogar bis an das Ende des Zimmers.

„Ich gehe – hier hinten durch“, hauchte er versagend. „Durch den Garten, wenn Sie erlauben. Wir sind wohl grade fertig.“

„Noch mit keinem Menschen war ich dermaßen fertig“, sagte sie so schwer im Ton, wie sie irgend konnte.

„Was hatten Sie dann gedacht?“ fragte Pidohn. Er kam nicht mehr näher, ging aber auch nicht.

„Bei Ihnen, Madame, war für mich niemals etwas zu machen. Meinen Sie, ich wußte das nicht? Sie lieben doch Ihren Mann.“

Er erhob die Stimme, man sollte ihn sogar durch Vorhänge hindurch genau verstehn.

„Ich habe mir Mühe gegeben, Sie zu unterhalten – ebensoviel Mühe, wie Geld zu verdienen für den Gemahl. Das ist alles, das ist bei allen Heiligen meine ganze Rolle hierselbst.“

Er wurde väterlich, schmunzelte sogar, rührte sich aber nicht. In den Pausen zwischen seinen Sätzen horchte er gespannt.

„Jetzt suche ich neues Geld, und einem Biedermann wie mir kann es gar nicht fehlen.“

Unversehens hielt er wieder den falschen Bart in der Hand.

„Auch gut“, raunte er. „Auch nicht schlecht, ihn für alle Fälle bei mir zu tragen ... Ihrem Mann aber bestellen Sie nur –“

Dies laut, gradezu markig, als Schlußwort:

„Alles ist gerettet!“

Dreizehntes Kapitel

Gabriele hielt das Gesicht gesenkt, sie sah nur das helle, geblümte Muster des waschbaren Stoffes, der das Sofa bedeckte. „Wie lange sitze ich schon hier? Bald nach dem zweiten Frühstück schickte ich das Kind spazieren, seitdem träume ich ... So möchte ich wohl, daß es gewesen wäre“, setzte sie hinzu.

Sie fragte vor allem: „Ist Jürgen hinter dem Vorhang?“

Aber sie sah nicht nach.

„Pidohn hatte ihn gesehn. Als ich lange vorher Pidohn dadurch zähmte, daß ich ihn mit dem Vorhang erschreckte, war es wohl eigentlich von mir nicht List, sondern bloß Vorgefühl? Stand Jürgen damals schon dort? Nachher hat Pidohn ihn gesehn. Aber die ganze Zwischenzeit! Was hat er in Wirklichkeit alles mit angehört?“

Sie fröstelte trotz der Schwüle.

„Ich gehe nicht hin, um nachzusehn, weil ich jetzt ohnehin krank werden und sterben soll. Er wird mir die Hand halten und weinen, ganz gleich, wie sonst alles war.“

Auf einmal fiel ihr ein:

„Was habe ich getan! Jetzt wird bestimmt nie mehr geschaukelt, nie mehr gelacht.“

Ohne daß sie den Kopf erhob, konnte sie auf einem Gegenstand, dessen Form und Sinn ihr nicht bewußt ward, die Sonne blitzen sehn. „Noch immer?“ dachte sie erstaunt.

Inzwischen war vieles andere verdunkelt und beendet. Aus einem großartigen Unglück, dem sie waghalsig entgegengezittert hatte, war Beschämung geworden, war Entsetzen sowohl wie Scham geworden. Die Sonne aber blitzte in den Dingen, der Tag war noch nicht um.

Pidohn erwies sich zuletzt als Schurke und sogar als bescheidener. Wenn man ihm beispielsweise einen Laden einrichtete, gab er sich zufrieden und blieb bis an sein Ende in der Straße wohnen. Mit dem da hatte sie Schicksale bestehn gewollt! Welche? Sie hätte es fast vergessen. Mit großem Skandal davonlaufen. Statt dessen kam jetzt ein Skandal gewöhnlichen Umfanges und ihr bürgerlicher Zusammenbruch. Sie und die Ihren sollten arm werden.

„Warum?“ fragte sie. Dem folgte ihr längstes Grübeln.

Ward man arm, weil eines Tages nicht lange vor Dämmerung ein sonst nie viel beachteter Mann in den Garten trat und sonderbare Reden führte über das Unglück, über heilige Frauen? Sie war begierig geworden auf die Ferne und Fremde in seinen Worten. Von ihrer Neugier kam es dann, daß auch ihr Mann dem Versucher nachgab.

Ja, in diesem Augenblick erfuhr sie, daß ohne sie, ohne ihren Leichtsinn und ihre böse Lust ihr armer Jürgen seine lebensgefährlichen Geschäfte nie angefangen hätte. „Ich trage die Schuld, ich muß sie büßen", dies ergab das Ende.

Es war das Ende eines romantischen Lebenslaufes. Ihr Geist ließ eine Dame dahinwandeln mit dem gebauschten, wippenden Kleid aus Falbeln und Spitzen, jenem bebänderten Blumenhut, und den kleinen Schirm setzte sie umgekehrt vor sich her. Gabriele kannte doch die unschuldige Linie der Wange? Jetzt bemerkte sie, was unschuldig hieß, denn sie war es nicht mehr.

„Ich muß nun büßen", sagte sie, im Grunde wenig dazu entschlossen.

Zum erstenmal seit ihrer neuen Lage sah sie sich im Zimmer um. Pidohn war natürlich fort, nach hinten davongeschlichen, wahrscheinlich sogar durch die Hecke gekrochen und in sein Haus geflüchtet. Stand aber Jürgen noch immer hinter dem Vorhang? Dann verhielt er sich still, sehr still. Die um Gabriele entstandene Stille wurde drückend fühlbar.

„Wird es so bleiben? Wie ist wohl die Armut? Man läuft über keinen Rasen mehr, es ist dunkel im Zimmer. Ich werde kochen müssen, und es ist nichts da. Was noch?" Sie zuckte ungeduldig die Schultern.

Ihr kam der Einfall, daß sie mit Pidohn, wären sie wirklich zusammen geflüchtet, vielleicht sogar unter Dieben gelebt hätte – „möglichenfalls aber auch", ergänzte sie, „in der glänzendsten Gesellschaft der großen Welt, reich, mit falschem Namen – und er hätte den Bart seines Napoleon getragen", dachte sie kindisch.

Hierauf seufzte sie. „Ich bin jetzt endlich erwachsen. Ich muß es mir merken. Dies ist längst nicht mehr so träumerisch, wie es noch anfing, heute nach Tisch. Alles ist wahr geworden im Ernst. Wenn ich Jürgen nun sagte: ich will bescheiden werden. Keine Gesellschaft wieder, keine Offiziere. Denke nicht mehr an die Gabriele, die mit Herrn Pidohn nach Suturp fuhr! ... Aber das weiß er noch nicht einmal", sah sie plötzlich.

Verzweiflung meldete sich.

„Er weiß nicht, daß ich in Suturp war. Er weiß nicht, daß ich das Kind damals in der Antonschen Wirtschaft zurückließ. Er kennt nichts von allen meinen Gedanken, Vorsätzen und was ich sah, sah – bei Heines, und ich glaube, auch noch während ich auf unserer Terrasse in Ohnmacht fiel."

Die Verzweiflung ward laut.

„Aber alles wird er wissen wollen. Keine Ruhe bei Tag und Nacht. Kein aufrichtiger Blick auch nur. Schon längst war alles Lug und Trug. Wenn ich jetzt nicht fliehen soll, ich kann auch nicht bleiben. Er war mein Herr!" rief sie in ihrem Herzen. „Mein lieber Herr! Damit ist es aus, wenn er von mir nichts mehr wissen darf."

Im Grunde fühlte sie, dann werde es aus sein auch mit der Liebe selbst, mit der Liebe zwischen ihrem Jürgen und ihr, mit ihrer beider ganzer Liebe. Alles andere, ja selbst ihr Vorsatz, mit einem Fremden in die Welt hinauszugehn, hatte sich noch nie an der Liebe vergriffen. Jürgen, sie und die Liebe blieben in allem, was vorging, geheimnisvoll aufrecht. Jetzt endlich drohten sie gemeinsam umzusinken, und dies, erst dies war das Zeichen für Gabriele, den Kopf zu verlieren.

Sie sprang auf, die Augen vom Schrecken weit offen. Ein Lichtfunke traf hinein, er kam genau dorther, wo schon vorhin ein Gegenstand sie angeblitzt hatte. Jetzt erkannte sie auch den Gegenstand. Sie hatte darüber hingesehn. Jetzt war er willkommen, da erkannte sie ihn.

„Hättest du dein gutes englisches Rasiermesser nicht grade heute offen liegen lassen", sagte sie erschreckt lächelnd, dennoch sanft, zu dem abwesenden Geliebten. Er sollte es nicht für einen Vorwurf halten. Aber wenn Gabriele jetzt in das Bad hinunterstieg, Wasser einlaufen ließ und durch ihr Handgelenk, ihr von ihm oft geküßtes, einen tiefen Schnitt zog –.

Sie dachte, daß sie damit ihr Andenken rette. Jürgen liebte sie dann wie je. Sie machte auf diese Weise auch ihrem Kind keine Schande, dachte sie nebenher und mehr aus Pflichtgefühl. Was sie nur ganz im stillen unhörbar zugab: sie entging ihrer ungeheuren Beschämung, und niemals mußte sie arm sein. Starb sie, war es so gut, als wäre sie keinem Pidohn begegnet, nie mit ihm nach Suturp gefahren, und die Szene heute, die beschämend endete, hatte nirgends gespielt.

Eine wohlhabende, verwöhnte Dame ging ab, verließ die Gesellschaft. „Wir sind nicht reich, aber sehr wohlhabend." Ging ab, und dann war alles gut. Gabriele einmal fort und die Tür hinter ihr geschlossen, folgte nichts mehr nach, weder Unglück noch Glück. Daher war es gut.

Hinter den beiden Betten lag im Fußboden eine braun polierte Platte. Man bückte sich, hob sie auf, man stieg hinab. Die Villa hatte noch kein Badezimmer gehabt, erst Konsul West war der Mann, sie, so gut es ging, damit zu versehn. Gabriele bückte sich, sie setzte den Fuß noch zögernd auf die erste Stufe. Allmählich ging sie zuversichtlicher. Als auch ihr Kopf sich unter die Fläche des bewohnten Zimmers senkte, empfand sie Genugtuung.

In demselben Augenblick fuhr Konsul West von dem Gartenstuhl auf, einem mit Erde beschmutzten Stuhl, der hinkte und ausgesondert drunten neben der Terrasse stand. Ihn hatte er gewählt, um ungesehn darauf zusammensinken zu können. Als er jemand kommen hörte, nahm er schnell die Stirn aus der Hand und ging voll Pflichtgefühl wohlgelaunt dem Gast entgegen. Es war aber Professor von Heines.

Was hatte Konsul West? Er verlor die gesellschaftliche Selbstbeherrschung – gab sie vielleicht auf, denn sonst tat sie von selbst ihren Dienst. Sein Gesicht verschloß sich, als hätte der Anblick Heines' ihn an sein übel angewendetes Vertrauen erinnert und vorsichtig gemacht. Ein schlechter Schuldner läuft Gefahr, so empfangen zu werden.

Den alten Dichter verließ auch sogleich seine Sicherheit. Er begriff ohne weiteres, um was es sich handelte, und bekannte sich schuldig; denn er hielt unschlüssig an, bevor er da war. Sichtlich wäre er lieber umgekehrt. Seine Miene war verlegene Teilnahme.

„Geht nicht alles nach Wunsch?“ fragte er, während beide einander die Hand nur schlaff entgegenstreckten.

„Mir?“ fragte der Konsul. „Das ist eine Sache für sich. Aber was Sie vorhatten, Herr Professor, ist Ihnen gelungen. Ich bezeuge es Ihnen, und ich kann es wissen.“

„Was können Sie wissen?“ murmelte der Greis.

„Nur kommen Sie zu spät zur Probe. Die Probe ist vorbei. Letzte Szene, ich hörte noch grade die Hauptsache.“

„Sie haben falsch gehört!“

„Plötzlich sah ich sogar einem richtigen Kaiser Napoleon ins Gesicht. Anstatt daß ich erstaunt gewesen wäre, erschrak er vor mir.“

Konsul West blies wohl höhnisch durch die Nase, schon aber hatte er mehrfach die Augen schließen müssen. Die Gedanken blieben ihm weg, auch die Knie zitterten ihm.

Der alte Dichter überwand seine Verlegenheit, er ergriff die letzte Möglichkeit, noch ehrlich zu sein mit dem Mann. Es war unbequem, aber er brachte das Opfer.

„Ihre Frau war bei mir, sie hat mir alles gestanden.“

„Das erzählen Sie so ruhig“, sagte der Mann und stöhnte. Heines fürchtete, Schweigen wäre doch besser gewesen.

„Sie gestand es nicht mit Worten“, erklärte er dem Mann. „Ich merkte es ihrem Wesen an, ihrem tiefen, ja, unerlaubt tiefen Wissen um die Rolle, die ich ihr zudachte. Zum Überfluß verriet sie sich noch durch einen Anfall.“

„Ist sie denn ganz von Sinnen?“ fragte der Unglückliche.

„Sie sagen es: von Sinnen“, wiederholte der alte Dichter, „aber von Sinnen in einer Art, die nicht den Arzt, sondern mich angeht. So kam sie mit Recht zu mir, Sie müssen es ihr verzeihn. Noch mehr, verzeihn Sie ihr auch die heutige Probe, mag es für Sie selbst auch die ernsteste gewesen sein.“

„Das wird sich finden“, erklärte der Konsul einigermaßen herausfordernd.

„Sehn Sie sich den Herrn an, dem heute Ihr Haß und all Ihr Jammer gilt. Sollten Sie nicht froh sein, daß er so und nicht anders aussieht? Er wäre andernfalls vielleicht jung, hübsch und trüge Uniform.“

„Ich habe schon mehrfach bemerkt, daß ältere Leute gern frivol sind“, sagte der Konsul.

„Und erst alte Dichter!“ bestätigte Professor von Heines. „Die gehn bis zum Zynismus, wenn sie glauben, daß er hilft. Ich bin nicht weise. Einzig die schmerzlichen Prüfungen meines Gefühls haben mich allmählich belehrt. Aus schwärmender Betrachtung, die ich töricht genug der Welt verkündete, haben meine Prüfungen Lehren gemacht, die härter sind und über die ich dezentes Schweigen bewahre. Ihre Frau, Konsul West, würde Sie betrogen haben.“

„Danke.“

Der Konsul war scharf.

„Ich danke Ihnen gleich auch, falls sie es noch tut. Sie haben gewissenhaft gearbeitet, das muß ich zugeben. Sie haben ihr Wort für Wort die Rolle angefertigt, die ihrer Natur entgegenkam. Haben ihr den Ehebruch mundgerecht gemacht, soviel noch fehlte. Freuten Sie sich gehörig, als Ihre Heldin den Anfall hatte? Das war das sicherste Zeichen Ihres Erfolges. Ich gratuliere Ihnen.“

Er wandte sich schroff ab, er ging schnell auf sein Haus zu. Fiel ihm ein, wie es drinnen für ihn stand? Er kehrte ebenso schnell zurück. Der Alte hatte gewartet.

„Ich bedaure, daß ich grade Ihnen, Herr Professor, solche Worte sagen mußte, und ich hätte es nie gedacht, als ich begeistert schon als Junge Ihre Gedichte las."

Der Konsul sprach mit knapper Höflichkeit. Die Selbstachtung hatte verlangt, dies zu sagen. Nur Heines wurde unvermutet warm. Er streckte seine beiden Hände hin, – die nicht genommen wurden, aber er ließ sie weiter schweben. Sie schwebten, während er sprach, auf und nieder.

„Sie machen mich glücklich, Konsul West. Sie leiden, aber werden genesen. Lassen Sie sich sagen, daß Sie verdient haben, zu leiden. Dafür prophezeie ich, Ihr Dichter, Ihnen, daß Sie nie wieder so unglücklich sein werden wie in dieser Stunde. Wissen Sie nicht mehr, daß dieses Ihr Haus nach dem Unglück laut und vernehmlich rief? Was für Einfälle suchten uns doch heim beim Léoville an jenem ersten Abend. Auf welche heimlichen Wünsche brachte Sie selbst der Anblick Ihrer Frau und eines so nichtsahnenden Glückes?"

Er wartete nicht länger, daß seine Hände genommen wurden, er ergriff die beiden anderen.

„Getrost, mein Lieber! Von dieser Stunde an geht es aufwärts."

Der Konsul, aller Sorgen voll, hatte dafür nicht das leiseste Verständnis.

„Meine Erinnerung weicht von der Ihren ab, Herr Professor. Ich glaube zu wissen, daß Sie auf das ehrenfeste Bürgerhaus Ihr Glas leerten und das Glück für unsere gerechte Forderung an das Dasein hielten. Wollten Sie meiner armen Frau eine Lehre erteilen, dann muß ich gestehn, daß sie drastisch ist."

Schon hatte er seine Hände schroff losgemacht, obwohl der Alte ihm versicherte:

„Sie werden eines Tages von selbst meine Hand drücken wollen in diesem gleichen Garten."

Übrigens zeigten sich neue Gesichter, Kusine Emmy, umrahmt von zwei Leutnants.

In dem Konsul klang nach: meine arme Frau, und klang wie Mitleid. Nur des einen Wortes hatte es bedurft, und Jürgen West ward schwach. Um so entschlossener gab er sich Haltung.

Der eine der Leutnants blieb einen Schritt zurück. Emmy trat herbei mit dem anderen, der sich ungewöhnlich formvoll verneigte. Was kam jetzt? Sie stellte ihn als ihren Verlobten vor.

„Ich beglückwünsche Sie, Herr von Kessel. Auch dich, liebe Emmy, beglückwünsche ich. Ich glaube, daß du in die richtige Umgebung kommst. Ihnen, Herr Leutnant, kann ich bezeugen, daß Sie eine Frau mit den besten Eigenschaften wählen. Sie wird Ihr Vermögen nicht in Gefahr bringen, seien Sie unbesorgt. Sie wird nicht spielen, mit Ihnen und Ihrer Stellung nicht, und mit dem Leben nicht. Sie ist zuverlässig, denn sie hat Kopf; – und mag man von der liebenswürdigen Naivität unserer Damen halten, was man will, so wird es meistens doch der Kopf sein, der allzu schwere Wechselfälle unseres Daseins ausschließt."

Leutnant von Kessel verbeugte sich während der Rede noch mehrmals. Sein unbeteiligter Kamerad von Kühn dachte:

„Er glaubt, er rede in der Bürgervertretung."

Emmy betrachtete ihn, wie er sprach, immer genauer. Er war außerordentlich bleich. Die Haarbüschel an seinen Schläfen wirkten daher dunkler, der ausgezogene Schnurrbart durchschnitt die Blässe stark gezeichnet. Emmy fühlte: „Ich werde ihn immer lieben. Und jetzt ist es soweit, er weiß, daß sie ihn betrügt."

Trotz schrecklicher Genugtuung, der sie sich nicht erwehren konnte, erschütterte es sie. Auch seine Haltung riß sie hin, die völlige Sicherheit des Tones. Nie vorher war eine solche Einheit von Leichtigkeit und Würde erreicht worden.

„In diesem Augenblick mußte ich mich verloben!" fühlte Emmy. „Gut. Jetzt begreife ich erst ganz, welchen Entschluß ich fasse – und halten muß."

Hier sagte Professor von Heines:

„Herr Leutnant von Kessel, Sie tragen den Arm in der Binde."

Die bewegten Umstände hatten noch nicht erlaubt, darauf zu achten. Heines selbst war bisher abseits in das Erkennen seines eigenen Erlebnisses vertieft gewesen.

„Ich habe gehandelt. Habe ich recht gehandelt? Ich weiß nur, daß es notwendig war, ungezwungen kam und daß es gut enden muß. Ich fühle meine glückliche Hand", dachte er ungewohnt erhoben. Höchstens seine ersten Gedichte, in früher Zeit, hatten ihn so erhoben.

„Hier denkt niemand daran, mich zu verehren", dachte er. „Das vergessen sie, wenn sie an ihrem Leibe spüren, daß ich da bin. Das ist die Wirklichkeit! Ich bin nicht bloß ein Gegenstand der Verehrung! Der Mann haßt mich, noch haßt er mich. Eines Tages wird er mir von selbst die Hand schütteln – hier im Garten, diesem selben Garten." Er sah ihn sich an, mit allen, die darin waren. Dann trat er vor und sagte:

„Sie tragen den Arm in der Binde?"

Leutnant von Kessel erwiderte:

„Lassen Sie mich nur, ich tue es, um mich meiner Braut interessant zu machen. Oder nehmen wir an, ich täte es im Sinne meiner Rolle, Herr Professor. Sie geben mir einen Verschwörer und Duellanten zu spielen, kann der immer heil davongekommen sein?"

Man lachte und verzichtete auf die Wahrheit.

„Sollen wir aber noch probieren, wo bleibt dann unsere Eugénie?"

„Das frage ich mich schon längst", gestand der Konsul.

Es war der erste falsche Ton. Seine künstliche Sicherheit beleidigte hier das Gefühl Emmys. Sie erkannte doch seine Angst, die starre Erwartung in seinen blauen, verdunkelten Augen.

„Sieh nach ihr!" sagte sie vertraut und tödlich ernst.

Die hölzerne Treppe führte Gabriele in das getünchte Badezimmer selbst. Sie fand den Ofen seit dem Morgen noch lau. Ihr war es lieber, sich zum Sterben in ein kühles Wasser zu legen. Warmes würde sie eingeschläfert haben, sie aber hatte noch zu denken.

Sie wollte an Gott denken und was er in diesem Augenblick zu ihr und ihrem Treiben etwa sagte. Er fiel ihr ein, wie ein alter Bekannter, der ihr aus den Augen gekommen war.

Sie entkleidete sich, legte zuerst sorgfältig das gute englische Messer auf den Stuhl neben die Wanne. Dann stieg sie hinein.

Er war kein Bekannter gewöhnlicher Art. Nicht ohne Beunruhigung dachte man an ihn zurück. „Zu Hause sah ich ihn oft über die Straßen gehn in einem goldenen Gefäß. Mir schauderte, und war ich grade glücklich, mußte ich bei seinem Anblick doch weinen."

Ihre Erinnerungen wurden lebhafter.

„Ich wollte ihn durchaus für gut, vielleicht sogar für gefühlvoll halten. Aber ich weiß noch – oh, wie gut ich es weiß, das mit dem Vorhang! In unserer Pfarrkirche, ein Vorhang war gleich hinter dem Altar, während der Messe bewegte er sich. Ich mußte es nur wollen, dann bewegten seine Falten sich wie in einem Gesicht. Dahinter war er! Ich dachte als Kind: Er krabbelt dort hinten herum, und hatte nur Angst. Natürlich mußte ich ihn lieben, sonst wäre die Angst unerträglich gewesen."

Zugleich mit jenem alten Vorhang erinnerte sie sich dessen, hinter den noch soeben Pidohn geblickt hatte. Auch was dort zu sehn gewesen war, hatte Schrecken verbreitet. „Deshalb bin ich nun hier unten", dachte sie unbestimmt. „Hinter einem Vorhang sind sie, und man muß sterben, wenn sie zusehn. Ich hatte schon immer die Angst."

Sie merkte, daß ihr Kopf nachließ.

„Mein armer Jürgen! Er, und mich hinunterschicken mit diesem Messer! Wenn er jetzt einträte, er würde furchtbar erschrecken. Auch Gott erschräke wahrscheinlich, er hat mich ganz anders gekannt. Wir sind auseinander gekommen, seit ich protestantisch wurde, aber seitdem hatte ich Jürgen. Jetzt niemand mehr, jetzt niemand mehr zu haben!“

Hier entstand Geschrei nebenan: die Mauer war dick, aber sie hörte wohl, daß die Mädchen schalten, und wer schmerzlicher schrie, war ihr Kind. Sie fuhr auf, sie wollte hin. Sie mußte sich erst besinnen, daß es dafür zu spät sei. „Eine Frau, die getan hat, was ich tat –“

Sie warf sich nach der Wand herum, nicht einmal dies letzte trübe Zimmer wollte sie sehn.

„Sie verdient kein Kind, und wodurch verdiente es mich! Es wird auch nicht lange an mich denken. Solange ich da war, habe ich es daran nicht gewöhnt. Das ist anders mit Jürgen. Er hat mich lieb gehabt, ob ich es ihm leicht machte oder nicht. Er wird um mich trauern, wie noch nie ein Mann um eine Frau.“

Sie legte sich wieder auf den Rücken, ihr Blick erhob sich zur Decke. Sie fühlte verklärt die Wirkung ihres Todes. Jürgen kniete an ihrem Sarge, schon war er ganz in Schwarz. Sie war versucht, ihre Hand unter den vielen Blumen hervorzuziehn, um seinen geliebten runden Kopf zu betasten. Er stand aber auf und machte, obwohl schluchzend und so blaß wie sie selbst, die stolzeste Figur der Trauergesellschaft. Alle neigten sich vor ihm ... Da fiel ihr wieder ein, daß er verarmt war.

„Ich vergesse alles. Ich träume, träume und vergesse von einer Minute zur anderen, was ich angestellt habe. Meinen Jürgen betrogen und ruiniert. Ich muß allen sagen, daß ich die Schuld habe. Ich allein trage die Verantwortung, ihn aber sollen sie bleiben lassen, was er war, in seinen Ehrenstellen und Geschäften. Dann verspreche ich, daß ich gehe und büße. Dir, mein Gott, verspreche ich es. Denn ich glaube“, sagte sie glücklich nach oben, „ich glaube, du siehst her, siehst wieder her, und was ich jetzt denke, bist du.“

Droben rief aber Jürgen.

„Gabriele!“

Dringlicher rief er:

„Wo bist du? Gabriele!“

Sie horchte noch immer gespannt, was weiter käme. Es war aufregend, sich suchen zu lassen. Erst als sie fürchtete, er könnte wieder fortgehn, sagte sie, nicht besonders laut:

„Ich bin unten.“

Er hatte aber schon gesehn, daß die Falltür offen stand. Den Atem angehalten, beugte er sich über die Tiefe, aus der kein Laut kam. Als sie endlich sprach, griff er sich an das Herz.

Er kam drunten an, da stand sie im Bademantel. Die halbe Minute vorher hatte sie das vergessene Messer erblickt und es unter die Wäsche geschoben.

„Mir war heiß, ich habe kühl gebadet“, sagte sie in dem Ton, worin sie Vorwürfen begegnete.

„Meinetwegen“, sagte er unzufrieden, aber gleichgültig. Dabei ward ihm noch das Atmen schwer nach seinem Schrecken. „Komm jetzt nur hinauf, man wartet.“

Sie fragte nicht, wer. Sie betrachtete unschlüssig ihre Sachen, dann ihn. Da nahm er das Hemd, um es ihr eigenhändig überzuwerfen, – als ob sie krank und hilflos gewesen wäre. Hiervon wollten ihr Tränen kommen, sie schluckte sie aber hinunter. Jetzt langte er nach dem Spitzenrock. Das Messer lag darunter, um jeden Preis mußte sie es verschwinden lassen. Sie warf den Stuhl um und stieß es mit dem Fuß unter die Wanne. Hatte er es doch noch gesehn?

Er band ihr die Schuhe, – dies hatte er im ganzen zweimal bis heute getan. Sie wußte genau, wann. Dann sagte er mit verzogener Braue ärgerlich: „Verlieren wir, bitte, keine Zeit mehr!“ und trieb sie über die Treppe vor sich her.

So verließ sie dennoch die getünchte Zelle. Als ihr Kopf droben hervortauchte, mußte sie denken: „Drunten warst du glücklicher.“ Sie erinnerte sich noch, daß sie geglaubt hatte, zu ihr spreche Gott, und mit welcher verklärten Innigkeit sie als Tote für ihren Jürgen fühlte. Wie kam es, daß zwischen ihnen schon wieder alles von selbst, sie mochten beide gesinnt sein wie immer, nach außen unaufrichtig und kühl war. Einen kurzen Augenblick hatte sie die dunkle Ahnung von der Herkunft aller unserer Strafen.

Auf der Schwelle zur Terrasse blieb sie stehn. Im Garten bewegten sich vier Fremde. „So bewegen sie sich überall, und es ist hell. Ich hätte es leicht versäumen können."

Hierüber erst erschrak sie. Gern wäre sie kraftlos gegen den Türpfosten gefallen. Nur um Jürgen nicht noch einmal zu ängstigen, lehnte sie sich ruhig hin. Er war zwei oder drei Schritte hinter ihr. Während er durch diesen kurzen Abstand ging, erkannte sie endlich ganz, was sie hatte tun wollen. Sie hätte es nie von sich geglaubt. „Ich – ich?" Sie hörte jemand hell auflachen, es schien ein Lachen früherer Tage zu sein. „Meines nie, nie mehr? Jetzt bin ich erwachsen. Wer dies hat tun wollen! ... Aber wollte ich es wirklich tun?" fragte sie.

Im tiefsten Innern nicht! Auf einmal stand es fest. Eine tiefinnere Heiterkeit behauptete ihr Dasein und erklärte sich Unternehmungen dieser Art lebenslänglich fremd. Warum dann Gabriele es doch versucht hatte? Vielleicht nicht sie, vielleicht hatte eine andere in ihr es wagen gewollt – eine noch ungeborene, eine Natur mit schon verblaßter Heiterkeit? Die sonderbarste Ahnung flüsterte:

„Wenn ich eine Tochter hätte?"

Da war Jürgen bei ihr angelangt, sogleich vergaß sie für immer alles Geahnte.

Emmy ward Gabrieles ansichtig. Sie gingen einander entgegen, aber nicht zu schnell, durchaus nicht, als wäre etwas vorgefallen. Emmy zeigte auf ihren Verlobten, worauf Gabriele ohne Überraschung dem Leutnant zunickte. Ihre Kusine aber ward von ihr umarmt.

„Ich freue mich", sagte sie – nicht lustig, nicht traurig, mit genau soviel Teilnahme, wie alle von ihr erwarten konnten. Befangen und getrübt war der Blick des armen Kessel. Die Augen Gabrieles verweilten in aller Ruhe auf ihm.

Ihr fiel es leicht, sich gute Haltung zu geben, weil sie darin einig mit Jürgen war. Er bewährte sich. Seine Sicherheit und Beherrschung verteidigten auch sie mit. Die Wärme der Errettung durchströmte sie endlich.

Dabei behielt sie vor Augen, daß es mit ihm alles andere als gut stand. Aber ihr Glück wollte, daß er zurückstellte, was ihn zur Verzweiflung getrieben hätte, das mit ihr, das mit seinen Geschäften. Sicher hätte er lieber getobt und sich den Kopf gehalten, blieb aber verbindlich und stark. „Ich hab dich lieb, ich hab dich lieb“, fühlte sie unaufhaltsam.

Plötzlich wußte sie bestimmt: „Der Tag kommt, da wir glücklich sind.“ In diesem Augenblick erschien Pidohn.

Er hatte es richtig gefunden, sich hier zu zeigen. Man war mit ihm verabredet, und nach seinem ersten, nicht öffentlichen Stelldichein mußte das öffentliche auf alle Fälle eingehalten werden. Was Konsul West anging, hatten sie einander wohl hinter dem Vorhang merkwürdig betroffen, aber es war lange her – für Männer in ihrer geschäftlichen Lage. Es konnte sogar schon wieder vergessen sein. Die Frage war, ob Konsul West jetzt noch darauf bestand, ihn gesehn zu haben. Nach näherer Überlegung fand Pidohn seinen Geschäftsfreund dringend gehalten, über alles im Schlafzimmer Belauschte schweigend hinwegzugleiten, solange sie beide unter der gleichen geschäftlichen Drohung lebten. War sie erst überstanden, konnte man sich beliebig gehn lassen und Lärm schlagen. Jetzt aber Würde gewahrt und der Pflicht gehorcht!

Trotz geheimer Beklemmung war daher Pidohn erhobenen Hauptes zur Stelle. Er sah auch sogleich, daß er recht gehabt hatte. Konsul West erinnerte sich so wenig wie er selbst. West war bleich, empfing aber seinen Freund in der wohlgelungenen Maske dessen, dem unter keiner Bedingung etwas geschehen kann. Auch die Frau, alle Achtung! Man war hier bleich, war nervös, aber nur Pidohn unterschied es genau. Wer hatte auch seine Übung hinsichtlich solcher Lagen. Im ganzen war er mit seinen Teilhabern zufrieden.

Frau Konsul West wandte sich an Professor von Heines. Er betrachtete schon längst nur sie.

„Müssen wir noch probieren?“ fragte sie.

„Nein“, entschied der Dichter. „Denn Sie, mein Kind, beherrschen Ihre Rolle, und Sie sind die Hauptperson.“

Sie rief:

„Dann feiern wir die Verlobung meiner Kusine Emmy mit Fritz von Kessel.“

Vierzehntes Kapitel

Gabriele und ihr Mann dachten, jeder für sich:

„Nur noch bis zur Aufführung!“

Es war Aberglaube. Denn was sollte am nahen Tag der Aufführung sich wenden? Sie aber vertraute darauf, sie werde es mit Pidohn zuletzt an jenem Abend und dann nie mehr zu tun haben. Er wieder verlegte auf den Abend die Entscheidung darüber, ob sie sich weiter aufrecht hielten. Er meinte: „Pidohn und ich“, was innerlich gesprochen von verzweifelter Ironie war.

Konsul West verzichtete auf Selbsttäuschungen über seinen Geschäftsfreund. Seit dem Nachmittag im Schlafzimmer machte er keine Anstrengung mehr, sich gutgläubig zu erhalten. Schon vorher hatte er beiläufig gewußt, mit wem er arbeitete. Aber noch fand er es nicht ausgeschlossen in ungewöhnlichen Zeiten, daß ein Mensch wie Pidohn ausersehn sein sollte zum Retter des Hauses West und anderer geachteter Häuser. Grade Abenteurer konnten alten Firmen, wie man hörte, einen neuen Antrieb geben.

An jenem Nachmittag erfuhr er, daß höchstens noch auf Schwankungen zu rechnen und von ihnen das Dasein zu fristen sei. Für den Tag der Aufführung versprach Pidohn selbst ihm den endgültigen Triumph. West verstand: eine Schwankung nach oben – vielleicht die letzte. Das wäre dann der Augenblick, der äußerste Augenblick gewesen, sich aus der Sache zu ziehn – nur noch sich. Den anderen mußte er weiter Vertrauen einflößen, bis es für sie zu spät war.

Unter dieser Bedingung war er selbst vielleicht gerettet, fand es freilich dann kaum noch wünschenswert. Hintreten vor die Zugrundegegangenen – selbst ein Geretteter: wie machte man das? Morgen wählten sie ihn vielleicht zum Vorsitzenden der Bürgervertretung. Vertrauten ihm ihr gemeinsames Wohl, wie sie es schon manchem seines Namens vertraut hatten. Ihr Wohl sollte seins sein, – plötzlich aber kostete hundert Personen ihr Vertrauen zu ihm Kopf und Kragen. War es denkbar? Nein, nicht denkbar, aber es trat einfach ein. Dann fand sich auch, was man darüber dachte. Nur vorher nichts! So ging alles.

Jürgen West sah sich in Gegenden versetzt, wo er sozusagen niemand kannte, auch nicht die geringsten angeborenen Erinnerungen hatte. Denn niemand aus seiner Familie war solche Wege gegangen. „Wirklich?" fragte er mit Ironie. „Das vergißt sich. Auch mein Sohn wird einstmals hoffentlich fest überzeugt sein, daß seinem Vater das nie zugestoßen ist, um so weniger daher ihm selbst droht."

Dies bedachte er in Gegenwart des Kindes, indes er es mit einem Scherz ansprach und ihm den Kopf streichelte. Es sah von seinem Spiel auf, wenn der Vater hier hinten im Garten bei ihm stehenblieb. Jürgen West ging jetzt bei seiner Heimkunft nicht sogleich in das Haus zu Gabriele. Vorher machte er, um manches zu überlegen, im stillen Garten eine Anzahl seiner langen, wiegenden Schritte. Sie sah ihm aus dem Fenster vielleicht nach, aber er hatte die Hände auf dem Rücken und den Blick am Boden.

In seinen Erwägungen kam Pidohn immer nur als der Beauftragte des Schicksals vor. Er haßte ihn nicht; Pidohn für sich allein erschien ihm unbeträchtlich. Die Absichten, mit denen Pidohn beauftragt war, gingen auf West, auf alte Familien und diese Stadt. Jürgen West ahnte, daß man etwas vorhatte mit der Gesamtheit, die er vertrat, mit dem Bürgertum. Er wußte nicht, wer es war, was man wollte. Ihm war nur, als werde ein erstes Signal gegeben.

Man gab es vorzugsweise ihm, damit er derart handelte, daß er persönlich vielleicht davonkam. Dann hatte er seine Pflicht erfüllt. Denn jede gegebene Lage hat eine Pflicht, so wenig es früher eine gewesen wäre oder so ausgesehn hätte. Das Pflichtgefühl erhielt Jürgen West in diesen Tagen bei Kraft und Gesundheit. Er schlief nicht weniger als sonst. Er ließ auch seine Frau nicht entgelten, daß die kritische Stunde gekommen war.

Was konnte seine arme Frau für dies alles? Auch ihr war Pidohn vom Schicksal beschert, sie hatte sich ihn nicht ausgesucht. Er war ihr zweifellos widerwärtig gewesen, ihr aber nähergerückt nur in dem Maße, wie Jürgen selbst mit ihm zusammenwuchs. Sogar die Komödie, die sie jetzt mit Pidohn als Napoleon spielte, wer hatte sie ihr auferlegt?

„Meine eigenen Ohren haben gehört, daß sie mit dem Menschen auf und davon gehn wollte. Wie kommt es, daß ich es nicht glaube? Keinen Augenblick wirklich glauben konnte? Wir sind viel enger verbunden, als wir oft wissen. Bin ich ein lächerlicher Ehemann? Sie spielt vielleicht nur meinetwegen mit Pidohn die Komödie und hat ihm auch die Flucht nur angetragen, weil sie mit mir und meinen Nerven fühlt, was vorgeht. Sie wäre geflohen, als ob ich selbst dadurch aus allem herausgewesen wäre ... Mir fallen unzusammenhängende Dinge ein. Bin ich nicht doch einfach ein lächerlicher Ehemann?“

In dieser Befürchtung betonte er gegenüber Gabriele das Konventionelle mehr, als er selbst gewünscht hätte. Er gab sich höflich, vielbeschäftigt und nach Möglichkeit unbefangen. Zuzeiten ließ er merken, daß irgend etwas unentschieden und nur hinausgeschoben war. Gemeint sein konnte eine Aussprache, vielleicht ein Ereignis. Bis dahin Zurückhaltung, – und sie ward noch fühlbarer, wenn man zur Ruhe ging. Die Zigarette auf der Terrasse war unerläßlich geworden, und bevor Jürgen in das Zimmer zurückkehrte, schlief Gabriele oder tat so.

Auch sie berief sich in ihrem Herzen, damit es nicht verzweifelte, auf den Abend der Aufführung, wenn alles glücklich aus sein sollte. Sie dachte, Jürgen werde wohl seinen Plan haben, – wie Jürgen die Absichten Unbekannter annahm. So hielt auch sie diese Tage aus.

Sie wollte nicht glauben, daß ihr Haus und Leben wirklich zusammenbrächen, wußte auch nicht, wie das Unglück noch aussehn sollte, wenn es nicht mehr das Gesicht Pidohns trug. Pidohn aber hatte ausdrücklich abgelehnt, ihr als Unglück zu dienen. Jetzt konnte die Armut kommen, eine Unbekannte. Die Reue und die Traurigkeit konnten kommen, zwei neue Bekannte, vor denen sie sich nach Kräften noch verleugnete. Dennoch gelang es diesen beiden, wenn sie dem Anschein entgegen nicht schlief, ihr zuzuflüstern, daß alles ihre Schuld sei, sie habe ihren Mann ins Unglück gebracht und so gut wie betrogen.

Er wieder sann im Dunkeln angstvoll, was er aus dem kindlichen Geschöpf, ihm anvertraut, jetzt gemacht habe.

Sie schliefen gleichwohl ein, denn sie fühlten, daß sie einander einst wieder würden lieben dürfen. Sie müßten nur jetzt ihre Pflicht tun gegen die unbekannten Mächte, dann würden sie später einander wieder lieben dürfen. Daher schliefen sie ein.

Als am Abend der Aufführung der Bürgermeister eintraf, sagte ein Lohndiener es dem anderen und der letzte dem Hausherrn. Konsul West winkte eilig seiner Kusine Emmy und beide waren schnell genug, um Bürgermeister Reuter und seine Frau noch am Wagen in Empfang zu nehmen. Sie führten sie durch den vorderen Garten, wo Gäste in Gruppen standen, nach hinten auf ihre Plätze.

Der Bürgermeister und seine Frau erhielten die Lehnsessel in der ersten Reihe zu beiden Seiten des Mittelganges. Die nächsten Reihen hatten gepolsterte Stühle. Zuletzt kamen Rohrstühle. Die hölzerne Terrasse war durch den Podest stark vergrößert, und ein Vorhang aus blauem Samt schloß sie überall. Emmy selbst hatte den Stoff entdeckt bei einem Tapezierer, der froh war, ihn verleihen zu können.

„Sie werden sehn, auch vergoldete Möbel hat unsere Bühne, wie ein Schloß. Meine Kusine Gabriele hält sie für echt."

„Dann sind sie es", sagte Konsul West. „Meine Frau hat Sinn dafür. Sie bittet Herrn und Frau Bürgermeister, sie jetzt noch entschuldigen zu wollen. Sie maskiert sich."

„Ich fragte mich schon: wo ist die liebenswürdige Hausfrau?" bemerkte Frau Bürgermeister Reuter und betrachtete sowohl den Konsul wie seine Kusine durch ihr Stielglas.

Sie setzte hinzu:

„Sie selbst scheinen mir auch beinahe geschminkt zu sein."

Da dies mißbilligend klang, berichtigte es der Bürgermeister selbst.

„Ich hoffe, daß Sie sich sogar verkleiden."

„Es ist geschehn", sagte Konsul West und öffnete flüchtig seinen leichten Mantel.

Emmy ließ den ihren von den Schultern fallen.

„Alle Wetter", rief der Bürgermeister. „Ich verstehe Ihren Leutnant. Wo ist er?"

„Er soll einen Briganten spielen. Mit solch einer Maske könnte er sich hier draußen nicht zeigen."

„Dann hilft er drinnen Ihrer Frau, Konsul West", stellte die alte Dame fest.

Er erwiderte ehrerbietig:

„Sie kostümiert sich unten, die Herren oben."

„Ist Herr Pidohn schon da?" fragte jemand.

„Ich glaube wohl", sagte der Konsul leichthin.

Der Bürgermeister erinnerte sich:

„Das Stück, das Sie aufführen wollen, ist von unserem Heines. Heißt es nicht Eugénie?"

„Hier, bitte, der Zettel, Herr Bürgermeister“, sagte ein gedrungener Herr mit langen weißen Backenbärten.

„Dann hat Heines es sicher nur gemacht wegen der Ähnlichkeit Ihrer Frau mit der Kaiserin. Mir ist sie schon immer aufgefallen.“

„Das wollen wir nicht hoffen“, schrie die bellende Stimme des kleinen Herrn. Er war ein Verwandter Wests und schon Rentner. „Ähnlichkeit mit Eugénie!“

„Warum denn nicht?“ fragte Emmy. „Wegen ihres Rufes? Der täuscht oft.“

„So ist es, mein Kind“, bestätigte die Bürgermeisterin aus Achtung vor dem Hause, in dem sie zu Gast war. Sonst hätte auch sie Bedenken gehabt.

Emmy machte vor der alten Dame einen tiefen Knicks, sie war stolz, sich überwunden, Gabriele verteidigt zu haben. Jetzt entfernte sie sich, sie mußte den einen ihre Plätze zeigen, die anderen begrüßen.

Der Bürgermeister sagte:

„West, ich war schon dabei, als Ihr Großvater sich verheiratete. Dann Ihr Vater, dann Sie, – aber Sie haben die Schönste genommen. Es ist sogar eine“, sagte er leiser, „wie es sonst hier bei uns keine gibt.“

„Sie machen mich glücklich, Herr Bürgermeister.“

„Na, seien Sie glücklich! Vorsitzender der Bürgervertretung sind Sie jetzt auch.“

„Ich wollte dir dazu noch gratulieren“, bellte der kleingewachsene Rentner dazwischen.

Der Bürgermeister wendete sich in seinem Lehnsessel nach der entgegengesetzten Seite, und Konsul West folgte ihm dorthin.

„Geschäftlich läuft auch alles glatt“, sagte der Bürgermeister und machte eine Pause.

Er hatte einen großen, verwitterten alten Kopf, eher bäurisch, obwohl er von jeher in der Stadt lebte; war auch bartlos wie ein Bauer und trug eine weiße gestärkte Halsbinde. Der Mund war fein und umspielt von Launen, obwohl sein dichtes graues Haar struppige Wirbel bildete. Kleine, scharfe Augen, die durch hängende Brauen geschützt wurden, verrieten sich plötzlich.

Konsul West hielt ihren überraschenden Blick ruhig aus. Hinter ihm fragte wieder jemand – nicht ihn, sondern einen dritten:

„Ist Pidohn da?“

„Zieht sich um“, sagte Konsul West über die Schulter.

„Ach! Pidohn spielt mit Theater. Und West ist heute Bürgerschaftspräsident geworden. Immer machen die beiden ihre Streiche gleichzeitig. Glückwunsch, West, Glückwunsch!“

Sie drückten ihm die Hand, bemüht, die freundschaftliche Gleichberechtigung aufrechtzuerhalten. Aber er war seit heute mehr als sie. In seiner gewinnenden Art fühlten sie es ausgedrückt. Sie gingen weiter, riefen nochmals: „Pidohn spielt Theater!“ und lachten ansteckend.

Der Bürgermeister fuhr fort:

„Wenn alles so schön in Ordnung ist, West, brauchen Sie nur noch für Nachkommenschaft zu sorgen. Sie haben nicht genug Verwandte – und keine, die Ihnen viel helfen können.“

Er bewegte den Kopf in der Richtung, wo vielleicht der langbärtige Rentner sich aufhielt.

„Darf ich Ihnen meinen Sohn vorstellen, Herr Bürgermeister? Jürgen!“ rief Konsul West, denn noch soeben war das Kind zu sehn gewesen. In diesem Augenblick verschwand es dort hinten zwischen zwei Damenkleidern unter den Stühlen.

„Verzeihn Sie!“ sagte sein Vater.

Er bemerkte, daß er den Oberstleutnant, der hier die beiden Bataillone kommandierte, auf seinen Platz zu bringen hatte. Er führte ihn in die zweite Reihe. Die erste gehörte den Spitzen der Bürgerschaft.

Der Oberstleutnant hatte Glatze, Baß und Kaiserbart. Er sagte:

„Ich verspreche mir viel von Ihrer Frau, Herr Konsul. Außerdem soll ein komischer Mensch mitspielen. Pidohn?“

Frau Oberstleutnant gab sich Mühe, Konsul West festzuhalten. Sie hatte von ihren Reizen mehr hervorgekehrt, als er für richtig hielt. Er wußte, daß es seinetwegen geschah. Diese reife Dame mit weißem Busen, aber rotem Gesicht hatte ihn ausersehn. Er verhielt sich höflich ironisch, sie bedauerte indes nur seine Eile.

Er hatte noch immer zu empfangen, die Gäste kamen in Schüben. Oft war es Publikum ohne gesellschaftliche Bedeutung. Dann hatten solche Leute aber Gewicht in einer Körperschaft, ob städtisch oder kaufmännisch. Konsul West wußte von jedem, wie er zu seiner Wahl gestanden hatte, und kannte den, der ihn als Vorsitzenden nicht haben wollte. Der mußte gewonnen werden. Er vervielfältigte sich und bearbeitete gleichzeitig fast alle Stuhlreihen, die letzten am meisten.

„Wo bleibt Pidohn?“ fragten viele.

Er antwortete sicher und unermüdlich.

Ihm half seine Kusine. Sie war heute in der Behandlung der Menschen gewinnend wie nur er selbst. Ihre Verwandtschaft ward allen sichtbar. Manchmal streifte er sie von weitem; er dachte dann: „Was doch das Glück macht!“

Sie war hübscher und anmutiger als sonst, sie gefiel, sie ward beglückwünscht. Man beglückwünschte sie aufrichtig, sogar aufrichtiger Neid war zu merken. Dagegen sagten die Gäste untereinander:

„Wo hat West seinen Pidohn gelassen? Bloß wegen Pidohn haben wir ihn doch gewählt.“

So sprachen die hinteren Reihen. Vorn die alten Familien äußerten Bedauern, daß ein West eines Pidohn bedurft hatte, um zu Ehren zu gelangen.

„Früher hätten wir ihn alle wegen seines Namens und um seiner selbst willen gewählt. Jetzt müssen wir uns nachsagen lassen, daß wir seinem Freunde, dem Spekulanten, seinen Willen getan haben.“

„Und wir haben ihn dem Kerl auch getan“, schrie Maßmann, einer der ersten an der Börse.

„Ich habe dem Kerl den Willen getan, das kann ich mir selbst bezeugen“, schrie er, hüpfte auf und ward blaurot in seinem kurzen Bart.

„Jetzt soll der Kerl nur noch fallieren, und mich mit meinen ewigen Geschäftsfrühstücken trifft der Schlag.“

„Herr Maßmann, Sie haben nichts zu fürchten“, sagte mit Leidenschaft ein ernster junger Mann. „Für meinen Onkel lege ich die Hand ins Feuer.“

„Was nützt es mir, wenn Sie nachher einarmig sind“, knurrte der Apoplektiker.

„Mein Onkel West“, beteuerte der junge Mann, die Hand auf dem Herzen, „ist für mich das Ideal eines Kaufmannes. Zu Michaeli gehe ich über See, dann will ich ihnen drüben zeigen, was wir hier sind, und das beste, was wir sind, ist mein Onkel.“

Während der Junge sein Bekenntnis ablegte, ward es um ihn still.

Erst daraus erfuhr Konsul West, was vorging. Sofort trat er zu der Gruppe und erklärte:

„Pidohn hat sich etwas verspätet. Er hatte eine Sitzung mit Herren von auswärts, die ihm unerwartet große Kapitalien bringen. Ihnen kann ich verraten, daß es englisches Geld ist“, sagte er leiser zu Maßmann. „Vor den anderen mußte ich so tun, als ob er längst da wäre.“

„Und jetzt ist er wirklich da?“ fragte Maßmann. Wenn man ihm zugab, daß die anderen belogen wurden, faßte er selbst wieder Vertrauen.

„Zieht sich um. Übrigens kann das Theater erst anfangen, wenn es dunkel genug geworden ist“, gab Konsul West zu bedenken.

Hier sah er Professor von Heines mit Mienen der Sorge und des Mißtrauens auf ihn zueilen. Grade konnte er noch vorbeugen und den Dichter beiseite nehmen.

„Er ist nicht da? Er war aber da. Ich weiß es, Herr Professor. War er aber schon da, so kann er höchstens –“

Konsul West brach ab, er sah die Vergeblichkeit. Hier stieß er zuerst auf entschlossenen Unglauben.

Professor von Heines sagte:

„Herr Konsul, ich habe alle meine Papiere längst verkauft. Mich brauchen Sie in dieser Hinsicht nicht zu trösten. Aber mein Stück muß gespielt werden, was auch immer eintritt. Verstehn Sie? Wir müssen jemand ausfindig machen, der statt seiner die Rolle übernimmt, wenn Herr Pidohn nicht mehr käme."

„Er kommt!"

„Setzen wir den schlimmeren Fall. Sie müssen das Publikum hinhalten, Herr Konsul, bis ich meinen Napoleon so weit habe."

„Ich schicke zu ihm hinüber."

„Sie meinen wohl, ich sei noch nicht dort gewesen?"

Sie sahen einander an, – und Konsul West wich aus. Ihm ward es unheimlich. Endlich begriff er, wodurch eigentlich dieser Mann, eine nur halb ernste Figur bislang, in der Welt sich dennoch Platz geschafft hatte. Nicht nur mit guten Versen, wahrhaftig nicht nur damit ... Angesichts aber einer solchen Unbeirrbarkeit fühlte er selbst sich enthüllt und sah zum erstenmal, was er tat.

„Ich betrüge."

Dies nur gedachte Wort trieb ihm den Schweiß aus der Stirn. Er wußte sich totenbleich und segnete die Dämmerung und seine Schminke. Er war ratlos, fast lahm, einen Augenblick begriff er nicht im geringsten mehr, wie alles kam. Ein Betrüger geworden zu sein! Es konnte nicht ernst gemeint sein. Pidohn mußte sogleich um das Haus biegen und hatte das Geld aus England. Ach! „Auch das Geld habe ich selbst erfunden!"

Hier ward er gerufen aus einer größeren Versammlung. Sofort versteifte sein Gewissen sich wieder und die Glieder wurden gewandt. Er dachte: „Haltung zeigen ist alles, was ich noch tun kann. Daher ist es meine

Pflicht." Dieses Wort verscheuchte den letzten inneren Nachhall jenes anderen, furchtbaren.

Auch Heines sagte ihm durch einen Blick wie ein Mitwisser, daß er eilen und jene Leute beruhigen müsse. So eilte er.

Sie hatten Durst, sofort schlug er ihnen eine Bowle vor. Die Bowle war für später bestimmt gewesen, jetzt diente sie der Unterhaltung beim Warten. Auch leuchteten nachgrade trotz der sehr langsamen Dämmerung die bunten Laternen im Laub der Bäume. Es war warm, fast sternenlos, buntes Licht sprenkelte die entblößten Schultern der Damen, und die Bowle ward gerühmt. Da vernahm man auch noch Musik.

Klavier und Geige, es kam durch das Haus. Im Terrassenzimmer vorn, weit fort, ward gespielt. Um so verführerischer klang es, wie nicht bestimmt für die hier Versammelten. Zauberhaft rauschte es einmal auf. Jemand sagte:

„Kennst du das Land."

„Wer spielt eigentlich?"

Mehrere gingen und spähten hinein. Die Musizierenden waren Fräulein Emmy Nissen und ihr Verlobter, der Leutnant, dieser in abenteuerlicher Maske. Man berichtete erstaunt, darauf schlichen noch andere sich hin. Frau Ermelin sagte heimlich zu ihrem Liebhaber, dem Polizeidirektor Siemsen:

„Ich bleibe lieber hier hinten und will nicht wissen, warum heute abend alles gut und schön ist, seidenweich sogar", sagte sie schwermütig zu ihrem alten Freund.

Indessen kehrte Emmy zurück.

„Sie sind unser aufgehender Stern", versicherte ihr Frau Ermelin. „Sie bleiben uns doch erhalten mit Ihrem künftigen Mann? Nein? Aufs Land ziehn Sie? Schließlich haben Sie recht."

Die ehebrecherische Dame sah ihren Freund an.

„Dort hat man Ruhe. Dort wohnt das Glück.“

Emmy tat es leid um sie, es war eine alte Frau. Zugleich entdeckte sie in einer Aufwallung ihres Gefühls, was ihre Kusine Gabriele zuletzt wohl ausgestanden haben mußte – und wie es noch immer in ihr zuging. Sie sagte mit bewegter Stimme:

„Ich wünsche mir so sehr – so sehr, daß diese Aufführung gelingt. Meine Kusine Gabriele hat dafür getan, Sie wissen nicht wieviel.“

Sie bekam nicht sogleich eine Antwort, obwohl alle in der Nähe aufmerksam wurden. Dieses Schweigen verwirrte Emmy zuerst, – bis sie sich erinnerte, daß erst die Theateraufführung Gabriele dem öffentlichen Gerede ausgesetzt habe. Ach! Sie selbst war daran keineswegs unschuldig. Um so eifriger behauptete sie jetzt:

„Am seltensten war Herr Pidohn dabei. Hat er auch nur eine einzige Probe von Anfang bis zu Ende mitgemacht? Damit meine ich nicht, daß er schlecht spielen wird. Er hat Talent.“

„Auch Ihre Kusine hat Talent“, äußerte Frau Ermelin. „Zwei richtige Talente haben sich gefunden.“

Sie äußerte es in einem Ton, daß jeder verstand: Komödianten, hier nicht zugehörig.

Emmy erstaunte ein wenig. Die Ehebrecherin, der Nachsicht bedürftig wie sie war, bekannte sich vielmehr zur Strenge.

Hinter der Dame erschien einen Augenblick drunten nahe dem Boden eine kleine Gestalt, die leise sagte:

„Meine Mama kann Herrn Pidohn nicht leiden.“

„Der auch?“ dachte Emmy. „Woher hat er es?“

Sie versicherte verwirrt:

„Wir spielen alle zum erstenmal ein richtiges Stück. Finden Sie etwas dabei? Mein Verlobter hat selbst eine Rolle.“

„Meine Mama kann Herrn Pidohn nicht leiden“, sagte das Kind, diesmal hinter der Frau Oberstleutnant. Da es nicht beachtet wurde, wiederholte es dasselbe etwas lauter.

Frau Oberstleutnant entschied:

„Sie, liebes Fräulein Nissen, spielen sicher nur mit, weil auch Ihr Verlobter dabei ist. Niemand verdenkt es Ihnen.“

Dies ward vielfach bestätigt.

Emmy schwankte. Ein für sie günstiger Abstand wurde hergestellt vom öffentlichen Urteil zwischen ihr und Gabriele. Verdiente sie es? Im Grunde mußte sie zugeben, daß sie es verdiente.

„Meine Mama kann Herrn Pidohn nicht leiden“, sagte das Kind jetzt schon mit heller Stimme, aber man sah es nicht. Im Augenblick duckte es sich hinter den Dichter Heines.

Dieser hatte mit dem Oberstleutnant zu tun. Er wurde zur Rede gestellt wegen seines Stückes, worin der deutsche Kaiser, wie man hörte, auftrat in höchsteigener Person. Bei dem Oberstleutnant bestanden Bedenken, er äußerte sie gewohntermaßen im Befehlston.

„Eine so hohe Meinung, Herr Professor, die Zivilbevölkerung von Ihnen hat –“

Der Dichter war errötet bis in seine weißen Haare. Ohne den Offizier aus den Augen zu lassen, griff er sich auf die Schulter nach dem übergeschlagenen Zipfel seines ewigen Plaids. Er nahm es auseinander auf der Brust, da erschienen seine Orden. Der schwarze Rock war besternt, am Halse blitzte es.

„– eine so hohe Meinung habe auch ich“, schloß eilends der Oberstleutnant und salutierte.

Emmy räumte allmählich ein, daß ihre Kusine Fehler habe. Der größte sei ihr Leichtsinn. Nach Beispielen begierig, warteten die Gesichter. Sie selbst, belebt von Erfolgen, hätte zu gern gesprochen. Das Wort „Suturp“

war in ihrem Munde fertig, es wollte kommen. Da hörte sie hinter sich, zu ihrem Ohr hinauf sagen:

„Meine Mama kann Herrn Pidohn nicht leiden.“

Emmy biß sich auf die Lippe. Sie sah sich auch um. Jener geliehene Samtvorhang war ganz nahe, Gabriele beobachtete sie vielleicht. Freilich konnte Emmy nichts feststellen.

Aber sie hatte ganz recht, Gabriele war da. Sie stand, als Eugénie gekleidet und maskiert, hinter einem kleinen Loch des Vorhangs, sah und hörte, was sie trieben, Jürgen, Emmy, das Kind und alle anderen. Sie wohnte allem bei, stumm, wie eine Abgeschiedene. So laut war es draußen, so still um sie. Nur ihr Herz klopfte. Dies war eine Bühne, dahinter die leeren Zimmer. Wer sollte sie noch betreten. Draußen, zuviel, zu Schlimmes geschah draußen!

Aus dem bewegten Publikum lösten sich zwei Gestalten, ihr bekannt; zogen sich nach vorn bis unter den Vorhang und raunten.

„Was meinen Sie, Fischer, ist es soweit?“

„Ihre Nachrichten waren doch richtig, Blohm.“

„Sie haben sich noch grade rechtzeitig mit auf Baisse verlegt. Sehn Sie? Jetzt läßt Pidohn seine Leute schon sitzen.“

„Er soll noch mal Geld gefunden haben, behaupten sie. Glauben Sie, daß West es glaubt?“

Sie sahen einander an und hoben die Schultern.

„Wir müssen in die Stadt und nachsehn. Ich sage: es ist soweit.“

Wirklich brachen sie auf.

Ein Reiter trabte herbei, als sie grade fort waren. Es war ein Lastträger vom Hafen auf einem Arbeitspferd, er hielt vor der Villa und wollte den Konsul selbst sprechen. Gabriele sah es aus ihrem Schlafzimmer, weiter getraute sie sich nicht vor. Ihre Füße schienen ihr schwerer geworden.

Ein Lohndiener holte den Konsul. Als Jürgen um das Haus bog, hatte er noch Gang und Miene des freien Mannes. Zwei Schritte weiter schleppte er deutlich erkennbar ein Gewicht, eine Kette, und die Anstrengung verzog sein Gesicht.

Er nahm aus der Hand des Lastträgers einen verklebten Zettel, öffnete und las ihn. Jetzt veränderte er sich nicht mehr, eher ließ seine schreckliche Anstrengung nach. Über ihn war entschieden.

Er fertigte den Boten ab, kehrte um, blickte die Terrasse hinan, zögernd, ob er eintreten solle. Gabriele fühlte: „Ach! Daß er käme!“

Sie hätte hinlaufen, sich ihm zeigen wollen. Nur ihre Füße entschlossen sich nicht, – und so erging es wohl auch seinen. Er setzte seinen Weg fort. Zwei Schritte vor der Hausecke bekam er, wie je, die freie Haltung des Glücklichen.

Als seine Frau noch dastand und ihm schmerzlich nachsann, ward im Wohnzimmer die Seitentür geöffnet, jemand drang vorsichtig ein. Jetzt hätte sie fortlaufen können, die Furcht, sinnlose Furcht, machte sie sofort beweglich. Sie hatte aber noch in den Augen, wie Jürgen sich Haltung gab.

Seinetwegen tat auch sie es. Sie trat vor.

„Nur Sie, Herr von Kessel?“

„Nur ich. Mir scheint, Sie haben mich nicht gleich erkannt. Ich erschrecke Sie doch nicht?“

„So gut wie Sie erwarte ich Herrn von Kühn – übrigens auch Herrn Pidohn.“

„Herr Pidohn war noch nicht angekommen, als ich droben war. Hat der Theaterfriseur mir eine gute Maske gemacht? Ich fürchte noch immer, daß ich Sie erschreckt habe. Aber eine Kaiserin von solcher unnachahmlichen Echtheit erschreckt man wohl nicht so leicht.“

„Sie haben es schon einmal, wie ich mich jetzt entsinne, recht ungeschickt versucht.“

Sie konnte mit aller Ruhe auf seinen Kuß anspielen, weil sie in diesem Augenblick den Kopf so hoch trug und das weiße, kalte Gesicht ihrer Rolle hatte.

Er nahm unvermutet ein Messer zwischen die Zähne, bückte sich, zog die falschen Brauen über die ganze Stirn hinauf, denn die Perücke machte ihm künstlich eine Tierstirn, – so funkelte er sie an, plötzlich aber warf er sich wie ein Hund auf ihre Schwelle.

„Unnütz, stehn Sie auf! Keinen einzigen Unglücksboten, wenn er käme, werden Sie niederstechen“, sagte sie erfahren, streifte mit einem Blick seinen verbundenen Arm und wandte den Kopf weg.

Ihr Profil war schärfer als sonst, die Stimme kälter. Die schmale Wange trug ein Schönheitsmal. Aus den großen falschen Kleinodien erhob der Hals sich strahlend und senkten die Schultern sich tief entblößt, vom Atem bewegt, unnahbar. So sah er sie, ihm war bewußt, das letzte Mal.

„Wir müssen noch Abschied nehmen“, flüsterte er, verwirrt dastehend mit seiner schrecklichen Maske, die hier ohne Verwendung war.

„Ihre Maske ist übertrieben“, sagte sie auch noch grausam. „Sehn Sie, Herr von Kessel, so ist es mit Ihnen. Sie möchten beständig mehr aus sich machen, als Sie verantworten können; wird es aber ernst, sind Sie mit Ihrer ganzen Romantik nicht mehr da.“

Er wollte widersprechen. Ihre Hand wehrte ab, man fiel ihr nicht ins Wort. Jetzt erlaubte er sich, trotz Sträubens seines Herzens, sie ungerecht zu finden. Ihr war aber eingefallen, was wohl geschehen wäre, wenn er ihr, statt jeder romantischen Schwärmerei, einfach und klar seine Zukunft angeboten hätte wie seither der anderen. Sie sah über ihn fort, weil sie angestrengt nachdachte.

Sie fand es nicht. Hätte sie je vorausgesehn, wie ihre eigene Romantik enden sollte? „Alles nur Romantik“, hörte sie die Stimme Pidohns sagen, und die Stimme war voll Haß. Sie begriff den Haß. Sie hatte ihm nicht helfen können, so wenig wie ihr selbst dieser Knabe. Das Leben schien anfangs so oder anders ausfallen zu können. Verlockungen näherten sich,

Versprechungen machten sich heran, es sah aus, als hätten wir die Wahl. Wir konnten im Hafen das Schiff besteigen, das in die Vergangenheit fährt, oder die Zukunft mit einem Abenteurer teilen oder den sanftesten der Liebhaber erhören. Zuletzt drängt uns doch alles auf einen unausweichlichen Punkt, und er heißt Bescheidung, heißt Ertragen.

Plötzlich fragte sie:

„Sind Sie glücklich, lieber Freund?"

Aufmerksam sah sie sein entstelltes Gesicht gegen ein Schluchzen kämpfen.

Sie verlangte noch:

„Gestehn Sie doch, für wen Sie sich duelliert haben! Sie haben sich duelliert, Sie brauchen nicht länger zu leugnen."

Er empörte sich, bevor er es selbst wußte. Auch ihn empörte die Zumutung, sich nochmals hinzugeben, wo es vergeblich war. Mit einer bösen Stimme, die sie nie hatte hören sollen, sagte er:

„Für meine Verlobte."

Hierauf fanden sie einander nichts mehr mitzuteilen. Es war gut, daß jemand kam. Die Tür ging auf, herein trat Napoleon III.

Er gelangte nicht weit mit seinen müden Schritten. Schon neben der Wand ließ er sich hoffnungslos in einen Sessel, stützte einen Ellenbogen auf das Tischchen daneben und den Kopf an die gebogene Hand. Er schien sich hier allein zu glauben. Dann ging aber sein ganzes fahles Gesicht mit einer langsamen Wendung über die beiden Personen hin, – sie konnten nicht wissen, ob auch die Augen. Seine Augen waren fast geschlossen, übrigens unerkennbar, undurchdringlich. Vielleicht nur die Schwellungen unterhalb der Lider verursachten den Ausdruck von Schlauheit.

Seine Kenntnisnahme der Anwesenden war schon beendet, er saß fortan da wie für den Photographen oder für die Nachwelt.

Sie sollte, gestürzt wie er nun war, doch seinen gut hergerichteten Kopf bewahren, wuchtige Nase, lange glatte Wangenflächen, den gedrehten Schnurrbart und gekräuselten Kinnbart, um die breite Stirn noch immer, wenn auch erbleicht, die romantisch gebogenen Haare. Er trug Stehkragen und schwarzen Knoten, auf dem geschlossenen, aber faltigen Gehrock die große Schleife seines Ordens. Die Hand, die nicht den Kopf hielt, ruhte zierlich geordnet auf seinem Schenkel.

„Bravo, Herr Pidohn!" rief Gabriele.

Umsonst, Napoleon rührte sich nicht. Sie sagte zu Leutnant von Kessel:

„Mich wundert es nicht. Sogar im hellen Sommeranzug war er nahezu richtig. Er hatte damals auch schon den Bart. Endlich sollten wir anfangen", setzte sie hinzu. „Ah! Herr von Kühn!"

Denn König Wilhelm war gleichfalls erschienen. Beim Anblick seines besiegten Vetters durchfuhr es ihn, er hätte vielleicht sprechen wollen. Gabriele klatschte schon in die Hände. Der vom Stadttheater geliehene Inspizient bekam den Auftrag, zu läuten und beim zweiten Läuten den Vorhang aufzuziehn.

Auch die Souffleuse war da. In Ermangelung eines Kastens sollte sie hinter der Tür des Prospektes sitzen. Napoleon, der mit müden Schritten herbeiwankte, gab ihr stumm, aber herrisch das Zeichen, auf der Bühne sich hinter das Sofa zu kauern. Das Sofa war sein Platz, dort brauchte er sie.

Fünfzehntes Kapitel

Der Vorhang hob sich, man sah in ein rotes Zimmer und sagte vor Vergnügen: „Oh!"

Es wäre nichts Neues gewesen, vom Zuschauerraum des Stadttheaters in ein rotes Zimmer zu blicken. Dies aber geschah bei Konsul West an der Rückwand seines richtigen Hauses. Daher war die Bühne auch zu beiden Seiten geschlossen, die gewohnten Kulissen hätten hier gleich zum Garten hinabgeführt. Eine hohe weiße Tür unterbrach hinten den roten Prospekt. Wohin konnte sie anders gehn als in das Zimmer der Konsulin. Übrigens blieb sie noch einen Augenblick geschlossen und die Bühne leer, man bewunderte die Pracht.

Das reiche Rot war mit goldenen Gewinden besetzt, vielleicht auch nur bemalt. Erstaunlicherweise verhinderte schon die kürzeste Entfernung, es zu unterscheiden. Auch über der Tür glitzerten goldene Ornamente, die aber sicher vorgetäuscht waren, wie die Tür selbst zur Hälfte falsch sein mußte. Nie hatte das Zimmer der Konsulin eine solche Tür gehabt. Es war Blendwerk, das lag am Rampenlicht.

Eine richtige Rampe lief vorn entlang, und Lampengläser sahen darüber vor. Eine Lampe blakte. Auch oben an der geschlossenen Decke schien eine verborgene Beleuchtung mitzuwirken; sogar dunkle Stellen der Bühne waren nie wirklich dunkel, sondern ein buntes Gefunkel, das geheimnisvoll blieb, machte sie höchst anziehend. Wachskerzen brannten in Haltern an der Wand.

„Es ist wie ein Schloß, das Sofa aus Seide, und der geblumte Lehnstuhl, aber die Lampe blakt."

Eines der jungen Mädchen im Publikum wäre bestimmt hingelaufen und hätte den Docht hinabgeschraubt, aber die Jugend saß rückwärts. Die alten Leute vorn rührten sich nicht. Glücklicherweise kamen die Personen des Stückes zur Tür herein.

Es waren zuerst zwei Damen, dann zwei Herren. Die erste Dame warf nur einen unzufriedenen Blick auf die Lampe, die Ruß und Gestank verbreitete. Die zweite Dame aber lief munter hin und schraubte sie nieder. Als ihr Gesicht das volle Licht der Rampe bekam, sah man, daß es Emmy war. Ihre Freundinnen klatschten, und sie lachte ihnen entgegen. Es war ihr erster Erfolg.

Die andere Dame war beleidigt aufgetreten, stürmisch sogar. Jetzt ließ sie sich von dem deutschen Offizier etwas erzählen, stand aber vor Ungeduld mit der Schulter zu ihm. Der andere Mann, der ihr angehörte, bewegte nicht sein Gesicht, das im Schatten gelblich hingemalt einfach furchtbar war. Der deutsche Offizier sagte: „Majestät!“ Ah! das war sie.

Auf dem Zettel stand zuerst „König Wilhelm von Preußen“, dann „Napoleon und Eugénie“, hinter ihren Namen eine Klammer, „Kaiser und Kaiserin der Franzosen“.

Sie ward betrachtet, als wäre sie es in Person gewesen, so gespannt und ausschließlich. Die Damen glaubten ihr die nächste Mode absehn zu können, die Herren wollten allen Ernstes die berühmte Schönheit wiederfinden. Sie trug einen hohen „Chasseur“, hoch wie ein Zylinderhut. Der weiße Schleier, der ihn zur Hälfte umwickelte, fiel nicht frei herunter, sie hatte ihn seitwärts abgebogen und hielt ihn über dem Arm. Das anliegende Reisekostüm schillerte an den Füßen von der Beleuchtung heller. Es zeigte offenen weißen Kragen, Taschentuch und große Schleife.

Ihr weggewendetes Profil war noch gedeckt, Licht hatte nur das Kinn. Dafür glitzerte und sprühte der rötliche Haarknoten. Plötzlich gab sie das ganze Gesicht preis und gleich in starker Gemütsbewegung. Sie war empört über den deutschen Offizier, denn er ließ sie warten. Sie wollte den Kaiser sehn. Er hatte noch nicht verstanden? Napoleon, ihren Gemahl. Sie stampfte auf, ihre kleine Hand ward überaus unruhig, der Offizier hätte sie fürchten können.

Er blieb indes gelassen, ja, gewinnend trotz fester Haltung. Da hatte man den ganzen Konsul West – und hatte auch gleich seine Frau. Es mußte eine Aufgabe sein, mit ihr zu leben.

„Eugénie sah einmal besser aus“, bemerkten Ältere. „Ja, die Zeit vergeht.“

„Konsul West verstellt sich nicht, so kann niemand sich verstellen“, versicherten Kaufleute einander. „Hoffen wir, daß Pidohn jetzt wirklich zur Tür hereinkommt!“

„Sie ist so wütend, daß ich glaube, er kommt nicht.“

„Aber ihr Hochmut! Die Leute verlassen sich noch immer auf die Börse. Eugénie ist und bleibt eine schöne Person. Kaiser Napoleon wußte, was er tat, als er sie nahm.“

„Gleich werden wir sehn, was aus ihm geworden ist.“

„Und ob er überhaupt kommt.“

Andere lachten, es galt Emmy. Sie und Leutnant von Kessel als zweites, komisches Paar, spielten auf der anderen Seite der Bühne. Die junge Hofdame foppte den Geheimagenten mit seiner furchtbaren Maske. Sie fragte ihn, wo sein Dolch sei, ob er nicht einfach über die Leiche des deutschen Offiziers zu Napoleon vordringen wolle.

Sie neigte sich lustig in das Rampenlicht, davon trat aus ihrem geschminkten Gesicht gewölbt der Mund vor. Die Nasenflügel wurden erhellt, der Sattel der Nase schwarz, und die Augen glitzerten durch eine dunkle Schranke. Sie warf die Arme in das Publikum, als begänne jetzt gleich ein Couplet, das sie singen sollte.

Statt dessen ging nochmals die Tür auf, herein trat Napoleon. Große Bewegung im Publikum.

Er war allein. Als er vorhatte, die Tür auch selbst wieder zu schließen, nahm seine Kreatur, sein ehemaliger Leibwächter, sie ihm aus der Hand – verneigte sich aber nicht, sondern behielt seinen Herrn und jeden Schritt, den er tat, fest im Auge. Wahrscheinlich kamen ihm Besorgnisse wegen des preußischen Offiziers, der Napoleon anstarrte wie ein Gespenst. Jetzt sah man ihn einen Anlauf nehmen, wer weiß, was noch geschah, wenn er an den Kaiser herangelangte. Der Polizist trat schnell dazwischen.

Vielleicht nicht ganz so sehr wie dieser Offizier, aber auch im Publikum war mancher vom Erscheinen Pidohns tief ergriffen.

„Also doch. Er ist da. Er hat das Geld. Ich verdiene.“

„Wenn es doch unmöglich ist! Woher kommt er?“

Napoleon machte nur zwei oder drei seiner müden Schritte, plötzlich stand er vor Eugénie, die erstarrte. Noch soeben hatte sie sich wütend gebärdet. Beide waren nichts mehr als Bilder, die Bildsäulen eines historischen Augenblickes, und drunten ihre Zeitgenossen betrachteten ihn ergriffen.

„Ja, ja“, seufzte der Bürgermeister.

„Paß auf!“ verlangte ein Vater von seinem Sohn. „Das haben wir miterlebt.“

„Das kommt davon“, sagte eine triumphierende Stimme, der es im Grunde aber schauderte.

Napoleon hatte wie ein Nachdenkender den Kopf gesenkt, er drehte an seinem Schnurrbart. Eugénie gab indessen ihren Leuten ein Zeichen, sie zogen sich zurück. Auch der deutsche Offizier verließ das Zimmer. Jetzt lud der Kaiser seine Gemahlin ein, sich zu setzen. Sie nahm den äußersten Teil des Sofas ein, das gerundet war. Er saß ihr auf der anderen Seite fast gegenüber.

Sie fanden nicht sogleich Worte. Er war verfallen nach seinen Niederlagen und von der Krankheit. Aber auch sie trug sichtbare Spuren. Sogar Jüngere sagten:

„Jetzt ist es doch zu sehn, daß sie etwas durchgemacht hat.“

Zweifelhaft blieb, wer gemeint war, Eugénie oder Gabriele.

„Er hat das Geld nicht, sonst sähe er so arg nicht aus.“

Hiermit tröstete ein Baissespieler den anderen. Sie meinten Pidohn.

Die junge Tochter der Frau Ermelin murmelte ergriffen: „Die hohe Dulderin!“

Aber ihre Mutter verwies es ihr. Erstens sei Eugénie nicht auf dem Throne geboren. Ferner habe sie all ihr Unglück reichlich verdient, besonders um Deutschland willen.

„Ich kenne übrigens nur anständige Frauen und andere“, setzte die Dame hinzu.

Napoleon und Eugénie droben redeten inzwischen aneinander vorbei. Er hätte ihr gern mitgeteilt aus der Zeit, seit er sie in Paris verlassen hatte nach Ausbruch des Krieges, – besonders aus seinen schlimmen Tagen. Sie dagegen sah nur vorwärts. Sie wollte ihn inmitten eines preußischen Heeres in seine Hauptstadt wieder einziehen lassen. König Wilhelm hatte sich mit ihr verabredet in Schloß Wilhelmshöhe, sogleich mußte er eintreffen. Sie vermaß sich, den König für ihren Plan zu gewinnen.

Er sah sie unter seinen schweren Lidern an. Natürlich müsse sie sich umkleiden, setzte sie schnell hinzu. Worauf er nach seinem Sohn fragte.

Er sehnte sich, an glücklichere Tage erinnert zu werden. Er bat darum in seinem Elend wie um ein Almosen. Sie reichte es ihm nicht, weil sie es verachtete. Sie selbst blieb ungebrochen. Ihr Sohn – ob sie ihn liebte! Sie zweifelte nicht, daß er einst den Thron bestieg, bald sogar. Denn wozu führte sie diesen Sterbenden zurück, wenn nicht des Kindes wegen!

Er rollte, ergeben in sein Geschick, zwischen den Fingern die Zigarette. Er sagte ihr, daß sie nationale Fürsten seien und nichts ihm ferner liegen müsse als eine Rückkehr inmitten feindlicher Heere. Zu hören war, daß er sich seines Unglücks heute so sicher wußte wie früher des Glückes. Nichts gab es mehr als Ertragen: das Beschlossene, ja, die Strafe, die gewollt war; – und ein Verhängnis, das drunten seine Zeitgenossen schaudern machte, sie sahen, wie nur er es mit Hingebung empfing.

„Soviel Unglück wird nicht verziehn“, dies erkannte er in Ergebung stark.

„Tapfer war er, das ist gewiß“, sagte in der zweiten Reihe der Zuschauer beinahe laut der Oberstleutnant.

Zwei Professoren der Gelehrtenschule riefen, auch halblaut, bravo.

„Bravo, Heines!“ riefen sie. „Da sieht man unseren Heines, der mit den Schicksalsgöttinnen zu verkehren gewohnt ist. Das ist vom Geist seiner Elektra.“

Gegen die Mitte des Parterres saßen jüngere Herren aus guten Familien, Offiziere der Reserve. Sie sagten:

„Man darf auch nicht glauben, daß wir immer nur planmäßig gesiegt haben. Es ging bei uns oft drunter und drüber, das kann ich bezeugen."

„Es war mehr Zufall, daß es gut ging … Und war es nicht Zufall, dann war es unsere Übermacht."

„Ich", der Neffe des Konsuls sprach, „habe Napoleon bei Sedan gesehn. Es war noch früh am Morgen, er hatte die Sonne in den Augen. Ich erkannte ihn durch den Feldstecher meines Obersten, der grade frühstückte. Napoleon stieg vom Pferd und trat unter seine Kanoniere, zuerst glänzte nur das Gold an seiner roten Kappe, ich dachte: ein General. Dann schrien alle auf einmal, da wußte ich, wer er war."

„Was sonst?"

„Nichts. Später sah ich ihn gefangen, ich ritt sogar eine Strecke lang neben seinem Wagen. Niemand rief mehr, wo er vorbeikam."

„Er hatte noch einen weiten Weg."

Von diesem Weg, der weit und schwer gewesen war, konnte droben Napoleon endlich reden, Eugénie erlaubte es ihm.

Sehr schmerzlich, so erfuhr sie, ist eine Gefangennahme, wenn du kurz vorher mit dem Manne, der sie schon vorhat, Gespräche führst, als wäre er noch dein Gast wie einst in deinem Schloß. Dies begibt sich vor dem kleinen Hause eines Handwerkers nahe der Landstraße. Bismarck ging schon und hatte keine Hoffnung zurückgelassen. Man durchwandelt schwerfällig und unter körperlichen Qualen den Gemüsegarten, raucht Zigaretten und hat keinen Gedanken, nur eine Art Fiebertraum – da sprengen Kürassiere herbei. Es ist eine Schwadron preußischer Gardekürassiere. Sie umzingeln das Haus, ihr Befehlshaber sitzt ab und stellt sich mit gezogenem Säbel hinter Napoleon, der zusammenzuckt. So endet der Ruhm der Welt. So endet vieles, das sie nicht weiß. Denn was hat sie schließlich gewußt, wenn es mit uns aus ist.

Indessen tropfte ihm Wachs auf die Schulter, es war nur gut. Er saß, um seiner Frau zu berichten, etwas zu nah dem Kerzenhalter an der Wand, Tropfen fielen auf seinen schwarzen Gehrock. Er bemerkte es nicht, aber für die Zuschauer war es eine Erleichterung, weil es ihn ein wenig lächerlich machte. Wer irgend konnte, kicherte.

Die Macht des Geschickes hätte, ohne diese neckischen Wachstropfen, seine Zeitgenossen viel zu ernst getroffen. Es kam daher, daß er selbst sein Geschick zu lieben schien, so geheimnisvoll und furchtbar dies berührte. Damit wäre er beinahe über Eugénie Sieger geblieben, denn die stürmische Dame war merklich stiller geworden. Sie wehrte sich wie sie konnte, und auch die Zeitgenossen wehrten sich gegen den entmutigenden Eindruck.

Die beiden Professoren der Gelehrtenschule ergänzten ihr voriges Urteil.

„Dies ist zweifelsohne vom Geist seiner Elektra. Aber was fiel unserem Heines ein, seine antiken Personen nach Schloß Wilhelmshöhe zu versetzen? So werden wir erst recht aufmerksam, daß dieses Kaiserpaar in Wahrheit dort nie beisammen war, ja, daß von allem Äußeren nichts stimmt. Man könnte sagen, daß der Dichter seine richtige Erkenntnis der Seelen diesmal in falsch erfundene Umstände verlegt hat."

So das Urteil der Gelehrten. Andere hörten vielleicht im Falschen mehr das Richtige, besonders die Kriegsteilnehmer im Publikum. Manche jüngeren Leute wurden, sie wußten nicht wieso, heilsam angerührt, sie hätten dies nicht verlieren wollen. Ältere wiegten die Köpfe. Auf einmal drang an einer Stelle Schluchzen durch, man suchte vergeblich woher, es ward auch sogleich unterdrückt. Polizeidirektor Siemsen aber flüsterte:

„Nehmen Sie sich zusammen, Olga, wir wollen doch nicht auffallen."

Frau Ermelin sah es nur zu gut ein. Aber sie hatte nicht verhindern können, daß vor ihr plötzlich ihr eigenes Jugendbild stand, sie selbst auf ihrer Hochzeitsreise in Paris. Sie hatte es sich damals in den Kopf gesetzt, die berühmte Eugénie zu sehn. Sie sagte: „Die berühmteste Frau der Welt, ich muß sie sehn." Warum eigentlich? Nur schnell nach Fontainebleau! Dort sollte es zu erreichen sein, wenn das Glück grade wollte.

Es wollte grade. Der Frühling selbst sprengte durch den Wald, als die Reiter nahten. Frau Ermelin stand hinter Bäumen versteckt, und grade hier hielt Eugénie. Sie hielt, um ihre Gesellschaft nachkommen zu lassen, auf ihrem weißen Pferd vor einem schwebenden Hintergrund bläulicher Laubmassen. Sie selbst war in blauer Seide, das Kleid fiel in großen Falten – es war noch vor der Krinoline, Eugénie ganz jung. Grade hatte sie erst den Gipfel des Glückes erreicht. Wie glücklich war auch die junge Ermelin, sie durfte sie sehn!

Eugénie streichelte ihr Pferd, „noch sehe ich die Hand". Dann nahm sie den Hut von ihren runden Haaren, dann wendete sie sich seitwärts, „noch sehe ich dies Gesicht". Es war glatt, stolz, hell, und es drückte aus, daß sie viel mehr, immer mehr erwartete von ihrer strahlenden Jugend, die nie enden konnte. Frau Ermelin hinter den Bäumen fühlte damals alles mit, auch sie erwartete für sich Namenloses. Jetzt saß dort oben die Unglückliche, sie selbst aber hier unten, was war aus ihr geworden! Daher ihr Aufschluchzen. Zum Glück war es schon unterdrückt.

„Was hatten Sie?" fragte ihr alter Liebhaber.

„Ich glaube, daß ich mich in Frau Konsul West geirrt habe", sagte sie, ihr selbst unerwartet.

Der Polizeidirektor benachrichtigte sie leise:

„Es kann hier noch Lärm geben. Dann beherrschen Sie sich, bitte, Olga!"

Inzwischen hatte Eugénie ihren Gatten verlassen. Hofdame Emmy und der furchtbare Kessel traten wieder auf – immer durch dieselbe Tür, gradezu die Schicksalstür. Mancher drunten dachte: „Merkwürdig, draußen müssen alle einander treffen. Was sagen sie dort? Wenn sie nun im Schlafzimmer bei Frau Konsul West etwas reden, das nicht vorgesehn war, kommt vielleicht alles anders. Zum Beispiel hat Napoleon plötzlich doch gesiegt. Pidohn hat das Geld. Ich gewinne, ich bin reich."

So drunten. Auf der Bühne wurde es heiter dank Emmy. Sie behandelte den Kaiser Napoleon, dem sie eigentlich nur die Tollheiten Eugénies vernünftig beibringen sollte, wie ein kleines Kind. Vor allem putzte sie ihm mit ihrem Taschentuch, so viel als möglich, das Wachs von seinem Rock. Es war erstaunlich, welche wohltätige Wirkung dieser Einfall auf die Zuschauer ausübte. Man lachte, aber ohne Mißachtung. Der Dichter verlor nichts, er konnte Emmy nur danken. Aber wo war er? Nicht im Publikum, und auch die Mitwirkenden fragten sich: wo?

Ihre nächsten Freunde hatten Emmy selten in ähnlicher Laune gesehn, auch sie hätten dies nie für ihre wirkliche Natur gehalten. Sie war fast immer still gewesen, ja, hatte sich schon angeschickt, spitznäsig und streng zu werden. Auf einmal offenbart ein Wesen solch eine gesittete Ausgelassenheit, diese Anmut, der man befriedigt zunickt. Der Leutnant ward beneidet. Mit ihrem Leutnant verfuhr sie ohne Umstände. Er bekam einen Stoß in den Rücken, damit er dem Kaiser Napoleon vormachte, wie er notfalls den König Wilhelm erdolchen würde.

Dies ging nun bis an die Grenze des Erlaubten, vielleicht überschritt es sie schon. Aber alles ward gerettet durch die Harmlosigkeit Emmys. Freilich machte sie hier aus ihren beiden Mitspielern reine Grotesken. Napoleon merkte es auch, ihm ward sichtlich unbehaglich, er warf drohend den Kopf. Der klugen Emmy lag aber vor allem daran, die Szene in die Länge zu ziehn, bis ihre Kusine sich fertig umgekleidet hätte. Sie wußte genau, wie lange es dauerte. Jetzt konnte sie abgehn, denn noch hatte Napoleon seinen Auftritt mit König Wilhelm.

Beim Erscheinen des ehrfürchtig geliebten Herrschers trat große Stille ein. Kaum, daß jemand zu flüstern wagte, der Schauspieler sei ein Leutnant namens Kühn; aber man flüsterte es zurückhaltend, als könnte es gegen die Ehrfurcht verstoßen.

Leutnant von Kühn brachte für seine Rolle die hohe Gestalt und das einfache Gesicht mit. Auch war er über sich selbst gerührt, bei leichter Verlegenheit. Dazu kam die bekannte Generalsuniform mit Ordensband und Sternen, die bekannte Glatze, der weiße Backenbart. Das Wichtigste blieb, daß er Napoleon überragte.

Was sagten die beiden? Das war's nicht, worauf es ankam. Sie mußten dastehn und vorstellen, was sie waren: den Sieg und die Niederlage, den glänzenden Zwischenfall neben der gediegenen Dauer, zusammen aber den Willen Gottes.

Die Würde unseres Kaisers schloß nicht aus, daß Napoleon die seine hatte. Er war von breiter Brust, wenn auch kurzbeinig. Trotz leidendem Ausdruck blieb sein Kopf schön und romantisch. Wenn er, mühsam aufgerichtet, seinen bürgerlichen Rock wölbte, erhob die Schleife seines einzigen Ordens sich wie quellendes Blut.

Bürgermeister Reuter sagte etwas Merkwürdiges.

„Er trägt seinen bürgerlichen Rock mit Recht", sagte Bürgermeister Reuter. „Denn er hat dem Bürgertum Glanz verliehen, hatte übrigens von ihm seine ganze Macht."

„Und unser Kaiser Wilhelm?" wurde gefragt.

„Dasselbe", sagte Bürgermeister Reuter. „Er gibt sich mehr historisch, bleibt aber dabei unser Mann."

„Ich möchte doch bitten", erlaubte sich hinter ihm eine tiefe Stimme.

„Sonst könnten wir ihn nicht so herzlich lieben", schloß der Bürgermeister halb hingewendet.

Da gab auch der Oberstleutnant sich zufrieden.

Gleichzeitig empfahl sich Napoleon, König Wilhelm blieb allein.

Er blieb lange allein. Nur weil eben er es war, ging es noch, sonst wäre es aufgefallen. Die Verzögerung lag nicht an Gabriele, sie war fertig. Aber der preußische General mußte sie bei König Wilhelm einführen, dies gebot unbedingt die Schicklichkeit. Sie rief: „Jürgen!", der Inspizient rief: „Herr Konsul!"

Sie riefen es aus jeder Tür und sogar die Treppe hinauf. Während aber der Inspizient, um ihn zu holen, in das erste Stockwerk eilte, fand Gabriele ihren Mann im vorderen Garten unter der Terrasse auf einem zerbrochenen Stuhl. Er hörte nicht, sie stieß ihn an, da fuhr er auf, eine ihr unbekannte Stimme, wild, atemlos, brachte vor:

„Was? Was wollt ihr?"

„Du sollst nur auftreten", stammelte sie, mit ihm erschrocken.

Er besann sich mühsam.

„Wie kann Pidohn –? Er ist doch –"

„Er ist grade abgegangen. Wir sollen auftreten."

Als sie es ausgesprochen hatte, kam ihr erst das Bewußtsein der Zweifel, die sie in ihrer Szene mit Napoleon schon empfunden und nur vor dem Eifer des Spielens vergessen hatte. Ratlos fragte sie:

„Sollte gar nicht Pidohn –?"

„Pidohn spielt Napoleon", sagte aber der Konsul fest. Jetzt beherrschte er sich wieder.

„Pidohn macht seine Sache richtig", sagte er, „und auch an uns soll es nicht fehlen – solange ihr uns laßt."

Dies letzte hörte sie nicht mehr, er war ihr voran. Er öffnete seiner Eugénie die verhängnisvolle Tür, sie traten auf. Der Adjutant meldete seinem König die fremde Kaiserin. Der König winkte ihm, sich zurückzuziehn.

Er schloß von draußen die Tür nicht ganz. Er konnte sehn, wie Wilhelm mit gastfreundlichem Lächeln Gabriele zu dem halbrunden Sofa geleitete. Konsul West war es zumute, als bewegte sie sich wirklich in hoher Gesellschaft, indes er draußen lauschen mußte. Seine Zeit war vorbei, er fühlte sich abfallen und zurückbleiben. Er hatte gespielt, verloren, ja, seine zusammengezogene Brust sagte ihm, daß er auch sie verlor. Von weiblichen Stimmen hörte er ein bewunderndes „Ah!", das ihrem Kleide galt. Es war das letzte, das er ihr geschenkt hatte. Als sie sich setzte, verbreiteten die Spitzen ihres gebauschten Rockes Fächer nach allen Seiten. Ihr Rock ergoß sich elfenbeinfarben über den Boden, das

Rampenlicht aber zackte ihn phantastisch, legte scharfe Tiefen hinein, und schillernd zerknickte es die Schleppe.

Die Dame neigte sich sprechend vor. Es war ein Ereignis. Die Tunika aus stahlblauer Seide schob sich in reichen Gebilden, die leise rauschten, hinter ihrem Leibchen die Lehne des Sitzes hinan – um so schmaler und geschmeidiger lebte sie darin selbst. Der zarte Rücken, die sanfte Schulter und der junge Arm, wie beherrschten sie all den Stoff, der ihr süßes Leben nachahmte! Nur diese wenigen Teile ihres Körpers tauchten eng und seidig umhäutet aus dem Meer, sie vertraten die Frau selbst. Man träumte zu den hingeneigten, nur Träumen dargebotenen Teilen ihres Körpers, und die gerührten Herzen schlugen.

Die Unterredung der hohen Herrschaften war dahin gelangt, daß die Dame aufsprang.

„Geben Sie mir den Kaiser heraus!" rief sie.

„Die Ehre des deutschen Namens verbietet es mir!" antwortete er begeistert.

„Ich will es. Einst fanden Sie mich liebenswürdig."

Unbestimmte Laute im Publikum, Seufzer oder Bravos, bezeugten es ihr nochmals. Wie sie sich reckte, schritt und mit dem Fächer klappte! Stehender Rüschenkragen, schwarzes Band mit Brillantenschließe, darüber hinweg auf so zerbrechlichem Hals hergewendet das stolze, tragisch veränderte Gesicht. Immer noch diese Schönheit, so sehr sie erbleicht war. Immer noch hochgetürmtes Haar, Kamm mit Kronenzinken, zur Seite aber die kleine gelbliche Blume, – von Brillanten war die Nadel, die sie in das Haar stach.

„Liebenswürdig – Sie sind es mehr als je", bestätigte der König. „Hörte ich auf meine Wünsche –. Aber ich bin ein König und kenne meine Pflicht."

Was kümmerte sie Pflicht. Nach Paris sollte er sie führen mit seiner Armee. Girrend und stolz umkreiste sie ihn. Sie fieberte wohl, wie hätte sie sonst so gut gespielt.

„Bravo!“ riefen die Zuschauer, diesmal offen und laut.

Als vertrüge sie den Beifall nicht, ließ sie sich zu Ausschreitungen hinreißen. Sie drohte dem König. Sie habe Helfer, Personen, auf die sie in jeder Lage zählen könne. Da stand auch schon in der Tür, vom Mantel unten noch verhüllt, das furchtbare Gesicht. Es war zum Schaudern, jeder, der dabei war, zitterte für den geliebten hohen Herrn. Sogar der Oberstleutnant gab knurrende Töne von sich.

Nur der König selbst blieb so ruhig, als wüßte er gar nicht, daß Entsetzliches geschehen konnte und alle um ihn bangten. Er prahlte nicht etwa mit Todesverachtung, er blieb einfach. Ruhig drückte er auf eine Tischglocke, endlich, gottlob, kam sein Adjutant. In diesem Augenblick hatte der Korse tatsächlich seinen Mantel fallen gelassen und einen verdächtigen Griff getan. Es war Zeit, daß er abging mit Hilfe des preußischen Generals. Er paßte nicht hierher.

Nach seiner Entfernung sagten die Kaiserin und der König einander noch einige höfliche Worte. Beide benahmen sich, als sei nichts vorgefallen. Die Zuschauer dankten ihnen ihr Taktgefühl. Man bemerkte dennoch: die Kaiserin sei nicht mehr dieselbe wie zu Beginn des Spieles. Ihre letzte Hoffnung hatte versagt, und verlassen war die Arme jetzt sogar von dem Mut ihrer Verzweiflung. Sie hielt sich aufrecht, sie behauptete sowohl noch ihren Stolz wie ihre Schönheit. Aber niemand hätte ihr folgen wollen, wenn sie erst draußen allein war. Es tat zu weh.

Nein, nicht sie ging. König Wilhelm verabschiedete sich. Ihn löste sein Adjutant bei Eugénie ab, was hatte er ihr zu eröffnen? Sie wartete darauf nicht, sondern irrte wie eine Verlorene über die Bühne. Er wieder zeigte ein Gesicht, das sie viel tiefer, viel schreckensvoller bedauerte, als ein preußischer General vermutlich Eugénie je bedauert hatte. Es ward still.

Es ward so still, weil man fühlte, daß er sie vorbereiten solle auf das Schwerste, den Verzicht. Sie war auf dem Wege. Sagte dieser Offizier, der ihren armen Mann mitten im Unglück gekannt hatte, wo sie selbst ihn noch nicht kannte – sagte er ihr nur einige Worte! Sagte er ihr die Worte, die der Verblendeten zum Erfassen ihrer wirklichen Lage noch fehlten, dann war es mit ihr aus. Dann konnte sie sich zu dem Besiegten begeben, oder er konnte herkommen, und beide zusammen waren dann besiegt. Das Unglück hatte sie widerstandslos endlich beide, hoffentlich vergossen sie gemeinsam Tränen, die sie erleichterten.

So fühlten alle Leute und waren weich gestimmt. Bevor es aber zu der erwarteten Lösung kommen konnte, entstand rückwärts Lärm – mehrere grobe Stimmen, auch eine Art Kampf, wovon die Tür wankte. Schon stürmen zwei Männer heraus, niemand erkennt sie sogleich unter den erregenden Umständen. Ein dritter, der Inspizient, macht hinter ihnen entschuldigende Bewegungen, er hat sie nicht aufhalten können.

Sie stürzen ungebärdig schreiend nach vorn, mit ihren beiden Personen füllen sie plötzlich auf anstandswidrige Art die Bühne. Die Dame und der Herr weichen ihnen weit aus.

Sie schreien durcheinander, zuletzt sind sie dennoch zu verstehn.

„Pidohn ist verhaftet!"

Sie werden jetzt auch erkannt, trotz ihrem Gebaren und dem ungewohnten Licht; es sind Fischer und Blohm von der aufstrebenden Firma. Sofort wissen drunten einige, was die Brüder wollen.

„Pidohn ist verhaftet!" brüllen sie.

„Wahren Sie den Anstand!" befiehlt Bürgermeister Reuter. „Verlassen Sie die Bühne!"

Unglaublich, die Brüder schreien weiter. Jetzt wird ihnen von drunten zugerufen:

„Falsch. Pidohn stand noch soeben vor uns."

„Das lügst du. Er sitzt schon längst", erwidern sie und werfen mit Armen und Beinen um sich. Sie haben alle gewohnten Fesseln gesprengt, sie duzen die Leute.

„Er hat dich betrogen um all dein Geld, uns auch. Kurssturz und Zusammenbruch, aus. Wir sind betrogen."

„Ihr beide nicht“, sagt dieselbe feste Stimme, der Neffe des Konsuls West. „Euch hat er nicht betrogen. Denn ihr habt gegen ihn spekuliert. Ihr gewinnt an uns.“

Dies überschreien sie. Grade um dies zu überschreien, sind sie mitten im Spiel auf die Bühne gestürzt und vollführen all den Lärm. Es ist zu merken, daß sie im Grunde vor Freude so wild sind. Wenigstens der Neffe des Konsuls merkt es, obwohl er mit verliert. Von anderen Verlierern ist es kaum zu erwarten, sie lassen sich von den Brüdern täuschen.

Beide brüllen wie Ausrufer:

„Er hat unser Geld gestohlen. Hier habt ihr seine Helfershelfer!“

Dabei winken sie mit ihren sämtlichen Fingern nach dem Herrn und der Dame, die in ihren Kostümen noch immer dastehn. Sie sind auf einmal wieder Konsul West und Frau, obwohl sie mit Anstrengung weiter die Mienen ihrer Rollen tragen. Aber hier gilt kein Spiel mehr, die unverhüllteste Wirklichkeit hat eingegriffen. Ganze Reihen der Zuschauer springen auf. „Ruhe!“ rufen andere.

Man wagt bis jetzt nur einzeln seinen inneren Aufruhr zu äußern. Dies ist noch immer der Garten des Konsuls West, der Bürgermeister ist zugegen, den Damen schuldet man Rücksicht. Man ist festlich gekleidet, und Anstand herrscht. Viele werden still und mit Anstand fortgehn, nachdem sie alles verloren haben.

Solch eine zurückhaltende Gesellschaft vernimmt auf einmal ein Wort – das ungesittetste, den nacktesten Schimpfnamen, sie traut ihren Ohren nicht. Nochmals, nochmals das Wort, es klingt immer nackter. Wer ruft es? Herr Maßmann, ein Herr aus guter Familie, Vater von Töchtern – und er ruft es Konsul West zu.

Kann dies wahr sein, erleben wir wirklich dies, dann ist es wohl nicht mehr geboten, zu sein wie sonst. Man darf aufschreien, die Gesichter dürfen die Schicklichkeit abwerfen. Sie tun es noch zaghaft. Die Körper erlernen mehr oder weniger maßlose Bewegungen, die sonst nicht vorkommen. Das Wort Maßmanns wird wiederholt – nur von wenigen und mehr zur Probe; aber viele grausame Augen sprechen es mit. Alle die Augen, die Herzen waren noch vor kurzem, kaum Minuten kann es her sein, weich gestimmt durch das Unglück Eugénies und ihres Gatten.

Bürgermeister Reuter sah sich um, er fand jede Scheu durchbrochen, die Lage unwürdig und drohend. Er prüfte auch die Bühne. Konsul West und seine Frau waren von ihr verschwunden. An Blohm und Fischer sah man die geöffneten Münder, hörte sie aber nicht mehr.

Ein Gegenstand, vielleicht nur eine Papierkugel, flog hinauf, er traf das Sofa. Dahinter schnellte eine von Angst gerötete dicke Frau hervor und flüchtete. Der Bürgermeister hob die Hand. Der Inspizient raffte sich von seiner Erstarrung auf, er lief aus der Tür. Gleich darauf fiel endlich der Vorhang.

Sechzehntes Kapitel

Gabriele hastete ohne Besinnen die Treppe hinauf und in das Zimmer des Kindes. Es war halb dunkel, die Papierlaternen in den Bäumen schickten mattes, verstreutes Licht. Auf der Kommode glänzte der Funke des Nachtlämpchens.

Gabriele zog die Tür zu und blieb daneben stehn, weit fort vom offenen Fenster, lauschend auf die Stimmen im Garten, die Tierstimmen, die unbekannten Worte, auf den Angsttraum, den sie nicht begriff. Sie hielt die geschlossene Hand an die Wange gedrückt, fühlte sie aber naß und von der Nässe kühl werden. Erst dadurch erfuhr sie, daß ihr aus den Augen die Tränen liefen.

Sie war nicht gewohnt zu weinen, es erschreckte sie, es mußte schlimm stehn. Sie sah sich nach einem Menschen um. Das Kind! ... Nein, sein Bett war leer. Es war leer, das wunderte sie kaum. Nichts war wie sonst. Sie war nicht sicher der nächsten Dinge, nach denen sie die Hand ausstreckte. Jürgen! Wo war ihr Mann!

Dies versetzte ihr den tiefsten Schrecken bisher. Sie wollte hinaus, ihn suchen. Unmöglich, auch im Hause Stimmen. Zum Fenster – unmöglich. Sie stand, kein Schritt war ihr erlaubt, litt Verlassenheit, litt Angst und spürte ihr Herz. Sie spürte es krank werden nachgrade vom Unglück. Auch deshalb weinte sie.

Die Tür ging auf und stieß sie fort. Emmy war es, sie schrie unterdrückt:

„Jürgen! Bist du hier?"

„Wo ist er?" klagte die andere Stimme, und wieder Emmy:

„Er ist fort."

Die beiden Frauen erblickten einander im bleichen Dunkel. Immer klagend gingen sie aufeinander zu – nicht schnell, sie hatten Seufzer für jeden Schritt. Lehnten Brust und Wange aneinander, die Arme aber blieben kraftlos hängen.

Im Garten war es auf einmal still geworden, sie merkten es nicht. Sie kehrten aus ihrem vereinten Schmerz erst wieder, als eine dritte sie anrief. Es war Frau Ermelin, sie sagte sofort:

„Ihr Mann ist gefunden, Frau Konsul."

Gabriele schrie auf:

„Was hat er getan? Wie geht es ihm?"

„Er war nur davongelaufen. Was konnte er weiter auch tun?" erklärte Frau Ermelin. „Bei dem Zustand der Leute! Wir haben vergeblich versucht, sie daran zu erinnern, daß Konsul West das meiste verliert. Sie glauben es nicht."

„Wie hat man ihn gefunden?" bat Gabriele unaufhörlich.

„Frisch und gesund, beruhigen Sie sich. Er war nicht in die Stadt gelaufen, wie Sie wohl denken, nein, nach Suturp."

„Nach –"

„Gewiß, schon den halben Weg. Wie schnell jemand in der Aufregung laufen kann! Polizeidirektor Siemsen hat ihn mit einem Wagen eingeholt. Nein! Nicht, wie Sie meinen. Nur als Freund, nur als Freund.“

Die gute Dame hatte die Hand Gabrieles an sich genommen. Sie gab ihr kleine, wohlgezielte Schläge in das Innere und auf den Ballen, damit die Ärmste nicht doch noch ohnmächtig werde. Emmy hielt sich wachsam bereit hinter Gabriele.

Er war nach Suturp gelaufen! Sie dachte: „Dort liegt ein Schiff. Ich hätte mit ihm fliehn sollen. Aber er weiß alles, weiß, daß ich in Suturp war, weiß alles und verläßt mich. Er verläßt mich.“

„Sie hat Fieber“, sagte, die Hand Gabrieles anfühlend, Frau Ermelin zu Emmy Nissen.

„Rücken Sie den Lehnstuhl zum Fenster, wir setzen sie in die frische Luft. Nein, Liebe, zu fürchten ist draußen nichts mehr. Die Leute gehn ganz gesittet nach Hause. Sie wissen doch, daß unseren guten Herrn Maßmann der Schlag getroffen hat? Das hat alle bedeutend ernüchtert.“

„Oh! Sie tragen ihn fort. Er ist doch nicht tot?“

„Wie können Sie denken. Unser guter Herr Maßmann ist hysterisch. Nach jedem reichlichen Abendessen läßt er bei Nacht Dr. Molwitz holen, weil er sich einbildet, daß ihn der Schlag trifft. Infolge seiner Einbildung hat er ihn endlich mal getroffen – und auch zur Strafe für sein heutiges Benehmen“, ergänzte sie streng.

„Oberstleutnants sind noch da“, stellte Emmy fest.

„Nur noch die Neugierigsten, Liebe.“

„Unser alter Vetter Nissen.“

„Der hat sich auffallend unfreundlich geäußert, obwohl er als vorsichtiger Rentner keinen Pfennig verliert. Solche sind die schlimmsten. Er sollte gehn. Seine Verwandten machen unserem Konsul keine Ehre, hörte ich den Bürgermeister sagen. Sie sind natürlich ausgenommen, Liebe.“

„Der Bürgermeister selbst ist nicht mehr da."

„Doch. Er ist da. Er sitzt vorn im Haus. Er wolle die Rückkehr des Konsuls erwarten, hörte ich ihn sagen."

„Da kommt Jürgen!" rief Emmy.

Von dem Namen erhielt Gabriele auf einmal ihre volle Besinnung zurück. Sie kam von ihrem Sessel auf, beugte sich aus dem Fenster und winkte. Sie rief ihn auch an, aber tonlos. Ihre Stimme versagte.

Konsul West wurde von Polizeidirektor Siemsen am Arm geführt, als wäre er krank gewesen, ging aber genau so sicher wie sonst. Er trug auch schon wieder seinen bürgerlichen Anzug. Auf seiner anderen Seite hatte er seinen jungen Vetter.

„Auch Victor hat ihn mit gesucht?" fragte Gabriele schnell.

Eifersucht trieb sie an. Dort hatte einer unentwegt zu Jürgen gehalten, ihn verehrt, bewundert und keinen Augenblick an ihm gezweifelt. Dafür durfte er ihm auch nahe sein in seiner schwersten Stunde. Gabriele zog sich vom Fenster so weit zurück, als sie grade noch sehn konnte. Dieser Victor mußte sie durchschaut haben, er liebte Jürgen so sehr! Auch kam er nie ins Haus, schon längst nicht mehr.

Polizeidirektor Siemsen führte den Konsul, die Hand unter seinem Arm, bis zu den Gästen, die noch beisammen standen. Das Verhalten des Polizeiherrn sollte ihnen ein Beispiel geben. Mehrere starrten dem Konsul ohne Umstände in das Gesicht, sie fanden es nicht grade demütig, vielleicht weniger bescheiden als gewöhnlich. Die Augen waren etwas unnatürlich aufgerissen, er sprach auch zu lebhaft.

„Wie schade! Ich mußte den Schluß des Stückes versäumen, die letzte Szene, die so gut sein soll. Die Herrschaften haben sie gleichfalls nicht zu sehn bekommen? Schade, schade."

Merkwürdigerweise gefiel er sich in dieser Ironie.

„Auf der Terrasse vorn war das Büfett aufgestellt, es ist leider fast gar nicht benutzt worden. Ich weiß. Der Aufbruch geschah vorzeitig, weil

Regen drohte. Nun, er ist vorbeigezogen. Am eiligsten hatte es Herr Maßmann. Ich fürchte, daß er mich in meiner Rolle nicht gut fand."

Er wendete sich zu seinem alten Vetter Nissen.

„Wie ich dich kenne, Lorenz, hast du mich verteidigt."

Er sah lauter verlegene Mienen, die düsterer wurden.

„Schade", sagte er wieder. „Die Vergnügtesten sind fort, nämlich Fischer und Blohm."

Es war, als parodierte er seine eigene gesellschaftliche Begabung, die so bekannt war. Gabriele fand ihn bleich zum Erschrecken. Plötzlich begriff sie, er habe seinen Kopf nicht mehr. Sie rang die Hände. Emmy flüsterte ihr zu:

„Es geht bestimmt vorbei. Ganz bestimmt geht es vorbei."

Frau Ermelin raunte erregt:

„Er soll ihnen noch mehr geben. Noch mehr soll er ihnen geben."

Die anderen hatten es aber satt, stumm dabeizustehn. Der Oberstleutnant sagte klar und deutlich: „Jetzt haben Sie also nichts mehr. So ist es doch, Konsul West. So ist es doch, meine Herren. Jetzt möchte ich nur wissen, ob Ihre Zivilisten Sie noch lassen, wo Sie sind. Wir Soldaten – wenn wir den blauen Brief bekommen, ziehn wir den Rock aus und treten ab."

„Dann trete ich ab –", womit Jürgen West allen schroff den Rücken zukehrte. Gabriele erbebte.

Sie hielt sich bebend bereit, die Treppen hinunterzufliegen, ihm nach, mit ihm ins Weite. Fliehn! Fliehn! ... Er entfernte sich aber nicht in Richtung des Ausganges, vielmehr nach der Tiefe des Gartens. Dort lag unter den Bäumen Dunkelheit. Die Rampe war erloschen, von den bunten Lampen leuchtete nur noch ein Teil, und ihr Schimmer reichte nicht bis dorthin. Im tiefen Schatten traf Jürgen auf eine schwarze Gestalt.

Gabriele droben schrie auf. Sie glaubte: Pidohn – oder doch sein Umriß, das Gespenst dieser schrecklichen Stunde, aus dem Gefängnis her entsandt … Nein. Jürgen verhielt sich wie zu einem Menschen. Jetzt erkannte sie das Kopfrücken, den weißen Knebelbart, erkannte Heines, sie hatte ihn vergessen. Die Zeit, als sie mit ihm zu tun hatte, erschien ihr auf einmal besonnt – angesichts solcher Dunkelheit.

Die noch übrigen Gäste, zehn oder zwölf, zogen sich langsam um die Hausecke und verschwanden.

„Meine Güte!“ rief hier oben Emmy. „Sie machen sich an das Büfett. Jürgen hat sie darauf gebracht.“

„Man hätte es rechtzeitig abräumen sollen. Vielleicht geht es auch jetzt noch“, schlug Frau Ermelin vor.

Beide berieten leise und schnell.

„In dieser Lage noch Büfett? Davon würde geredet werden.“

„Und mit Recht. So benehmen sich Wests nicht.“

Sie prüften Gabriele, die sie nicht hörte, nur in das Dunkel draußen versenkt war.

„Wir müssen hin“, beschlossen sie und enteilten.

Inzwischen näherten Jürgen und Heines sich um wenige Schritte; da es aber still geworden war, verstand Gabriele, was sie sagten. Jürgen sagte noch weiter ironisch, aber sie meinte, auch geheimnisvoll:

„Herr Professor, als ich eines Tages zu meinem Bedauern unhöflich gegen Sie gewesen war, versicherten Sie mir, von der Stunde ab werde es für mich aufwärtsgehn. Sie haben recht behalten.“

„Es bleibt ein Schicksalsschlag“, ließ der Dichter schmerzlich fallen.

„Gut. Aber nicht mehr heucheln müssen? Nicht mehr lügen müssen? Ich bin wieder mein eigener Herr, – und wenn ich büßen sollte. Im Gefängnis sogar wäre ich es mehr, als alle diese letzte Zeit.“

„Sie versteigen sich. Das macht noch der Rausch Ihres neuen Geschickes. Das vergeht. Aber es bleibt hart, mein Stück ist nicht zu Ende gespielt.“

Der Konsul stockte.

„Ihr Stück – mir ist freilich, als hätten wir uns Abweichungen erlaubt. Sind sie uns nicht gelungen?"

„Es ist wohl eins meiner Nebenwerke", gab der Dichter zu, „eine Gelegenheitsdichtung. Trotzdem –"

„Ihre eigene Fassung war sicher die bessere. Aber sie war schwer darzustellen, grade die letzte Szene, die heute fortblieb. Den beiden Künstlern lag sie entweder gar nicht oder zu gut. Sie quälten den Zuhörer. Wenn ich denke, ich hätte noch einmal, wie bei ihrer letzten Probe, hinter einem Vorhang versteckt zuhören sollen!"

Er schwieg und legte die Hand auf die Augen, Gabriele droben klagte leise mit ihm.

„Es ist ein Werk des Geistes, Herr Konsul!" warnte stark und feierlich der Dichter.

„Ich fordere und heische, daß vor ihm alles Weltliche schweigt und alles Unreine vergessen wird."

Durch seine Strenge beruhigt, sagte Jürgen West:

„Aber wer hätte Ihre schöne Liebesszene, Ihre Liebesszene der Besiegten, Ihre Szene von Liebe und Unglück – wer hätte sie spielen sollen? Den Künstler hatte es schon ereilt."

„Wer spricht von jenem anderen. Haben Sie denn, mein Herr Konsul, bis jetzt nichts erkannt? Wissen Sie wirklich nicht, wer heute abend den Napoleon gab? Dann fragen Sie Ihre Frau! Ihr Partner – dieser Partner – hat sie heute abend zum erstenmal in die rechte Stimmung des Werkes versetzt. An ihm hat sie sich gefunden. Sie war, damit Sie es nur wissen, an diesem einzigen Abend eine große Schauspielerin."

Nach einer Pause antwortete Jürgen West:

„Sie haben noch immer etwas Wachs auf der Schulter, Herr Professor."

Plötzlich, niemand konnte darauf gefaßt sein, umarmte er den alten Dichter.

„Herr Professor von Heines, Sie waren es heute selbst! Sie haben mich gerettet, mich, der als Junge für Sie schwärmte, haben Sie –. Kürzlich verhießen Sie mir, ich würde Ihnen doch noch wieder die Hand –. Die Hand? Sie machen mich glücklich, Herr Professor von Heines, Sie machen mich –."

Er sprach keinen Satz zu Ende. Gleichwohl hörte der alte Heines ihm aufmerksam zu, Gabriele droben aber ohne Atem.

„Ich wußte, daß Pidohn –. Können Sie verstehn, daß ich trotz seiner Verhaftung –. Wenn er dennoch aufgetreten wäre –!" Konsul West ward lauter.

„Ich hatte im Grunde, das merke ich erst jetzt – ich hatte nur die eine Angst –. Alles andere, in Gottes Namen. Aber ich hatte Angst, daß dieselbe Szene nochmals mit denselben Partnern –. Denn ich liebe meine Frau. Ich liebe auf der Welt so sehr nichts wie Gabriele."

Dies hatte er zu Ende gesprochen, und Gabriele droben hatte es gehört. Sie führte ihre ineinandergeschlungenen Finger gegen den Mund und flüsterte ihren Dank hinein.

Aus Dankbarkeit gedachte sie auch des Kindes wieder. Sie wußte, daß sie Unrecht tat an dem kleinen Jürgen. Ihr ward es zu oft bewußt. Er war ein Gläubiger, der zu oft kam. Gleichviel, ihn auf und unbewacht zu lassen im Wirrwarr des Hauses und der Ereignisse, sie konnte es nicht länger verantworten.

Sie ging hinab und rief ihn. Dann rief sie die Mädchen, niemand antwortete. Sie trat hinten aus dem Hause, das Kind spielte wahrscheinlich unbeaufsichtigt weiter, wo vorher so vieles andere gespielt hatte. Nein. Die Bühne war leer. Im Garten regte sich nichts. Auch ihr Mann und Heines hatten ihn verlassen. Schneller folgte sie ihnen um das Haus, zuletzt lief sie fast. Sie wollte rufen: „Wo ist das Kind?" Aus Furcht, sich zu verraten, schwieg sie.

Vorn verabschiedeten sich die letzten. Frau Oberstleutnant fand noch Zeit, dem Konsul zuzuflüstern:

„Besuchen Sie mich! Vormittags bin ich allein. Ich empfange Sie wie bisher, vielleicht nicht jede täte es, aber ich."

Er sagte darauf nichts. Er dachte: „Und wenn Gabriele mich nicht mehr wollte? Dann käme es möglichenfalls dahin. Dann wäre kein Halten mehr."

Er entließ die Dame, als hätte er sie nicht verstanden.

Als er sich umwendete, war Gabriele da. Sie sahen einander an, wie nach einer Trennung, die schon fast hoffnungslos schien. Dabei ist es nicht gut, dies einzugestehn. Dabei muß jeder den anderen vorbereiten auf die Einsicht, wie furchtbar die Gefahr war, wie unverhofft das Wiedersehn ist. Jede Bewegung muß verlangsamt werden, wir trauen der eigenen Sicherheit noch nicht. Die Freude wäre zu stark. Oder wäre die Scham zu groß?

Überdies sieht jemand uns zu. Nein, es ist nur der Dichter. Er hat sein erhabenes Gesicht, und eine Träne blinkt. Konsul West aber kennt ihn jetzt, er schüttelt ihm einfach die Hand, unbehindert von Ironie oder Ehrfurcht. Dann küßt Heines Gabriele auf die Stirn. Zärtlich betrachtet er die Stirn, die er geküßt hat, – will schließlich etwas sagen, hat aber im Lauf der Handlung, wie ihm dünkt, genug Worte gemacht. Er blickt auf diese Stirn und von ihr weg, wonach er in seinen Wagen steigt.

„Das übrige geht ihn nichts mehr an", dachte Gabriele. „Aber wo ist das Kind!"

„Der Bürgermeister wartet", erklärte Jürgen eilig und war schon halb die Terrasse hinauf. Sie trat nach ihm in das Wohnzimmer, da saß Bürgermeister Reuter. Emmy mit ihren beiden Offizieren leistete ihm Gesellschaft, aber kein Kind. Das Kind ist verschwunden! Man sieht auch von den Mädchen nichts. Dies wagte sie auszusprechen.

„War denn kein Mädchen da, daß du die Herren bedienen mußtest?" fragte sie Emmy.

Statt Emmys antwortete Bürgermeister Reuter:

„Unsere Mädchen haben viel mehr Zartgefühl, als wir glauben. Wenn schlimme Ereignisse das Haus treffen, wollen sie nicht als Mitwisser gelten und ziehn sich zurück. Sie würden Ihre Mädchen in ihrer Kammer finden."

„Ich will nachsehn", wagte sie in ihrer Angst zu sagen.

„Warte doch! Wir gehn gleich!" rief Emmy. Aber Gabriele hatte die Stufen in den Garten erreicht.

Emmy wollte im Zartgefühl den Mädchen nicht nachstehn. Sie begriff, daß die beiden Herren allein zu sprechen hatten.

„Fritz, wir gehn", kündigte sie nochmals an.

Nicht nur Fritz von Kessel, beide Leutnants begleiteten sie heute. Seit ihrer Verlobung schickte es sich nicht anders.

Die Mutter sah unter der verlassenen Bühne im Kellergeschoß ein trübes Licht glimmen. Beim Nahen ihrer Schritte im Kies erlosch es.

„Das Kind! Ist das Kind dort unten?"

Lange keine Antwort, dann eine schlaftrunkene Stimme, die nichts wissen wollte. Sie hatten dort unten von ihr und ihrem Mann geschwatzt bis jetzt. An das Kind hatten auch sie nicht gedacht – „so wenig wie ich selbst. Ich vergesse es, und bin doch seine Mutter!"

Wo sollte sie es suchen, wo! Sie drehte sich im Dunkeln um sich selbst. Welches Grauen langte nach ihr noch? Auch dieses noch?

Hier erblickte sie zwischen den durcheinandergeworfenen Stuhlreihen einen bewegten Fleck. Die einzige, noch immer leuchtende Papierlaterne schwankte im Baum und täuschte am Boden eine kleine Gestalt vor, die sich rührte. Die Mutter hatte die Gewißheit, daß es Täuschung war. In demselben Augenblick aber meldete in ihrem eigenen Innern sich seine kleine Stimme. Die Stimme, mit der ihr Kind, umhertrippelnd hinter den Leuten, sie, seine Mutter, verteidigt hatte! Oh! stark war die Stimme bei aller Kleinheit. Überzeugt und hilfreich war sie.

„Meine Mama kann Herrn Pidohn nicht leiden."

Sie schrie auf. Ein wahres Entsetzen von Reue, von Erkenntnis und Reue entriß ihr den Schrei. Plötzlich wußte sie unwidersprechlich: ihr Kind hatte zuviel mitempfunden von ihr, zuviel gelitten um sie und war ihretwegen entflohn. Es hatte sich ihr nicht anvertrauen können, denn es fühlte sich nicht geliebt.

Auch sein Vater hatte fliehn wollen. Man hatte ihn zurückgeholt. Das Kind – war es weitergelangt? Schon zu weit? Schon zu weit?

Die Mutter hätte ihm erscheinen wollen in dieser selben Minute, hätte über dem Boden schweben wollen, wie in Träumen. Statt dessen hafteten ihre Füße, auch wie im Traum, und die Dunkelheit war ohne Flügel. Sie mußte ungesehn von hier fortgelangen.

Sie lauschte um die Hausecke. Sie setzte den Fuß an. Auf dem Gartenweg vorn machte sie ihren Schritt ganz leicht, die Steine knirschten unter ihm nicht. Bevor sie sich, vom Zimmer her sichtbar, aus der Pforte traute, wartete sie seitwärts in einem überhängenden Busch. Nacht und Stille schienen ohne Grenzen. Obwohl die beiden Herren gedämpft sprachen, klang es klar hierher.

Der Bürgermeister sagte:

„Sie haben Unglück gehabt, Konsul West. Das ist noch keine Schande."

„Soviel Unglück wird nicht verziehn."

„Übrigens haben Sie sich gegen das Schlimmste doch wohl gesichert. Gewiß übertrugen Sie Ihr Stadthaus auf Ihre Frau."

„Nicht einmal einen Lagerschuppen, Herr Bürgermeister. Nichts."

Hierauf Pause – wonach der Bürgermeister:

„Dann wollen wir reden. Unser Gespräch wäre zu Ende gewesen, wenn Sie gesagt hätten, daß noch etwas Ihnen gehört. Ich wäre sofort gegangen, Konsul West. Den Wagen, den meine Frau mir hierher zurückschickt, hätte ich nicht erst erwartet. Jetzt habe ich Ihnen einiges zu sagen."

„Ich höre, Herr Bürgermeister", sagte Jürgen West weder zu schwer noch zu leicht.

„Die Dinge stehn so, daß ich Ihre Schulden übernehmen werde."

„Herr Bürgermeister!"

Nach dem einzigen lauten Ton fand Jürgen West sich sogleich wieder zurecht.

„Es wäre möglich, daß ich Schulden nicht habe. Mein Besitz und meine Verluste könnten einander aufheben."

„Aber nachher, wie wollen Sie leben? Mit einem Wort, ich gedenke Ihnen zu helfen."

Eine Zeitlang geschah nichts; dann erschien der Wartenden in der Terrassentür Jürgen, Jürgen allein. Er kam aus dem Licht der Lampe, er sah geblendet in das Dunkel. Übrigens schloß er die Augen, indes seine Hand nach dem Türpfosten tastete.

Die Mutter drunten kannte nur ihre Angst, nur diese Angst, fortzukommen, noch hinzugelangen, das Kind noch zu erreichen. Da Jürgen nichts sah, glitt sie aus der Pforte. Sie schlich gebückt die Hecke ihres Gartens von außen entlang. Am Ende lief sie. Das Kleid gerafft, dasselbe festliche Kleid, in dem sie auf der Bühne gestrahlt hatte und gleich darauf so tief gestürzt war, – raschelnd mit ihrem Festkleid strich sie dahin unter den tief hängenden Kronen der Linden. Kein Stern leuchtete ihr.

Sie stieß an Wurzeln und verwundete den Fuß. Sie stockte, hastete um so mehr, aber ihre Schnelligkeit ward ungleich. Sie erkannte kein Haus am Wege, so dunkel war es, oder es täuschte sie ihr wankender Verstand, vielmehr die Furcht, er könne wanken. Ihr Gedanke wiederholte angestrengt: „Das Kind! Nichts auf der Welt, das Kind!"

Sie rief nach ihm. Bei jedem Baum rief sie seinen Namen, hielt an, hielt auch den Atem an. Überquerte die Straße, rief auch drüben. In jeden der Gärten am Wege rief sie hinein. Einer von ihnen aber lag ihr im Sinn. Er war noch weit ... Raschelnd, irrend, immer rufend lief die Mutter hinüber, zurück, weiter fort – mit schmerzenden Füßen und gehetztem Herzen ihren geahnten Weg.

Konsul West kehrte in das Zimmer zurück. Bürgermeister Reuter saß schwer in den Sessel gelehnt, die Lampe erhellte nur seine bäuerischen Hände. Der verwitterte alte Kopf blieb rätselhaft im Schatten. Konsul West fühlte den scharfen Blick, den er kannte, auch fiel ihm ein, daß der bartlose Mund fein und launisch sein konnte. Hier hatte er Anlaß, es zu sein.

„Was eröffnet mir endlich noch dieser Mann, den ich mein ganzes Leben lang vor mir gesehn und schon als Kind auf der Straße gegrüßt habe?“

Er setzte sich dem Alten gegenüber.

„Sie werden Ihre Gründe haben, grade mir zu helfen, und haben mit mir wohl auch Ihre Pläne. Herr Bürgermeister, ich vertraue Ihnen. Das bin ich von jeher gewohnt. Was Sie, Herr Bürgermeister, von mir verlangen, werde ich tun dürfen.“

„Pläne? Ich habe noch keine, Konsul West. Daran denken wir später. Ich habe nur Gründe – Gründe, wie Sie richtig sagen, um grade Ihnen zu helfen. Die berichte ich Ihnen jetzt.“

Er nahm Tabak aus seiner Dose.

„Denn es ist ein ganzer Bericht“, sagte er und schnupfte. „Mich haben Sie immer gekannt, Konsul West. Kannten Sie aber auch meinen Vater? Nein. Der war ein Bauer. Alle Reuter waren Bauern, zweihundert Jahre und länger. Sie werden sehn, warum. Ich war der erste, den sein Vater auf die Hohe Schule schickte. Dann kam ich hierher als Rechtsgelehrter und wäre wohl Advokat geblieben. Ich stieg aber zum Bürgermeister auf, denn man entdeckte, daß in alten Zeiten mein Name hier schon in Ansehn gestanden und einer meiner Vorfahren auch schon die Stadt regiert hatte. Ich selbst habe es niemandem anvertraut, obwohl ich es wußte. Wer es herausbrachte, war Ratsarchivar Domann. Erinnern Sie sich seiner?“

„Gewiß. Aber sogar in meiner Familie erfuhr ich, daß wir einst, ich glaube um das Jahr 1600, einen Bürgermeister Reuter gehabt haben."

„Und zugleich einen Syndikus West. Den hanseatischen Syndikus West. Übrigens hieß er Jürgen, wie Sie."

„Was Sie sagen!"

„Nun geschah es, daß Bürgermeister Reuter und Syndikus West zusammen nach Spanien reisten. Noch zwei andere Gesandte der Hansastädte gingen mit. Ihr Zweck war, daß die hanseatischen Handelsprivilegien von Portugal, wo sie schon bestanden, sollten ausgedehnt werden auf das übrige spanische Reich. Auch wollten die Gesandten Rückzahlung erlangen dessen, was die Städte dem König Philipp II. geliehen hatten. Endlich war unser Wunsch, die spanischen Waren, die unsere Niederlassungen von dort ausführten, möchten von dem dreißigprozentigen Zoll befreit werden."

„Wir reisten wirklich mit diesem Auftrag zusammen nach Spanien?" fragte Jürgen West, aufmerksam vorgeneigt.

„Wir brachen auf, 1606 Ende November. Am 29. Januar wurden wir in Paris empfangen von König Heinrich IV., der jedem von uns die Hand gab. Am 10. März überschritten wir endlich die spanische Grenze. Wir lebten nämlich damals in Gestalt unserer Vorfahren, die so langsam reisten. Dafür wurden sie aufgenommen wie seltene Gäste. Bedenken Sie, West, daß es Handelsherren oder Rechtsgelehrte waren, und daß der König von Spanien, Philipp III., sie von März bis November bewirtete in einem seiner Paläste, sie speisen ließ von goldenen und silbernen Geräten, mittags vierzehn, abends zwölf Schüsseln, und ihnen seine Karossen mit vier Pferden lieh."

„Ein Leben!" sagte Jürgen West und blies durch die Nase, weil ihm das seine einfiel.

„Ein Leben", wiederholte Bürgermeister Reuter, „wie die Gesandten von Königen es zu führen noch niemals die Ehre gehabt hatten. So wenigstens behaupteten die spanischen Großen, die unseren Vorfahren zur

Gesellschaft beigegeben waren. Von dieser Reise aber kam jener erste Bürgermeister Reuter nach Hause, um ein armer Bauer zu werden."

„Warum? Ich wäre vielleicht Mönch geworden, um nicht noch einmal wie ein Bürgersmann leben zu müssen", sagte Jürgen West mit Selbstironie.

„Reuter und West waren mehrmals in feierlicher Audienz beim König. Die Majestät stand, als die Herzöge von Alba und von Zea die Hanseaten einführten, erhöht hinter dem Tisch, hörte gnädig ihre lateinische Ansprache und antwortete ihnen kastilianisch. Dennoch wurden sie hingehalten, bis sie nahe daran waren, unverrichteter Dinge abzureisen; – und nun sie den Commerz-Traktat endlich in Händen hatten, waren seine Kosten auf zwei Tonnen Goldes angelaufen. Das kostete er die Städte. Meinen Ahnen Reuter kostete er Stellung und Vermögen."

„Weshalb denn? Ein Vertrag, der den Ausfuhrzoll aufhob?"

„Gleichzeitig aber verbot er uns den Handel mit den aufständischen Holländern. Grade in diesem Handel steckte das ganze Geld des Hauses Reuter. Der Bruder des Bürgermeisters führte das Geschäft, alle anderen Reuter waren daran beteiligt, ein ganzes mächtiges Geschlecht. Plötzlich war alles zu Ende. Hätte der Bürgermeister sich in Madrid geweigert, zu unterschreiben, er und die Seinen waren gerettet. Aber die Städte hätten verloren, er hätte ihnen schlecht gedient."

„Er war ein außerordentlicher Mann."

„Nein. So waren wohl mehrere. Denn als Reuter mit den anderen Gesandten schon abgereist war aus Spanien, ist der hanseatische Syndikus Jürgen West freiwillig zurückgeblieben, um ihn zu retten. Er setzte sein eigenes Amt auf das Spiel, denn beim Sturze Reuters konnte er selbst für eigenmächtig befunden werden. Die Städte waren eifersüchtig. Nach langen Mühen ist er heimgekehrt mit einer königlichen Resolution zugunsten Reuters. Einzig Bürgermeister Reuter sollte sein Geld aus dem holländischen Handel noch herausziehn dürfen. Da war Reuter freilich schon abgesetzt und hatte mit allen den Seinen die Stadt schon verlassen."

„Schade. West hat Reuter nicht helfen können. Darum, Herr Bürgermeister, will jetzt ein Reuter einem West helfen?"

„Eben darum."

„Dann nehme ich an", sagte Jürgen West.

Sie gaben einander die Hand, wie bei einem Abschluß, der beide befriedigte.

„Das wäre das", stellte der Bürgermeister fest. „Übrigens werden Sie die Wahl haben, die Stadt zu verlassen oder hier bei uns in bescheidenen Umständen auszukommen. Ich spreche darüber mit meinem Sohn, der unser Haus führt."

„Ich spreche mit meiner Frau", sagte Jürgen West. „Mir selbst läge es näher, die Stadt zu verlassen."

„Schon weil Sie Ihre Ehrenstellen werden niederlegen müssen. Das wird, wie ich Sie kenne, Ihr schwerster Schritt sein."

Hier sah Jürgen West vor sich hin und biß die Zähne zusammen.

„Bedenken Sie aber auch, West, daß die Reuter zweihundert Jahre fortbleiben mußten! Wir rechnen mit langen Fristen, und wehe, wenn wir Eile hätten. Dann wäre die Bürgerzeit bald vorbei."

„Ist meine Frau denn schon hineingegangen?" fragte West in neuer Unruhe.

Er warf einen Blick in das Schlafzimmer, das er leer fand.

„Sie hat sich nicht verabschiedet. Vielleicht sitzt sie noch bei unserem Jungen droben."

„Und wird eingeschlafen sein. Wecken Sie die Frau nicht! Auch ihr steht Schweres bevor. Da Sie einen Sohn haben, werden Sie beide hoffnungsvoller ertragen, was doch ertragen sein will."

„Man lernt alles", murmelte Jürgen West.

„Aber hören Sie nichts?" wollte er wissen.

„Es wird mein Wagen sein, den wir kommen hören."

„Ich frage mich, was meine Frau tut."

Gabriele war vor der Gartenwirtschaft Anton angelangt. Die verwechselte sie nicht, nur die hatte sie gemeint. Eine Stallaterne hing an der Kegelbahn, sie leuchtete rötlich trübe bis auf die Straße vor dem verschlossenen Tor. Da lag das Kind.

„Da liegt mein Kind", sah Gabriele und hob es aus dem Staub auf. Sie drückte es an sich, und es schlang im Schlaf die Arme um sie. Es war aber in seinem Schlaf so schwer, daß sie mit der Last nicht empor konnte. Daher blieb sie auf den Knien liegen, wo sie war, lehnte es an ihre Brust und wartete.

Aus der Nacht weither drang ein Knarren, das bekannte Knarren der Fischerkarren, die von Suturp kamen und auf den Markt fuhren. Als der erste anlangte, erblickte der Kutscher im Licht seiner Talgkerze die Dame mit dem Kind. Er ließ sie vorn zu sich aufsteigen. Er fragte, wer sie wäre, und sie mußte es ihm ins Ohr schreien. Dann sagte der Mann nichts mehr. Gabriele aber sprach zu ihrem Kind.

„Mein kleiner Jürgen", flüsterte sie in sein Haar. „Mama ist da."

Sie flüsterte sehr oft, sehr eindringlich: „Mama ist da."

Um so besser, daß er schlief, ihre Herzen verstanden einander im Traum. Der kleine Jürgen versprach schlafend seiner Mutter in ihre zarte Brust hinein, daß er nie mehr fortlaufen wolle.

„Du liefest immer fort, böser Liebling, weil ich dich nicht lieb hatte. Jetzt läufst du nicht mehr fort, denn jetzt habe ich dich lieb."

Er hätte es nicht hören können, wenn er gewacht hätte, denn sie sprach es nicht aus. Sie fühlte nur, wie das Schlafende.

Vor der Villa wurden sie abgesetzt.

Gabriele hatte auf einmal die Kraft, den Jungen bis in den Garten zu tragen. Die Terrasse hinauf, in das Zimmer, weiter kam sie nicht. Sie ließ die Last in einen Sessel nieder. Grade als sie sich aufrichtete, trat ihr Mann ein. Er kam von der Treppe her, sichtlich hatte er sie angstvoll droben gesucht. Bei dem Anblick der Frau und des Kindes seufzte er auf, so hatte sie ihn noch niemals seufzen gehört. Sogleich war sie bei ihm.

„Verzeih!“ bat sie, die Hände auf seiner Schulter gefaltet.

Selten, eigentlich nie hatte er Gabriele bitten gehört, geschweige dies Verzeih! Er dachte: „Sie soll nie wieder bitten müssen.“ In demselben Augenblick beschloß sie: „So darf er nie wieder seufzen.“

Jürgen streichelte seinem schlafenden Sohn das Gesicht. Stellte er jetzt Fragen? Sollten sie, was in der Nacht alles erlitten war, gemeinsam bedauern? Er sagte nur:

„Die Nacht währt schon lange.“

Was inzwischen mit ihr geschehn war, er erließ es ihr, und woher sie kam mit dem Kinde. Er freute sich vor allem, daß die Nacht zu Ende ging. Sie standen gemeinsam auf der Schwelle und sahen den frühen nordischen Sommermorgen erscheinen. Er erschien perlengrau und rosig, in den Baumkronen der Allee schwebten seine durchsichtigen Farben.

„Der Bürgermeister fuhr fort und ließ dich grüßen“, sagte Jürgen West. „Er will uns helfen, dennoch werden wir lange arm sein müssen. Vielleicht, daß wir beide es immer bleiben. Erst unser Sohn kann hoffentlich einstmals wieder dorthin gelangen, wo wir waren. Wird dir das nicht zu lange dauern?“

„Wir gehn, wohin wir sollen, und wir leben, wie es uns erlaubt ist“, murmelte sie. „Wir haben nichts, aber wir haben einander.“

Jürgen sagte:

„Das hält man für leicht und beinahe für romantisch, wenn man grade entronnen ist aus noch ärgeren Gefahren. Es bedeutet aber tägliche Anstrengung, täglichen Verzicht. Vor allem muß man innerlich die Dame und der Herr bleiben – muß aus dem Leben, das man doch unaufhörlich erkämpft, seinen freien Besitz, ja, sogar etwas wie ein Gleichnis machen.“

Er lachte fröhlich:

„Zwischen dem ausgezackten Laub vor uns bildet sich mir immer wieder eine rosige Schrift auf Perlgrau. Ob ich will oder nicht, ich lese: Lernet ertragen!“